KB121723

마음이 얽힌 거야

마음이 얹힌 거야

담도암이 가르쳐 준 불행의 소화법

황영준 지음

나이 마흔에 담도암을 만났다.
나름 순탄하게 달리던 길을 멈추어야 했다.
죽음의 공포로 뒤덮인 터널을 지나자
점령해야 할 고지는 사라지고
비로소 만신창이가 된 내가 보였다.

마냥 열심히 살지 말고 일단 쉬자는 류의 담론이 조금은 불편했던 40대 남성 직장인. 담도암이라는 청천벽력 같은 소식을 듣고서야 어떤 이들에게는 쉬자는 게 실은 살자는 얘기였다는 것을 깨닫는다. 젊다고, 아직 연료가 충분하다고 생각했는데, 갑자기 멈추어섰다.

먹은 게 없힌 느낌에 병을 발견하고 수술도 했지만, 수술 후에도 그 느낌은 가시질 않았다. '왜 하필 내게 이런 일이'를 납득하지 못해 막막함 뒤에 억울함과 피해의식 같은 감정들이 줄줄이 따라왔다. 수술로 밥은 삼킬 수 있게 되었지만, 가슴에 얹힌 덩어리 불행은 도무지 내려갈 기미가 보이지 않았다.

블로그에 매일 일기를 쓰기 시작한 것은 어떻게든 나를 납득시킬 언어들을 발견하기 위한 몸부림이었다. 일기를 쓰며, 가슴에 얹힌 마음들을 한 조각씩 떼어 몸에 받아들였다. 남들은 이해할 수 없다고 생각했던 고유명사 같은 나의 불행이 번역되기 시작했다. 다들 하나씩 이고지고 있는 평범한 불행으로. 얹힌 마음도 조금씩 내려가기 시작했다.

아쉽게도, 앎도 불행도 종결되지는 않는다. 우리 삶에 바람은 늘 불었고 앞으로도 불 것이다. 덕분에 이런 기록도 언제나 완결본일 수는 없다. 다만, 닥쳐오는 불행을 그때그때 소화시킬 수는 있을 것이다. 다 잘 될 거라는 근거없는 막연한 희망과, 밑도끝도 없는 절망만 전시하는 세상에서 우리에게 필요한 것도 그런 소화력 아닐까 싶었다.

쓰다 만 중간정산 같은 일기장을 감히 책으로 묶을 용기를 낼 수 있었던 이유다.

2022년 겨울의 초입에서

소화란 무엇인가.

사전에는 언제나 답이 나와 있다. 소화(消化)란 '섭취한 음식물을 분해하여 영양분을 흡수하기 쉬운 형태로 변화시키는 일'이다. 우리는 살기 위해 먹어야 하고, 먹은 다음에는 소화를 시켜야 한다. 이런 말은 또 어떤가. We are what we eat. 우리가 먹은 것은 우리의 일부가 된다. 영원히.

이것은 본질적으로 소화에 관한 이야기다. 소화에 어려움을 겪던 작가는 뜻밖에도 자신의 삶에 느닷없이 등장한 '콜랑지오카시노마'를 만나게 된다. 이 길고 낯선 이름의 담도암은 이제 막 40대에 들어선 작가의 삶에 등장한 가장 큰 적대자이지만, 동시에 그의 외부가 아닌 내부에 존재한다. 내 안의 적. 나 자신의 일부이기도 한 적. 이 아이러니를 어떻게 이해해야 할까?

따라서 우리는 이 단어의 두 번째 뜻을 생각해야만 한다. 소화란 무엇인가. '외부로부터 비롯한 것을 자신에게 잘 적용하거나 완전히 익혀 스스로 응용할 수 있는 것으로 만드는 일'이다. 암의 등장과 함께 작가는 자기 나름의 방식으로 세상을, 관계를, 일과 직장을, 부모님을, 책과 소설과 영화를, 아내와 아이를, 풍경과 일상을, 끝내는 자기 자신을 '소화시키기' 시작한다. 몰랐던 것을 깨닫게 되고, 안다고 생각했던 것을 새롭게 바라본다. 이때의 소화는 '하는'

동시에 '시키는' 것. 그의 내부에 자리잡은 적은 그에게 이 소화를 명령한다. 아니, 그에게 세상과 자신을 소화할 기회를 준다.

이 과정에서 그의 소화는 여러 방향으로 확장된다. 암과 싸우는 작가의 서사는 소화(消火), 불을 끄는 이야기가 되기도 하고, 그 와중에도 잃지 않는 삶에 관한 긍정과 여유는 소화(笑話), 재미있는 이야기가 되기도 하며, 이 책 자체가 소화(小話), 짤막한 이야기의 모음처럼 생각되기도 한다.

그러나 나에게 이 이야기들은 끝내 소화(宵火), 반딧불이의 꽁무니에서 반짝거리는 불빛처럼 느껴진다. 인생이라는 어스름 속에서 누구에게나 찾아오는 어둠을 밝히는, 작지만 분명한 빛. 낮이 밤으로 바뀌는 여름날 저녁마다 반딧불이의 소화는 암호처럼 빛난다. 물음표로만 가득한 우리의 삶을 위로하듯, 소리 없이 힘차게. 고통과 좌절, 시련과 절망 속에서 작가가 적어 내려간 단단한 문장들은 그러므로 무의미라는 우주에 보내는 고결한 모스 부호와도 같다.

소화란 무엇인가.
이제 우리에게 도착한 그 부호를 해독할 시간이다.

소설가 문지혁

불행을 꼭꼭 씹어 소화시키는 방법

엄마와 30대 후반부터 일흔이 넘은 지금까지 절친 사이로 지내는 선영 아줌마는 몇 달 전 자궁암 초기진단을 받았다. 다행히 초기에 발견했으니 항암치료 잘 받으면 나으실 거라 생각했는데 아줌마는 감당하기 힘든 항암치료를 견디지 못하고 집으로 돌아가셨다. 집에서 다른 방법으로 치료를 해보겠노라 하셨다는데 정작 본인보다 걱정은 주변 사람들의 몫인 듯했다.

이 책의 저자 역시 담도암이라는 청천벽력 같은 소식을 듣고 한동안 방황 아닌 방황을 했다. 나와 비슷한 또래인 40대 평범한 직장인인 그가 담도암 진단을 받고 병마와 싸우는 과정에서 한 글자씩 써 내려간 이 원고를 나는 완전히 별개의 심정으로 읽을 수만은 없었다. 하지만 오히려 덤덤한 저자의 글은 나를 살짝 어리둥절하게 만들기도 했다. 처음 추천사를 제안받았을 때 막연하게 떠오른 책의 내용은 보통 생각하는 투병기(?) 같은 거였다. 그런데 막상 읽어보니 그의 글에서 암 환자의 고통과 원망 혹은 슬픔 등은 거의 찾아볼 수 없었고 그저 매끄럽고 가독성 뛰어난 필력만이 내 눈앞에서 또렷이 그 진가를 드러내고 있었다. 그가 자신의 병에 대해 아예 이야기를 하지 않는 것은 아니나, 자신이 읽은 책과 드라마 혹은 영화에서 어쩜 그리 자연스러운 병에 대한 통찰을 끌어낼 수 있는지

질투가 날 지경이었다. 이 책에서 만큼은 그에게 다가온 담도암이 지금 처한 하나의 상황일 뿐 앞으로 그가 살아갈 날들엔 전혀 지장을 주지 않을 것만 같았다.

요즘 선영 아줌마는 우리의 걱정과 달리 전처럼 건강히 지내신 다고 한다. 작가 역시 전보다 기운이 좀 없을 뿐 실제 생활에선 전과 비슷한 일상을 살아가고 있다. 나는 선영 아줌마와 작가를 나란히 떠올리며 그들은 자신 앞에 닥친 불행을 자기만의 방식으로 아주 천천히 소화시키는 중이라는 생각이 들었다. 갑작스레 커다란 병명을 얻은 사람들이 가장 바라는 것 또한 평범한 일상으로 돌아가는 것 아닐까? 그런 의미에서 작가는 여태껏 살아온 방식에서 크게 벗어나지 않는 삶을 다시금 살아가며 때로는 다정하게 때로는 정직하고 날선 시선으로 그가 보통의 날에 접했던 책과 영화를 그만의 시선으로 이야기하며 독자에게 공감과 위로를 자아낸다. 눈물 쏙 빠지는 투병기를 상상했던 나는 덤덤하고 때론 적잖은 위트에 피식피식 웃어가며 그가 언급한 책들을 장바구니에 하나씩 담기 바빴다.

앞으로 나나 우리 가족에게도 피해갈 수 없는 시련이 닥칠지도 모르겠다. 그때 나는 이 책을 떠올리며 아주 조금 세상을 원망하고 아주 약간 절망한 뒤 과감히 툭툭 털고 일어나 책장에 꽂힌 책을 꺼내 읽으며 전처럼 평범한 일상으로 돌아갈 힘을 한 뼘씩 누적할 수 있을 것 같다.

작가 카피라이터 이유미

차례

#3. 일어나 걸으며; 길 위의 성찰

#1

간, 쓸개 다 내주다

수술실에서 일어나니 극심한 통증이 밀려왔다.
간과 쓸개를 떼어냈다고 한다. 하지만 통증의 자리는
사라진 간과 쓸개의 자리가 아니라 허리였다.
수술대 위에서 마취상태로 장시간 어려운 자세를
취하느라 그런 것이니, 하루면 괜찮아질 것이라고 한다.
그랬으면 좋겠다. 다시 자고 싶었다.
숨 막히는 부동자세로 긴장한 채 살아온 시간은
좀더 오래되었으니, 그 시간만큼 경계를 풀고 늘어져야
통증도 가실 것 같았다.

뭐가 꼭 얹힌 것 같아

  갑작스러운 일이었다. 2021년 1월 말, 나는 전주로 향하고 있었다. 직장에서 1년간 전주로 파견근무를 가라고 했다.

  하던 일이며, 함께 고생하던 동료들이 마음에 걸렸지만, 좌천도 아니고 승진해서 가는 길이니 선물로 받아들이기로 했다. 자정을 넘겨 돌아와 침대로 기어들어가려다 잠든 가족을 깨우기 싫어 거실 안락의자에서 잠드는 나날들이 고되기도 했다. 아니, 사실 업무 강도에 짓눌려 자부심이고 책임감이고 모두 내려놓고 싶었다. 달팽이마저 다른 곳보다 느릴 것 같은 슬로 시티에서 뒷짐 지고 천천히 걸어보는 상상만으로도 즐거웠다.

  게다가 아내의 고향이기도 했다. 장인어른과 장모님도 계셨다. 아내에게 함께 내려가자고 제안했다. 아내가 자라난 풍광 속에서 함께 지내다 보면 서로를 더 깊이 이해할 수 있을 것 같았다. 5살에 갓 접어든 아들도 어머니가 다니던 유치원에서 성장하며 어머니의 너른 심성을 닮아갈 수 있겠지.

  가슴은 그렇게 서서히 벅차올랐다. 하지만 이상하게도 전주에 도착한 이후 무시로 체했다. 누구도 나를 쫓지 않는 곳에서 왜 속이 막히는 것일까. 처음엔 매 끼니 밥을 사 먹은 탓이려니 했다. 아들 유치원 입학 시기에 맞추기 위해 가족 전체 이사는 3월 초로 잡고 한 달간 혼자 지내던 터였다. 일주일이 지나도 차도가 없었다. 면구

스럽지만 끼니를 장모님께 의탁하기로 했다. 장모님께서 정성껏 차려주시는 집밥을 먹어도 소화 불량 증세는 반복되었다.

　곧 설이었다. 오랜만에 부모님을 찾아뵈었지만, 나는 어머니가 챙겨주신 밥을 제대로 먹지 못하고 떠나야 했다. 도무지 얹힌 속이 풀릴 기미가 없었다. 돌아오자마자 위내시경을 포함해 건강검진을 받아보았다. 역류성 식도염에 위염도 좀 있단다. 옳거니, 술로 버텨 온 시간이 얼만데. 이만하길 다행이라며 처방전에 적힌 약을 받았다. 온라인 쇼핑에서 위염에 좋다는 양배추즙도 주문했다. 정신만 쉬어가도 행운이라 생각했는데 이제 몸도 챙길 수 있겠구나 싶어 오히려 감사했다.

　하지만 약과 양배추즙을 성실히 복용하며 일주일을 보내도 속은 여전히 풀릴 기미가 없었다. 끼니마다 앞에 놓인 음식이 소화가 잘 될지 염려가 되었다. 위에 진입한 음식이 헐거워진 괄약근의 틈새로 빠져나와 식도로 다시 역류하면서 겪는 뜨거운 느낌은 많이 줄어들었다. 하지만 이 답답한 느낌의 좌표는 거기가 아닌 듯했다. 명치 끝, 위장 끝에서 다음 단계로 넘어가지 않고 머무르고 있다는 느낌이었다.

　2월 중순에서 말로 넘어가던 주말. 서울에 다시 올라와 5살 아들이 노는 모습을 물끄러미 보고 있는데, 즐거움에 겨운 아들이 내지르는 높은 톤의 목소리가 듣기 힘들었다. 조용히 좀 하라고 퉁명스레 외치고는 방에 들어앉았다. 침대에서도 쉬이 잠을 이룰 수 없었다. 마루 안락의자에 쭈그리고 잠을 청하다 새벽이 되기 무섭게 인사도 없이 홀로 집을 나와 버스터미널로 향했다. 전주행 첫 버스를 탔다.

담즙이 거기서 왜 나와?

이상하게도 집에서 도망치고 싶었다. 답답한 것은 분명 소화기인데 숨이 막혔다. 코로나의 대유행 즈음 함께 찾아왔었던 공황장애 증세가 다시 나타났다. 잠시 가족들과 떨어져 있어야겠다고 결심했다. 그래야 한숨 돌릴 수 있을 것 같았다.

전주행 고속버스에 몸을 던지자 안도감이 몰려왔다. 다시 병원에 가봐야겠다는 데 생각이 미쳤다. 지난번 처방이 전혀 도움이 되지 않았다고, 다시 잘 좀 살펴보라고 따지고 싶었다. 사무실에 도착하여 동료들과 점심을 먹는 둥 마는 둥 하고 지난주 건강검진을 했던 병원으로 발걸음을 서둘렀다.

"전에 주신 식도염약을 계속 먹고 있는데, 속이 여전히 영 불편합니다."

"음…… 그럼 위장약을 추가로 좀 드려 볼게요."

"아니 위장 아니라니까요. 여기에 딱 얹힌 느낌이 계속되는데, 예를 들어 담즙이 잘 안 나온다든가 해서 소화가 안 되는 것일 수도 있잖아요."

왜 거기서 담즙 얘기가 갑자기 튀어나왔을까. 평소 간 수치가 염려되긴 했지만, 간과 담즙, 담즙이 흐르는 담도, 담즙을 일시 저장하는 담낭, 그리고 췌장 등 다른 소화 관련 장기의 기능과 관계에 대해서는 당시 무지했었다. 그저 처방받은 약 먹으며 술도 좀 끊고 식사도 순한 것들 위주로 조절하면 곧 회복될 것이라 믿고 있었을 뿐이었다. 어떤 다른 존재가 내 입을 빌린 것일까?

돌이켜보니 그 순간 담낭을 떼어내신 어머니가 떠올랐던 것이 아닌가 싶다. 어머니는 1년 전 담낭을 떼어내셨다. 정말 별일 아니라며 수술을 다 마치고 퇴원하신 뒤에 통보하듯 말씀해 주셨다. 그래서 정말 그런 줄 알았다. 쓸개가 떼어내도 아무 이상 없는 장기구나, 맹장 같은 존재인가 보다 생각했다. 그 생각이 바뀐 건 명절에 어머니를 실제로 뵙고 난 뒤부터였다. 어머니는 식사를 예전처럼 많이 하시지도 못했고, 연신 트림을 하며 불편해하셨다. 덕분에 식사 후 한참을 걷는 건강한 습관이 생겼다며 애써 웃으셨지만, 몸에서 자꾸 하나씩 덜어내시는 어머니가 애잔해 기억에 남았나 보다.

여하튼 나는 이 불편한 느낌의 좌표가 위가 아니라 담즙이 췌장의 소화액과 섞이는 십이지장 어간이라고, 대강의 해부학적 위치를 짚어가며 밑도 끝도 없이 주장하기 시작했다. 어설픈 지식이 사람을 용감하게 한다는 게 이런 경우이겠지만, 난 당시 얕은 내 지식을 근거로 말하고 있는 것이 아니었다. 내 몸이 무엇인가를 강력하게 주장하고 있었고, 난 오랜만에 내 몸의 주관적인 느낌을 믿어보기로 한 것이었다.

아마도 지난번 건강검진 혈액검사 시 빌리루빈 수치에는 큰 이상이 없었고 육안으로도 황달 증세는 보이지 않았던 탓일까(참고로 담도암을 발견하게 되는 주된 계기는 황달 증세이다). 의사 선생님은 고개를 갸우뚱하더니 정 불안하면 초음파 검진을 해보자 했다. 다행히 초음파 검진은 바로 받을 수 있었다. 하지만 내 지방간이 문제였다.

"지방간이 심해서 초음파로 관찰하기엔 한계가 있습니다. 보시다시피 지방간이 있으면 이렇게 전부 허옇게 보입니다. 자세히 보려면 금식하고 내일 CT를 찍어보세요."

지방간이야 어제오늘의 문제가 아니라 10년 가까이 풀지 못한 오래된 숙제였다. 덕분에 지방간이 있으면 초음파로 들여다보기 어렵다는 것도 잘 알고 있었다. 그래서 전에는 이 단계에서 보통 추격을 멈추었다. 그래, 기승전 지방간이니 살 빼면 되지, 하고. 하지만 이미 내 판단을 지배하는 것은 생각이 아니라 몸의 본능이었다. 냉큼 내일 아침에 바로 찍자고 하고 돌아 나섰다.

그날 밤은 유난히 잠도 오지 않았다. 텅 빈 집에서 외로움 속에 한참을 뒤척였다.

Cholangiocarcinoma
콜랑지오카시노마

다음날 2월 23일 아침, 병원에 일찌감치 도착했다. 복부 CT는 처음인지라, 몸을 후끈 달아오르게 하는 조영제 느낌이 생소했다. 이래서 그렇게 여기저기 서명하라고 했구나. 30대부터 나름대로 꾸준히 건강검진을 받아왔다고 생각했는데, 왜 그동안 CT

촬영 한번 할 생각을 못 했을까. 점점 조바심이 났다. 결과를 언제나 알 수 있을까. 내일 오라 하지 않고 조금 기다리란다. 병원이 작아 대기 환자가 없어 그런가보다 싶어 다행이라 생각했다.

점심시간이 다 되어서야 내 이름을 부른다. 간에 뭐가 있는데 모양이 좀 안 좋단다. 설명은 그뿐이었다. 종합병원을 가봐야 할 것 같단다. 서울로 전원하길 원하면 소개해 주겠단다. 돌이켜 생각해보면 드라마에서 참 많이 나오는 표현인데, 그땐 그 말이 무슨 의미인지 전혀 알아차리지 못했다. 모르면 물어보기라도 하지. 만일 지인이 이런 상황이라면 입 뒀다 뭐 하냐며 타박했을 텐데. 당시의 나는 솔직히 무엇을 물어봐야 할지 몰랐다.

의사선생님이 하신 '모양이 안 좋다'는 말씀을 '이게 뭔지 잘 모르겠다'로 해석한 것 같다. 검사 결과 영상에는 무엇인가 있는데, 시간을 들여 살펴봐도 자기는 이게 뭔지 잘 모르겠으니 더 큰 병원에 가서 물어보라는 뜻으로 새긴 것이다. 그래서 나는 그냥 알아서 하겠다고만 말하고 돌아 나왔다.

돌아 나오는 길에 얼핏 눈을 마주친 의사 선생님의 표정에서 아무런 감정도 알아채기 어려웠다. 애처로운 눈길 한번 주었으면 좋지 않았을까. 그랬다면 심각한 상황이냐고 물어볼 틈이 생겼을 텐데. 왜 애써 표정을 감추었을까. 이 젊은 남자가 걸린 중병에, 어이없이 밀어닥친 중차대한 불행에 나는 관여한 바가 없다고 애써 부담을 털어버리고 싶었던 걸까.

원무과에서 결제를 마치자 진료의뢰서가 손에 쥐어졌다. 차분히 앉아 의뢰서를 들여다봤더라면 내가 처한 상황을 조금은 파악할 수 있었을 것이다. 아니, 그건 상황을 다 알게 된 지금의 생각이다. 당시엔 그렇게 걱정되어 뒤척이다 검사를 받았음에도, 큰 병원으로 가보라는 말까지 들었는데도 이상하게 읽어볼 생각이 나질 않았다. 아마 진료의뢰서가 무엇인지, 거기에 무슨 말이 쓰여 있을지 가늠조차 하지 못했기 때문이었던 것 같다.

와중에 나의 최선은 비싼 CT검사 비용을 보전받기 위해 실손보험 청구에 필요한 서류를 다 챙겨달라고 부탁하는 것이었다. 앉은 자리에서 서류들을 읽어보지도 않은 채 찰칵찰칵 사진을 찍어 휴대전화 앱으로 보험금을 청구했다. 보험사에 보낸 서류를 아내에게도 첨부한 뒤 점심을 먹으러 죽집을 찾아 나섰다.

내 상황을 확인하지 않고 보험금부터 청구하고 한가롭게 점심이나 먹고 있었다니. 지금도 그 이유는 명확하지 않다. 검사를 위해 금식한 뒤라 허기가 앞서서였는지, 삶과 죽음의 교차로에 서보지 않아서 무지해서였는지, 의뢰서에 쓰여 있는 말의 무게를 감당하기 어려울지 모른다는 본능에 이끌려 열어볼 엄두가 안 났던 것인지.

사무실에 돌아와 장인어른과 통화했다. 철없는 내가 밥이나 먹는 사이 서류 사진은 아내에게서 장인어른께 가 있었고, 내용이 심상치 않은 것임을 알아차리신 장인어른은 병원에 급히 연락하고 계셨다. 내게 당장 인근 대학병원 영상의학과로 가보라 하셨다. CT를 촬영한 병원에서 내민 영상 CD를 엉겁결에 받아온 게 다행이었다. 영상과 수치들을 들여다보는 영상의학과 교수님의 표정이 밝지 않았다.

그제서야 위기를 직감했다. 이전 병원의 영상판독 결과와 진료의뢰서를 열어보았다. 얼핏 보니 간에 덩어리(mass)가 보인다는 말이 있고 그 아래부터는 이해하기 어려웠다. 외계어들을 휴대전화로 검색해 보았다. 단어 하나 하나의 뜻은 알겠는데 조합하니 여전히 뜻이 모호했다. 이게 그리 큰일인가 싶기도 했다. 맨 마지막 줄에 이르기 전까지.

Cholangiocarcinoma. 제일 마지막 줄에 조그맣게 별거 아니라는 듯 쓰여 있던 단어였다. 검색창에 입력하다가 몇 번을 틀렸다. 담도암. 한글로도 좀 써주지. 그게 어려우면 크기라도 좀 키우거나 굵은 글씨 처리라도 해서 시선이 한 번만이라도 더 가게 해주지. 맨 마지막으로 그 단어를 검색했을 땐 배터리가 5% 남아 있었다. 콜랑지오카시노마. 단어 옆 스피커 아이콘을 몇 번이나 눌러 어떻게 발음하는지 듣다가 겨우 아내에게 메시지를 남겼다.

'무서워.'

좀더 정확한 판별을 위해 MRI 검사를 하자는 이야기를 들었다. 휴대전화가 꺼졌고 누군가에게 메시지를 보내 나의 위기를 알릴 길도 없었다. 원통형의 MRI 검사 기계 속으로 빨려 들어가 기계 특유의 소리가 들려오자 비로소 공포가 엄습해 왔다.

아쉽게도 진단은 바뀌지 않았다. 간 좌엽 내의 담도가 확장된 형태란다. 간내담도암. 간문맥 가지 혈관에 침범이 있어 보이고, 반응성 림프절도 보인다고 써 있었다. 혈액검사에서 얻는 암표지자 CA19-9 수치는 133. 당시엔 몰랐다. 암 병기를 정할 때 혈관 침범과 림프절 침범이 얼마나 무서운 말인지를. CA19-9 수치가 무엇을 의미하는지, 예후와 어떤 관련이 있는지를.

미안하고, 살고는 싶고,
그런데 막막하고

MRI 촬영을 마치고 나오자 장인어른이 서 계셨다. 집에 돌아오니 장모님도 근심 어린 표정으로 맞아주셨다. 두 분을 부둥켜안고 울며 연신 흘러나온 말은 '죄송합니다'였다.

뭐가 그리 죄송했을까. 종일 걱정 끼친 것이 죄송했을까. 당신의 딸과 아름다운 가정을 꾸려가기로 약속했는데, 그걸 지키기 어려울지 모른다는 생각이 들었기 때문이었을까. 삶이란 내가 감당해야 할 몫을 완수해야 하는 철저한 의무 수행의 연속이거늘. 은퇴를 앞두신 두 분은 그 의무를 철저히 이행하셨는데, 젊은 내가 제 몫을 하지 못하고 이탈하게 될지 모른다는 것이 죄송했을까. 왜 무섭다고 말하지 못하고 죄송하다고 말했을까.

사회생활로 무뎌진 내 감정 회로로는 각기 다른 감정들 고유의 섬세한 결을 알아챌 수 없었던 것 같다. 상대와 나와의 권력 관계에 따라 오로지 두 가지만 인식하고 표현할 수 있었다. 나보다 윗사람에게는 죄송했고, 편한 사람이나 아랫사람에게는 화를 냈다. 죄송할 필요가 없는 일들까지 온통 죄송했기에, 화가 날 이유가 없는 일에도 늘 화가 났다. 내가 각각의 감정들에 합당한 이름을 찾아주지 않고 두 가지 반응으로만 일관하는 동안, 빠져나갈 길을 잃은 그 감정들은 내면을 배회하며 이곳저곳에서 충돌하고 파열음을 내고 있었나 보다. 망가져 버린 감정 중추의 존재를 까맣게 잊은 채, '왜 이렇게 늘 화가 날까' 머리만 긁적이고 있었던 게 그 즈음의 나였다.

잠시 후 아내가 서울에서 아들을 데리고 도착했다. 아내와 아들을 보니 감정들이 조금씩 분명해지기 시작했다. 무서움보다 컸던 것은 삶에 대한 미련이었다. 태어나 한세상 살며 이름 석 자 남기지 못하고 일찍 지게 될지 모른다는 것이 아쉽다는 생각도 스쳐 지나갔지만, 무엇보다 아내와 아들과 함께 끝까지 살아보고 싶었다. 번갈아 두 사람을 품에 안으며, 손에 잡히는 그 살과 온기에 기대어 겨우 정신을 차릴 수 있었다.

살아남는 것, 살길을 찾는 것은 내 몫이라고 주문을 외워보았다. 깊어가는 밤, 나는 휴대전화 주소록을 뒤져가며 지인들 중 의료진을 찾기 시작했다. 어느 병원 누구에게 진료를 받아야 할지 막막하기만 했다. 늦은 밤이었음에도 많은 이들이 염려해 주고 날이 밝는 대로 할 수 있는 일을 찾아보겠다고 답해 주었다. 자정이 되어갈 무렵 주소록이 ㅎ에서 끝나가고 있었다.

자리에 누웠지만 잠은 쉽게 오지 않았다. 인터넷을 뒤지며 담도암 관련 카페나 블로그, 유튜브 등을 찾아보았다. 한 줄 한 줄, 환자와 보호자들의 눈물로 가득해 읽어내려가기조차 어려웠다. 한참을 헤매보았지만 수술과 항암, 방사선, 대사 치료, 자연치유 등 낯선 갈래 길들이 엉켜 있을 뿐 지도나 GPS는 없었다. 숱하게 쌓아올려진 슬픈 사연들 위로 겨우 고개를 내밀고 있는 몇 안 되는 생존기들을 복사해 휴대전화에 갈무리해 두었다. 그 위대한 생존의 사투가 나침반이 되어주길 기대하고 찬찬히 읽어보았지만, 흉내를 낼 엄두가 나지 않았다. 막막했다. 그저 이 앙다물고 견뎌내다 여기까지 와 버린 내 젊음의 시간이 미련스러워 원망의 눈물을 한참을 삼켰다.

막막한 중에도 기회의 창은 열렸다

다음 날, 내 휴대전화에는 담도암 명의 리스트들이 열려 있었다. 간내담도암과 간외담도암이 모두 담도암으로 분류되지만, 매우 다른 분야라는 것을 그때는 몰랐다. 지금 돌아보니 내가 추천받은 명단에 있던 분들은 대부분 간담췌외과의 간외담도암 휘플수술(간 밖에 있는 담도를 제거하면서 주위에 인접한 췌장두부, 위, 십이지장, 쓸개 등을 함께 절제하고, 남은 위장관과 체액관을 이어붙이는 고난이도의 수술) 전문가들이었다. 나는 간내담도암. 휘플수술과는 무관했고 간 절제술이 필요한 상황이었음을 나중에 알았다.

그런 정황을 모른 채 받은 리스트만 보고 여기저기 진료 가능성을 타진했다. 명의로 소문난 분들이라 결과는 뻔했다. 도무지 빠른 시간 내에 진료를 예약할 수가 없었다. 절망에 한숨을 내쉬었다. 진료 날짜를 잡지 못해, 입원할 빈 침대를 찾지 못해, 누가 명의인지 알지 못해 발을 동동 구르던 지인들의 애절한 표정들이 스쳐 지나갔다. 지푸라기라도 잡는 심정으로 내가 아는 힘 있는 이들에게 부탁해 달라는 청을 했던 이들도 있었다. 더 힘껏 돕지 못했던 것을 후회했다. 그때 함께 길을 헤매었더라면 지금 어떻게 풀어나가야 할지 배울 수 있었을 텐데.

나도 같은 장면을 연출하고 있었다. 아내에게 진료 예약을 부탁하고, 나는 소위 힘깨나 쓴다는 분들의 연락처를 뒤지고 있었다. 마음이 급했다. 의사 친구들에게 부탁 전화를 해보았지만, 기대했던 도움은 받지 못했다. 와중에 혈관이나 림프절 침범의 의미가 중차대하다는 설명을 들었고, 점점 다리가 풀려가기 시작했다. 영상에 보이는 것과 실제 속사정이 같다면 전이가 없어도 2기 또는 3기, 전이가 있다면 4기였다. 담도암 3기와 4기의 생존율은 특히나 낮다는 사실은 인터넷에도 잘 나와 있었다. 죽음이 생각보다 가까이 있을지 모른다는 공포에 압도되어 손끝이 떨렸고 전화를 돌리는 일조차 어려웠다.

의욕이 절망으로 꺾여가던 중 친구로부터 연락이 왔다. 초등학교 시절부터 알고 지낸 친구다. 아마 내 휴대전화에 있는 이름 중 가족을 제외하면 가장 오래 알고 지낸 사이가 아닐까. 그녀는 대형 병원에서 전문 간호사로 재직 중이었다. 몇 년간의 공백에도 불구하고, 야심한 시각의 결례를 무릅쓰고 간밤에 전화했었다. 내가 좀 아프니, 도와달라고.

그녀는 아침부터 침착하게 나를 대신해 길을 찾고 있었다. 우선 그 분야의 전문 간호사에게 불문곡직 연락해 나의 상태를 알리고, 어느 분께 진료를 받는 게 좋을지 타진하고 있었다. 간내담도암과 간외담도암의 소관 과부터가 다르다는 것도 그 과정에서 알게 되었다. 그녀가 소개해 준 교수님의 외래진료는 일주일에 단 한 번이었는데, 마침 그날이었다. 당일 진료는 원칙적으로 어렵지만, 당일 진료를 취소하는 환자도 있으니 일단 와서 한번 부딪혀보자며 일단 열차에 타라고 했다.

부랴부랴 열차를 타고 서울에 올라와 그날의 마지막 진료자로 이름을 접수할 수 있었다. 지금 생각해보면 정말 어렵사리 열린 기회였다. 당시엔 닥쳐온 불행에 압도되어 그 기적을 음미하고 감사할 여력까진 없었다. 나중에서야 알게 되었다. 그날 치른 일련의 과정은 결코 기적이 아니었다. 생면부지의 나를 딱하게 여겨 바쁜 와중에 길을 알려주고, 틈을 살펴준 누군가의 노력이었다. 대가없이 부어준 그 선의를 마중물 삼아 이후에 일련의 기적들이 일어난 것이라고, 나는 믿는다.

온 종일 밀려드는 대기 인파 틈에서 마지막 진료를 기다리며 수많은 갈래의 질문들을 많이도 준비했었다. 하지만 문을 열고 들어서자 입 밖으로 겨우 새어 나온 것은 단 한마디였다.

"저 살 수 있나요?"

어리석고 절박한 이런 질문을 하루에 몇 번을 받아냈을까. 가끔 냉정해 보이기까지 하는 의료진의 무표정은 아마도 이런 질문 세례로 단련되었으리라. CT와 MRI를 확인한 교수님은 내 질문에 대한 답을 겸해 빨리 수술해야 한다고 말했다. 그땐 수술이 가능한 상태라는 것만으로도 감사해야 할 일이란 것을 알지 못했다. 말씀을 듣고 나니 오히려 초조해졌다. 1분 1초. 그 조직은 커가고 있을 터였다. 수술실을 언제 확보할 수 있는지 확인하는 의료진들을 바라보며 진료실 문을 닫고 나왔다.

어느 병원 침대에 누울지
선택은 나의 몫이었다

내가 절망하던 사이 다른 가족들도 백방으로 진료 예약을 시도하고 있었다. 덕분에 이튿날 다른 진료 기회도 열렸다. 들어가는 길부터 병원 경내에 은은하게 찬송가가 연주되고 있었다. 갑자기 눈물이 흘렀다. 기왕에 생명을 주셨는데, 왜 이렇게 빨리 내 몸에 암의 스위치를 켰어야 했는지 원망스러웠다. 내 삶이 얼마나 길에서 멀리 벗어났기에 신께서 이렇게 할 수밖에 없었을까 싶어 후회도 밀려왔다. 두 마음이 마구 뒤엉키며 눈물이 멈추질 않았다.

이번 진료에서는 조심스레 병기를 물어보았다. 2기에서 3기로 예상되지만 정확한 것은 수술 후 조직검사를 해봐야 알 수 있다고 했다. 혈관이나 림프절의 침범 가능성을 높게 보는 것 같았다. 애초 영상검사 결과지에 침범이 있을 수 있다는 언급이 있었고, 주위에서도 그걸 염려했었다. 하지만 직접 듣고 나니 심적인 타격이 더 컸다. 막연했던 공포가 성큼 다가섰다.

친절한 교수님은 수술방식에 대한 설명도 이어갔다. 개복이 아니라 복강경이나 로봇 수술도 고려해 볼 수 있다고 하셨다. 비용은 더 들지만, 회복도 빠르고 수술 자국이 많이 남지 않아 미관상으로도 낫다는 설명이었다. 살 수만 있다면 무슨 차이인가 싶겠지만, 흉터도 은근히 신경쓰였다. 제시한 수술 날짜도 어제 진료 본 곳보다 이틀 빨라서 마음이 흔들렸다. 몸에서 그 세포들이 매일매일 커지는 것처럼 느끼던 때였으니.

선택은 이제 내 몫이었다. 빨리 수술이 가능한 곳으로 해야 할까? 만났을 때 느낌이 좋았던 교수님께 의탁을 해야 할까? 수술 후 회복이 빠르고 후유증이 덜 하다는 로봇 수술을 해야 할까? 오랜 기간 경험이 누적되어 온 개복 방식이 나을까? 주위 조언을 들어보아도 수술방식은 일장일단이 있어 어느 것이 더 낫다고 말하기 어렵단다. 최고의 의료진에게 몸을 맡기고 싶다며 이곳저곳을 기웃거리고 비교하던 마음은 순식간에 그냥 누가 대신 결정해달라는 애원으로 바뀌어 있었다. 이 결정에 내 목숨이 걸렸다고 생각하니 판단력을 유지하기 어려웠다. 그 새 가입한 환우 카페며, 인터넷 정보들 속에서 답을 구하려 해보았지만, 더 판단하기 어려웠다. 조언을 구한 모든 이들이 하나같이 최종 판단은 내 몫이라 말하는데 그 말이 그렇게 버거웠다.

아내는 그런 나를 차분히 도와주었다. 후회를 남기지 않기 위한 조건들을 하나하나 제시하며 내 선택의 부담을 하나씩 덜어주었다. 인터넷에서 살펴본 아예 다른 방식의 치료들에 대해서도 아내와 상의했다. 그때마다 아내는 그 치료도 좋지만 지금 내 단계에서는 타당하지 않음을 지치지 않고 설명해 주었다. 참 다행이었다. 결정의 순간들에 외롭지 않을 수 있어서.

고민할 시간이 많지 않았던 것도 참 다행이었다. 서울에 올라와 처음 진료를 받았던 병원에 입원하기로 선택했다. 2월 28일 경 입원할 수 있다는 안내를 받았다. 입원 준비를 위해 전주로 돌아오는 길,

차분히 내게 벌어질 미래에 대해 생각해 보려 애썼다. 내 바람과 달리 머릿속에선 삶의 여러 순간들만 두서없이 흩날리고 있었다. 예후가 나쁜 암이라는 정보가 벽처럼 나를 가두었고 그 안에서 나는 맴맴 돌았다. 확고한 것은 나를 감싸주고 있는 아내의 손뿐이었다.

평온한 세상 위에서
나만 홀로 절박했다

돌아올 시간에 대한 기약 없이 일단 내 삶을 중단시켰다. 회사엔 진단서와 함께 병가를 신청하고 긴 입원 생활을 대비해 준비물을 챙겼다. 내 속에 들어찬 암세포를 위해 준비할 건 없었다. 그 중차대한 문제는 내 손 밖에 있었고 나는 그저 인터넷을 검색하며 하루하루의 생활에 필요한 것들을 가늠해 보는 수밖에 없었다. 여행 준비와 비슷했다.

10년 전 부러진 왼팔을 이어붙이기 위해 전신마취 수술을 했을 때의 경험을 떠올려보며, 물 없이 씻을 수 있다는 신기한 샴푸와 비누를 주문했다. 옆 사람이 내뱉는 신음마저도 고통스러울 것 같아 귀마개도 여러 개 챙겼다. 입원 기간이 지루할 것이라 예상했던 것일까, 아니면 통증을 이겨낼 방편이라 여긴 것일까. 좌우간 노트북 컴퓨터에 영화도 몇 편 담아서 가방에 넣었다. 간병을 위해 불편한 침대에서 2주 넘는 시간을 보내야 할 아내에게 필요한 옷이며 침구도 준비해야 했다.

식사도 걱정이 되었다. 이미 이런저런 대사치료 관련 인터넷 정보를 접하며 병원에서 제공되는 식사를 곧이곧대로 할 수 있을까 염려가 되기 시작했다. 고기를 먼저 끊기로 하고 유기농 채소류를 그때그때 사다가 먹기로 했다. 처음 암에 걸렸다는 것을 알게 된 환자들이 대개 그러하듯 나 역시 먹거리 문제로 유난을 떨기 시작했지만, 만시지탄이었다.

배를 열어야 하는 비상시국에 이발 걱정이라니. 때가 되었고 몇 주 입원기간 머리 감기도 어려운 상황에서 신경 쓰일 수 있다며 부득불 그 와중에 이발을 했다. 장모님께서 오래 다니셨던 미용실이라 가벼운 대화를 나누게 되었다. 한없이 무거워진 마음으로 아무렇지 않은 척 일상대화를 나누는 것이 이토록 어려운 일이란 것을 처음 알았다. 서울에서 이곳으로 어떻게 오게 되었으며, 앞으로 얼마나 있을 예정이며, 자식 이야기까지. 나긋나긋 읊조리는 동안에도 표정을 통제할 수가 없었다. 눈물을 쏟지 않은 것을 다행으로 여기며 겨우 이발을 마쳤다. 얼마나 길어질지 알 수 없는 시간을 앞둔 터라 되도록 짧게 잘라 달라 부탁했지만, 일어서며 거울을 보니 적당한 길이였다. 나 홀로 아무리 비장해도 주위의 일상은 평소처럼 돌아간다는 것에 이제 익숙해져야 할 텐데.

가장 어려운 준비는 코로나 음성 확인 검사였다. 입원할 병원에서는 내 이름이 적힌 음성확인서를 원했다. 하지만 보건소는 병원 입원을 위해 필요한 검사는 아예 해주지 않았다. 지역 내 종합병원에선 검사 결과를 익명으로 보내주었다. 이름을 넣어주는 서비스가 없다는 말에 발을 동동 굴렀다.

사실 결국 사람이 하는 일이라 병원에 부탁하고 마음 쓰지 않아도 될 일이었다. 사정을 설명한 끝에 무사히 서류를 받아낼 수 있었다. 하지만 나는 마음을 놓지 못하고 제각각인 시스템에 개탄을 금치 못하며 화부터 내고 있었다. 사소한 일들에 왜 이리 마음이 어지럽고 조바심이 났던 걸까. 스트레스에 대한 역치가 한껏 낮아진 걸 체감했었다. 내 몸에 그 친구들이 자리잡기 쉬운 환경을 오랫동안 너무도 오래 방치했다.

뒤늦게 부모님께도, 형에게도 연락을 드렸다. 놀라 어쩔 줄 몰라 하실 것 같아 상황이 정리된 후에 연락드린다며 미루다 보니 늦어졌다. 자식이 먼저 암에 걸렸다는 청천벽력 같은 소리에 얼마나 가슴이 철렁하셨을까. 입원 후에는 면회도 어려우니 서울로 오셔서 입원 전에 뵙자고 했다.

뒤늦게 깨달은 슬픈 내력

입원하기 전날 밤 부모님, 형과 함께 머물며 같이 기도하고 눈물지었다. 가까운 친지들에게도 전화했다. 눈물이 멈추질 않았다. 간만에 가계도를 그려가며 가족 이야기를 나눴다. 부계에도 모계에도 대대로 내려온 유산은 없었지만, 병은 꼼꼼하게 유전되고 있었다.

부계에서는 특히 간이 문제였다. 가난이 강제한 혹독한 삶은 유독 간을 파먹었다. 돌산에 묶인 채 독수리에게 간을 쪼인 프로메테우스처럼, 한 세대 전 어르신들은 청소업을 영위하며 사용한 독한 약품에, 힘든 일을 마치고 넘기는 한잔 소주에 간을 쪼였다. 지금 내 나이에 돌아가셨기에 뵐 기회도 없었던 큰아버지도 간에 암이 있었다. 작은아버지는 간염으로 오래 고생하셨고, 내가 간을 빼앗긴 몇 달 뒤 담관결석으로 나처럼 간 왼쪽을 잘라내셔야만 했다.

모계에도 위험요소는 도사리고 있었다. 어머니는 얼마 전 쓸개를 떼어내셨고, 이모는 유방암으로 불과 한 달 전 먼 여행을 가셨다. 빌어먹을 유전의 공식이라니. 간+담낭+암 = 간내담도암. 과학적인 이야기는 아니지만, 나는 슬프고도 정확하게 가족의 내력을 간직했다가 발현시킨 셈이었다.

신체발부 수지부모라. 부모보다 먼저 아프게 된 자식이란 무척 슬픈 노릇이었다. 낳아 기르신 부모님의 마음은 어떠했겠는가. 내 몸의 세포 하나하나가 발원했던 당신들의 몸, 당신들의 몸이 기원했던 뿌리까지 거슬러 올라가며 원망스러워하지 않으셨을까. 그 마음 표현할 길이 없어 그저 함께 우셨던 것일까.

생각해 보니 그 유전의 지도에 대해 내가 처음 들었던 것은 아니었다. 아버지는 나이 여덟에 아버지(나의 할아버지)를 여의고, 내가 세상에 나오기 직전에 형님을 잃었다. 당신께도 젊은 시절부터 죽음의 공포가 늘 곁에 따라다녔다. 덕분에 아버지는 운동을 열심히 꾸준히 하셨고, 늘 건강을 염려하셨다. 마르고 닳도록 내게 운동을 권하셨고, 몸소 모범도 보이셨다.

안타깝게도 내게는 들을 귀가 없었다. 젊었고, 젊다고 생각했고, 죽음을 마주한 적도 없었다. 내 몸이 어떻게 타고났는지 관심도 없었고, 그저 운동에 소질이 없으니 즐기지도 않는다며 간곡한 당부를 내쳤다. 재미가 아니라 살기 위해 뛰고 또 뛰었던 아버지의 피가 내게도 흐른다는 사실을 외면했다.

한바탕 함께 울고 나서 간곡히 부탁했다. 벗어나기 힘든 그 취약한 유전을 나누어 가진 형에게. 나처럼 늦기 전에 살피라고. 형도 고혈압에 당뇨 초기에 진입한 상태였다. 걷기 싫고 뛰기 싫은, 그 귀찮아하는 성격마저 나와 닮은 형의 뒷모습이 마냥 불안했다.

입원 날이 다가왔다. 마침 서울 집을 정리하고 전주로 이사하기로 한 날과 같았다. 오전 내 정리된 이삿짐이 전주로 출발하는 것을 지켜본 뒤, 아내와 함께 병원으로 향했다. 간병인은 도중에 한 번만 교체할 수 있었다. 아내의 기력이 소진되거나 코로나에 감염된다든가 하는 예상치 못한 변수는 얼마든지 발생할 수 있다. 간병인도 교체선수를 예비해야 했다. 떠오르는 옵션은 하나뿐이었다. 카페 개업을 앞두고 한창 바쁠 친한 친구에게 사정을 설명하고 부탁해 두었다. 설렘 없이 두렵기만 한 새 출발이었다.

왜 하필 나였을까

2월 27일, 주말에 입원했다. 주말이라 한산한 편이어서 마음이 놓였다. 6인실은 언제 자리가 날지 모른다는 상황 설명을 듣고 2인실을 택했다. 수술 예정일은 이런저런 검사 결과에 따라 결정될 것이었다. 마음을 최대한 비우고 내 안에 도사리고 있는 암에만 집중하겠다고 다짐하며 전의를 불태우기 시작했다.

진단 후 입원실에 오기까지, 불과 1주일 정도의 시간이었지만 겪어낸 감정의 변화와 강도는 나의 경험이라 할 만한 것들 중 가장 밀도 있었다. 일찍 죽을 운명이라면 차라리 암보다 사고사가 낫지 싶었다. 이렇게 감정과 끝없이 싸우지 않아도 되고, 죽음의 탓을 내가 아닌 불운에 철저하게 돌릴 수 있을 터였다.

불운을 탓할 수 없으면 나를 탓해야 하거늘, 나는 비겁하게 화살을 신에게 돌렸다. 겉으로는 신의 뜻이 있을 것이라고 믿는다며, 진지한 목소리로 기도를 부탁했다. 이겨낼 수 있는 시련이기에 허락된 것 아니겠냐며, 그저 맞설 용기를 달라고. 그 와중에 가증스럽게 연기라니. 난 여전히 외견상 성실한 신앙인이어야 했던 것이다.

속으론 사실 따져 묻고 있었다. 왜 하필 나의 몸에 암의 스위치를 켜셨느냐고, 벌써. 내 동년배 중 나보다 더 불성실하게 살아온 수많은 이들이 있을 터인데. 더 무책임하고 뻔뻔한 이들이 얼마나 많은데. 그들은 책임도 느끼지 못하기에 죄의식도 수치심도 없이 잘만 살아가는데, 나름 평균적인 수준 이상의 성실함과 책임감을 느끼며 살아온 나에게 왜! 왜! 왜! 하필 그 암이라는 그림자를 먼저 드리운 것인가. 신은 이렇게 랜덤한가. 모질기도 하지. 그것도 개중 어렵다는 담도암을. 무려 최초입니다. 내가 직접 아는 또래 친구 중에 암에 걸린 사람은.

이기지 못할 시련은 주지 않으신다더니, 그런 신앙의 금언은 이제 보니 가스라이팅이었다. 그 말을 들으며 자란 나는 인생에 주어지는 시련의 강도가 점점 높아져 가도 어떻게든 도망치지 말고 버티도록 길들여지고 있었다. 그런 헛소리 믿지 말고 진즉 도망쳤어야 했는데. 꾹꾹 눌러가며 참아내고 견뎌낸 결과를 봐라, 이렇게 나이 40에 벌써 암으로 무너져내려 버리지 않았나.

내가 스트레스를 잘 받는 기질이라 암에 걸린 것 같다고? 그래, 책임감이나 도덕의식, 그리고 죄의식이 남들보다 유난스러워서 스스로를 가혹하게 밀어붙인 탓도 있겠지. 하지만 그런 유난한 성격이야말로 신앙 탓이다. 교회에서 빛과 소금이 되라고, 이웃을 향한 희생과 헌신의 황금률을 어릴 적부터 주입하고 내면화시키지 않았냐 말이다. 결국 배운 대로 그렇게 살진 못했지만, 매번 죄의식은 느꼈지. 그게 쌓였겠지. 분노로 가슴이 쿵쾅거렸다. 몇 번이고 속으로 따져 물었다.

신은 말이 없었다. 이게 잘못이다, 저게 섭섭하다 따져 묻는 나의 말을 묵묵부답 듣기만 하던 아내처럼. 아내와의 말다툼이야 시간이 해결해주었다. 내 투정은 곧 식었고, 내가 늘 먼저 머쓱해지곤 했었다. 하지만 이건 달랐다. 대답 없는 신의 뜻을 스스로 알아차리기까지 차분히 묵상할 시간이 없었다. 초조하고 어찌할 바 몰라 펄쩍 뛰고 싶은 심정이었다. 그리고 무엇보다 뭐라도 해야만 했다. 그래야 그 불안한 시간을 건너갈 수 있었다.

일단 싸워보자.
늘 그랬듯이

일단 손에 잡히는 것은 암과 싸워야겠다는 마음이었다. 초조함을 불쏘시개로 암과 싸워야겠다는 투지를 불태웠다. 보이는 적과의 전쟁을 선포해야만 내면의 불안을 잠재울 수 있었다. 짐짓 괜찮은 척하며 투사처럼 굴었다. 두 번, 세 번 연거푸 찾아온 암을 이겨냈거나, 4기 암과 더불어 지금도 살아가고 있다는 불사신들의 신화를 읽으며, 나도 이 명예의 전당에 곧 오를 것이라 공언했다.

나중에서야 든 생각이지만 나는 매사 그런 식이었다. 여긴 어디지? 나는 누구지? 성년으로 건너올 때 진즉 풀고 왔어야 할 문제집을 아직도 풀면서, 존재의 불안이 엄습할 때마다 나는 일을 만들고 그것과 싸웠다. 가만히 존재의 기쁨을 누리며 안식해도 되는 그 시간에.

마치 직장에서 업무를 하는 것 같았다고 한다. 당시의 나를 옆에서 바라보던 아내의 말이다. 포털사이트에 간내담도암을 입력하고 카페며 블로그에 보이는 정보들을 두서없이 탐식했고, 궁금한 것들을 시도 때도 없이 아내와 주위 사람들에게 물었다. 교수님의 회진 때마다 물어볼 것들을 빼곡하게 적어두어야 직성이 풀렸다.

그러다 그 일마저 아내에게 떠넘겼다. 쏟아지는 정보들을 감당하기 어려웠다. 인터넷에서 담도암 사례를 찾아보면 긴급상황에 어떻게 대처해야 하는지 물어보는 보호자들의 아우성이 넘쳐났는데, 곧 내 얘기가 될 것만 같았다. 환자 본인의 체험은 드물게 있었지만, 좋지 못한 예후에 눈물이 가득 차올라 마음을 잡기 어려웠다.

아내에게 부탁한 이유는 또 있었다. 내가 흔들리고 있었다. 마음이 간절해지는 만큼 판단력도 함께 흐려졌다. 그럴싸한 단호한 표현들에 귀가 솔깃해졌다. 의료진을 100% 신뢰하지 못하기 시작했고, 수술을 앞둔 상태에서도 다른 치료방법에 대해 종종 이야기했다. 더 나아가면 갈피를 잡기 어렵겠다고 느꼈다. 휴대전화를 쥐버렸다. 검색부터 문자 답장까지 모두 아내에게 위탁했다.

후일담이지만 아내는 당시 부탁하던 내 모습도 일터에서 팀원 대하는 자세였다고 회상했다. 담도암에 대한 치료 정보부터 식이요법까지 생각나는 대로 검색해 보라 부탁하면서 책, 인터넷, 의료진의 자문 등을 다각도로 살펴보라고 가지가지 요구했다고 한다. 회진 오는 교수님의 말씀을 들으며 수첩에 메모하라고 아내에게 핀잔 준 것도 아내는 기억하고 있었다. 아내에게 그 정도였으니 나와 일하던 사람들의 기분은 오죽했겠는가.

암 치병은 마라톤이라던데, 수술을 앞둔 그 엿새마저도 난 단거리처럼 뛰고는 가쁜 숨을 그렇게 몰아쉬고 있었다. 그동안 내 삶 매일매일도 그렇게 호들갑으로 채워지고 있었던 것을 그땐 몰랐다. 당장 결과를 내놓으라는 불호령에 익숙해진 내 몸은 지구력을 몰랐고, 받았던 사랑만큼 내리사랑으로 주위 사람들을 들들 볶았다. 아드레날린만 발사하며 버텨온 시간 동안 어찌어찌 순발력을 내며 버티던 근육들도 이미 무너져 내리고 있었다.

수술 전까지 뭐든 해보자.
다들 운동에 유기농 채식하고 그런다던데

내가 입원했던 병원에는 지하에 서점을 구비하고 있었다. 병원서점이지만 정통의학서적보다는 환자들이 읽을 법한 투병기들이 가득했다. 표준치료만 신뢰하는 병원서점에 '암을 굶기는 치료법'과 같은 대사치료 책도 있고, '암은 병이 아니다'와 같은 인도 전통 아유르베다 치료에 기반한 책도 있었다. 자연치유며 다양한 식이요법까지 두루 파는 것도 신기했다. 휴대전화도 아내에게 줬겠다, 나는 책들을 탐닉하기 시작했다.

맴돌던 정보들이 책을 읽으며 자연스레 분류되어 자리를 찾았다. 치료방법의 갈래들이 보이기 시작했다. 대사치료와 자연치유를 폄하할 수는 없겠다는 생각이 들면서도, 한편으론 지금 수술이 가능한 상황에서 표준치료를 박차고 나올 이유는 더욱 없겠다고 생각했다. 수술 후에는 정신건강을 우선 챙겨야겠다는 다짐도 이때 새겨넣었다. 암은 싸우려 들면 자꾸 피어나니 평생 달래가며 살아야 한다는 투병기의 고언도 마음속 깊이 흡수되었다.

서점 문을 닫을 때까지 서서 책을 읽은 날도 있었다. 내 관심은 신에 대한 원망에서 몸으로 옮겨가기 시작했다. 책을 읽으며 내 몸의 정상세포가 암세포로 변신하게 된 과정을 상상해 보았다. 나의 무관심과 폭음, 과로 속에서 찌꺼기가 쌓여가고, 담도의 세포들이 살기 위해 아우성을 치다 변해 가는데 주위 장기들은 도와줄 힘도 말릴 의욕도 없이 축 처진 모습이 그려졌다. 내 몸에 너무 미안했다. 만시지탄이지만 수술 전까지 운동과 식이를 병행하며, 홀대했던 내 몸에 석고대죄라도 해야겠다고 다짐했다.

수술 전까지 최선을 다해 걸었다. 주로 식후 시간대를 활용했는데, 혈당 피크를 줄여보자는 심산이었다. 그 아이디어는 당뇨, 고지혈증 등 대사 관련 약물들을 활용해 암의 영양공급을 차단하는 원리의 대사치료 관련 책에서 배웠다. 수술을 앞둔 연약한 정신력으로는 약물들이 작용하는 복잡한 과정을 단박에 이해하기 어려웠다. 하지만 식후 바로 걷기를 실천하여 혈당 피크를 피하라는 조언만은 새기게 되었다. 처음엔 아내와 병원 곳곳을 걸었다. 이내 그것만으론 모자라 입원실이 있던 8층부터 꼭대기까지 계단을 올랐다. 숨이 턱 밑까지 차올라야 걱정 근심을 내려놓을 수 있었다.

암 진단을 받으면 다들 처음에 플라스틱 그릇을 버리고 유리나 스테인리스 그릇을 구비한다지. 게다가 이팝에 고기도 끊고, 채식에 잡곡밥 먹고 식자재도 다 유기농으로 바꾼다더니, 내가 그렇게 하고 있었다. 1년 넘게 지난 지금 돌이켜보면 일부 유난스러운 호들 갑도 있었지만, 당시엔 참 진지했었다. 병원에서 제공되는 밥은 아내에게 양보하고 나물 반찬만 골라 먹었다.

모자란 탄수화물, 단백질은 단호박, 유정란, 방울토마토, 고구마, 낫또, 두부, 두유 등을 밖에서 조달하여 보충했다. 친구에게 부탁해 울금, 미역귀 등 항암에 좋다고 하는 식자재도 들여와 차로 우려 마셨다. 아버지의 암 투병을 간병한 경험이 있는 후배가 물심양면 도와주었다. 지금도 고맙다. 그렇게 입원실은 수술 전부터 새로운 삶의 방식을 향한 열기와 절박함으로 가득 차 있었다. 일주일이 지나 수술 날이 당도했다. 몸은 한결 가벼워져 있었다.

배를 열고 닫기까지

내면이 그렇게 요동치던 사이 수술 전 필요한 다양한 검사도 이뤄졌다. 어느 것 하나 중요하지 않은 검사는 없었겠지만, 기억에 남는 것은 PET-CT. 이 검사는 쉽게 말하면 방사선을 입힌 포도당을 주입하여 1시간 뒤 위치를 찾는 것이다. 정상세포보다 훨씬 강력하게 포도당을 끌어당기는 암세포의 특성을 이용한 것이라는 설명을 듣고 적잖이 놀랐다. 앞으로는 피에 잉여 포도당이 많이 흐르면 곤란하겠구나 싶어. 다행히 전이도 없었고, 간도 일부를 절제하더라도 제 기능을 할 수 있는 상태라고 들었다. 이것으로 수술대에 오를 준비가 되었다.

수술시간은 아침이었다. 수술실로 옮겨가는 동안 행복했던 기억들이 스쳐 지나가길 간절히 원했지만 내 마음은 아직 분노와 원망의 자리에서 한 발자국도 내딛지 못했다. 나를 수술대 위에 오르게 만든 장본인들을 하나씩 찾아 헤매고 있었다. 아쉽게도 현행법에는 그들을 기소할 적당한 죄목이 없다. 암 유발죄로 법정에 세워 평생 죄책감에 사로잡혀 사는 형벌로 엄히 다스리고 싶은데.

차디찬 촉감의 수술대 위에서 벌어질 일에 대해서는 수술 전날 소상한 설명을 들었다. 종양의 주변부까지 넉넉하게 왼쪽 간을 절제하고, 절제된 면에서 암세포가 발견되지 않으면 배를 닫는다고 했다. 꽤 긴 시간이 되리라 생각하며 스며오는 마취제와 싸우지 않고 바로 눈을 감았다. 꿈은 없었다.

깨어나니 무척 추웠다. 아니 추위보다는 아픈 것이 먼저였다. 통증으로 몸부림치고 고함을 질렀다. 정신이 오락가락하는 와중에 누군가 와서 어떻게든 견뎌내라고 했다. 이미 정량의 진통제를 넣은 상황이라 더 줄 수 있는 것도 없다고. 차라리 정신을 놓고 싶은데 지금은 잠들 권리가 없다고 했다. 무조건 깨어 고통을 직접 맛보고 있어야만 했다.

좌우를 돌아보니 나와 비슷한 처지의 몸들이 여럿 누워 있었다.

회복실이구나. 나처럼 몸의 어딘가를 잘라내야 했던 사람들이 매일같이 여럿 나오는구나. 나에게만 내려진 것이라 믿었던 천형은 사실 매일 반복되는 일상에 가깝구나. 저 중에 나보다 더 젊고 그래서 더 원통한 사람도 있겠지.

진단했던 영상과 뱃속 실제 상황이 다르면 절개하지 않고 그냥 닫는 경우도 생긴다던데, 시계가 없는 하얀 방에선 수술에 걸린 시간을 확인할 길이 없었다. 수술은 끝낸 것인가? 사라진 덩어리의 빈 자리는 지금 느껴지는 이 통증이 채우고 있는 것인가? 아니었다. 아픈 곳은 사라진 간이 있던 자리가 아니라 분명 허리였다. 극심한 허리 통증에 몸을 배배 틀며 자세를 고쳐 잡아보았지만, 통증은 잡힐 기미가 없었다.

잠시 후 병실로 옮겨지며 그 이유를 들었다. 6시간 이상 고정된 자세를 취한 채로 개복수술이 진행된 탓에 허리에 부담이 되었을 것이란다. 병실에 도착해 침대로 옮겨지고 난 뒤 아내는 쿠션이며 베개, 수건을 총동원해 허리를 받쳐줄 작은 산을 만들었다. 얼마나 소리를 질렀는지 모르겠다. 아내는 내 비명의 데시벨로 고통의 크기를 가늠해 가며 쿠션의 위치를 바꾸었다. 병과도, 목숨과도 무관한 허리와 싸우느라 정신이 혼미해지는 동안, 일부분이 잘려나간 간은 되려 아무런 소리를 내지 않고 열심히 회복하고 있었을 것이다.

의료진은 1시간 동안 잠들지 말고 버티라는 당부와 함께 병실을 떠났다. 난 마약성 진통제 버튼을 손에 꽉 쥐고 있었다. 아프다고 빠르게 눌러보아도 일정한 간격으로 정량만 투여된다. 지금 진통제를 누르면 정신이 더 혼미해져 잠과 싸우기 어렵다. 이를 악물고 버티는 수밖에 없다. 통증과 졸음, 얼핏 보면 양립하기 어려운 이 두 가지와 동시에 싸우자니 시간이 길게만 느껴졌다.

참을 수 없는 갈증에 손을 흔들면 아내가 거즈에 물을 적셔 입술을 훔쳤다. 어느 순간부터인가 나는 입술로 거즈를 물었다. 거즈에 남겨진 물기를 입술로 짜내어 마셨다. 십자가에 달리신 예수는 신 포도주로 입술을 적시던 이 순간 어떤 기도를 했을까. 끝까지 참아내라고 명령받은 한 시간을 그렇게 힘겹게 채우고서야 겨우 잠들 권리를 얻었다.

제각각의 사연으로
총천연색으로 슬픈 곳

밤에 다시 깨어났다. 나의 상태를 살피러 주니어 의사가 왔다. 수술 잘 되었냐는 말을 처음으로 꺼냈다. 잘 되었다고, 자세한 내용은 교수님이 회진 때 말씀 주실 것이라 하면서 배액관 상태를 살핀다. 마지막으로 배는 자신이 닫았는데 잘 안 닫혀서 고생 좀 했단다. 작아진 청바지의 버클을 채우고 지퍼를 올리는 장면이 연상되며 미안했다. 배에는 내가 탐식한 결과로 쌓인 잉여물들이 아직 가득할 터였다. 그것은 처음엔 곤궁한 시기가 찾아올 것을 대비한 비상식량이었겠지만, 어느 순간부터 내 몸을 공격하기 시작했을 것이다.

다음 날 회진에서 만난 교수님은 교과서적으로 수술이 진행되었다고 했다. 당시엔 그것이 얼마나 대단한 수식어인지 몰랐다. 오히려 난 꼬아 들었다. 수술 자체는 교과서대로 되었으니 재발이나 안 좋은 상황이 발생해도 의료진의 책임은 없다는, 미란다 원칙처럼 수술 후 환자에게 의무적으로 고지하는 면책성 발언인가 싶었다. 뒤늦게 그 말씀이 예외상황 하나 없이 깔끔하게 수술이 진행되었다는 의미인 것을 알고 어찌나 죄송했는지 모른다.

수술 다음 날부터 여느 투병기마다 나오는 것처럼 나는 폐를 펴기 위해 매일 공을 불었고, 링거를 주렁주렁 매달고 걷기 시작했다. 처음엔 입원한 병동 안을 스케이트 타듯 슬슬 걸었다. 병실마다 입원한 환자들의 이름은 가려져 있었지만, 성별과 나이가 표시되어 있었다. 이들 중 내가 얼마나 어린지 순위를 매겨보았다. 같은 병으로 입원해 같은 교수님께 수술을 받았다고 들었던 환자의 방 앞에도 서 보았다. 나보다 스무 살이나 많았다. 입원 기간도 제각각이었다. 제법 긴 시간을 입원실에서 보냈을 이의 명패 앞에선 그 사연을 상상해 보았다. 제각각의 사연으로 총천연색으로 슬픈 곳이었다.

마침내 방귀를 뀌고는 미음을 먹기 시작했다. 밥이 넘어가질 않았다. 분명히 사라진 것은 간과 쓸개인데, 위도 같이 잘라낸 것 아닌가 하는 생각이 들 정도였다. 앉아서는 먹을 수 없어 서서 몇 숟가락 뜨고는 천천히 내려가길 한참 동안 기다려야 했다. 억지로라도 먹으라는 의료진의 권유도 곧이곧대로 들리질 않았다. 그들은 이 느낌을 경험해보지 않아서 모르는 것이 분명하다. 위 중간을 통째로 호치키스로 박아놓은 듯한, 그래서 그 아래로는 아무것도 내려보내지 않는 느낌.

다시 악착같이 걸었다. 인적 드문 병동부터 인파 가득한 지하 식당 쇼핑센터까지. 서서히 활동반경을 넓혀 갔다. 입원한 병원의 창립자 흉상 앞을 오가며 익숙한 그의 이력을 몇 번을 읽었는지 모른다. 같은 코스를 반복해 걷는 것이 단조로웠다. 1층의 전시공간이며 작은 조각상이며, 벽면을 장식한 타일의 패턴까지 살펴보곤 했다. 시선이 내면으로 향하면 너무 복잡해지니까. 그저 걸음과 걸음 앞에 놓인 풍경에만 집중했다. 가끔 바깥바람과 햇살을 쬐러 발코니 같은 정원도 찾았지만, 병원 울타리 너머 사람들이 안온하게 하루를 열고 닫는 풍경을 보는 것은 여전히 괴로웠다.

물론 매 순간 아팠다. 하지만 내 몸에 지은 죄가 얼마나 큰 것인지 상기하기 위해서라도 이 순간의 통증을 제대로 마주해야겠다는 비장한 생각마저 들어 가급적 진통제를 누르지 않고 버텼다. 덕분에 회복도 조금 빨라졌으리라. 잘 견뎌주어 고맙다는 아내의 격려가 진통제였다.

잠깐의 위기도 있었다. 체액이 배출되지 못하고 쌓여 몸이 붓기 시작했다. 매일 마신 물의 양과 소변량을 적고 비교하며 체크해야 했다. 마신 것만큼 나오질 않았다. 그러다 사흘째인가 밤에 길고 긴 소변을 여러 번 보았다. 몸에 주렁주렁 달렸던 관들도 체액들의 상태가 안정되어 감에 따라 하나씩 떨어져 나갔다. 내 목숨은 알부민이며 이름을 알지 못했던 기타 체액 내 전해질들의 균형에 의존하고 있었음을, 그리고 그 균형이 깨어질 때 몸이 어떻게 변하는지를 배웠다. 위기를 이겨내고 제자리를 찾은 몸에게 감사했다.

정형외과 병동에 있었던지라 주위를 걷는 환자들의 표정이 나쁘지 않았다. 나도 10여 년 전 팔이 부러져서 철봉을 넣고 이어붙이는 수술을 했었다. 그땐 죽고사는 문제가 아니었다. 그저 잘 회복하고 퇴원하면 그만이었다. 기다림은 불안하지 않았다. 입원 기간은 오히려 휴가였고, 여유롭게 느릿느릿 그 시간을 제법 즐기기도 했다.

하지만 이번엔 다르다. 간내담도암은 조직검사를 먼저 하고 병기를 확인한 뒤 수술하는 것이 아니다. 수술로 일단 조직을 떼어내고 이를 검사하여 병명과 병기를 확정하는 방식이다. 그럴 가능성은 매우 낮았지만, 조직을 요모조모 따져보니 암이 아니더라는 결론도 열려 있는 셈이었다. 초조한 마음으로 최종선고를 기다렸다. 정확한 조직검사를 위해 이런저런 검사가 추가되었다. 내 몸은 제법 회복되었지만, 선고는 예정일을 넘겨 차일피일 미뤄지고 있었다.

핏물보단 눈물이 더 자주 고였다

내가 울보라며 놀린다. 첫 외래시간에 진료실에서 엉엉 울어서 소문이 다 났단다. 회진을 마친 후 수술 부위 상처 소독을 해주러 온 전문간호사님이 알려주셨다. 내가 입원했던 병원은 전문간호사 제도를 두고 있었다. 해당 분야에 임상경험이 풍부하여 의사 못지않은 전문적인 상담을 제공한다. 난 궁금한 게 많았다. 회진시간에 교수님께 차마 입 밖으로 꺼내 묻지 못한 어리석은 질문도 전문간호사님이 수술 부위를 소독하러 오는 시간에 가끔 할 수 있었다. 그런데 내가 질문을 먼저 당한 셈이다. 왜 그리 울었냐고.

뭐, 그땐 부끄러움 따위는 없었다. 진료실에 들어가기 전 인터넷에서 찾아본 담도암은 암 중에서도 정말 끔찍한 암이었으니까. 게다가 첫 CT 영상진단에서는 림프절이며, 간문맥 등 혈관에도 암세포가 파고 들어간 것 같다고 되어 있었기에. 그 이후로는 손대면 터질 것 같은 공포에 휩싸여 있는 상태였다. 눈물의 반은 무서운 맛이었다.

죽음이 손에 잡힐 듯 가까워 보였다. 내 얼굴 잠깐 보곤 영상자료만 들여다보며 수술 방 언제 비느냐고 확인하던 교수님 앞에서 울음보가 터지고 말았다. 대뜸 수술하자는 말이 아직 내게 희망이 있다는 것을 의미한다는 사실도 당시엔 몰랐다. 진료실 앞에 도열한 수많은 환자 중에서 내가 가장 젊어 보였다. 심지어 환자가 아닌 보호자 중에서도 나보다 젊어 보이는 사람을 찾기 어려운 지경이었다. 서럽고, 억울했고, 비참했다. 그 감정들도 경쟁하듯 눈물을 밀어냈다.

다행히 소문난 것은 진료실에서 흘린 눈물뿐이었다. 그것은 시작에 불과했다. 입원하고 나서, 수술 후에도, 병원 곳곳을 걸으며, 잠이 오지 않는 밤 병실에서, 난 꾸준히 성실하게 울었다. 진통제에

취해 붕 떠 있다가 잠시라도 현실의 자각이 돌아오면 울었다. 돌아가고 싶은 시간이 떠오르면 그리워 울었고, 남은 시간이 얼마일지 모른다는 생각에 막막해 울었다. 돌이켜보니 그리운 시간은 얼마 없고 이 악물고 버틴 시간이 대부분이어서 슬퍼서 울다가도, 고되어도 좋다며 생에 미련이 가득 남아서 울었다.

왜 그리 누군가에게 쫓기는 듯 살았을까. 그 근원을 찾아 거슬러 올라가다가 어릴적 엄한 훈육으로 힘들었던 생각에 이르면 부모님께 섭섭해서 울었다. 그러다 어렵게 키운 자식이 당신들보다 먼저 중병을 앓게 된 이 상황에 부모님은 얼마나 속상하실까 안타까워 또 울었다. 그렇게 이름은 꾸준히 바뀌어 갔지만 감정의 양은 늘 넘쳤다. 내 사람 그릇은 본시 작은데 어디에 그렇게 많이도 비축해 두었는지.

수술을 마치고 나니 배에 작은 구멍이 여러 개 뚫려 있었다. 각각의 구멍엔 뱃속 수술 부위에서 흘러나오는 혈액이며 각종 체액을 받아내기 위한 관이 달려 있었고 그 끝엔 주머니가 있었다. 레지던트로 추정되는 젊은 의사가 수시로 와서 배액 주머니를 확인했다. 뱃속 사정이 점점 나아지는 모양이었다. 첫날엔 제법 두둑하던 주머니는 점점 비어 있는 경우가 많아졌다. 몸은 그렇게 울음을 그치고 씩씩하게 자리잡아 가는데, 눈물은 멈출 기색이 없었다. 눈물 주머니도 달아주지. 그저 함께 눈물을 받아내야 했던 아내는 고해성사를 받는 사제의 기분이었으리라.

암을 받아들이는 과정에도
5단계가 있다고?

인터넷에는 암환자가 병을 받아들이는 단계를 소위 '부정, 분노, 타협, 우울, 수용'의 순서로 구분하는 글이 많았다. 더 찾아보니 원래 이것은 '죽음'을 받아들이는 단계이고, 죽음을 소재로 많은 저서를 남긴 미국의 저명한 정신과 의사 엘리자베스 퀴블러 로스가 제시한 것을 암환자의 감정 변화를 설명하기 위한 틀로 받아들인 듯했다. 하긴 암환자도 죽음을 향해 달려가고 있는 셈이니 크게 다를 것도 없겠다.

저 감정들의 단계를 거치고 수용한 다음에야 진정한 치료가 시작될 수 있다고 설명하기 위해 개념을 따온 모양이다. 내 울음의 이유도 이런 단계를 밟으며 변했을까 싶어 적용해 보았다. 막상 돌이켜보니 구분이 쉽지 않다. 아니, 이렇게 단계로 구분하는 게 무슨 의미인가. 오감은 수용을 향해 차근차근 전진하기는커녕 오락가락 했고 온통 뒤섞여 있었다.

부정부터 수용까지 5단계의 감정이라니. 환자로서는 도저히 구분하기도 수용하기도 어려운 말이었다. 의료진이나 치유의 과정을 설명하려 드는 이의 편의를 위해 만들어진 이론이 아닌가 싶다. 사람의 욕구에도 위계를 세워 생리, 안전, 소속감, 존경, 자아실현의 5단계로 구분한 매슬로우의 5단계 욕구이론처럼, 엉터리다. 그 틀에 내가 고분고분 들어맞나 봐라. 인간의 감정은 더럽고 동시에 고결하다. 추하고 아름답다. 인류의 공동선을 추구하는 도덕과 생존의 욕구가 뒤엉킨 것이 인간이다. 그 속에서 감정들을 생선 가시처럼 발라내 구분하려는 그 설명이 덧없게 느껴졌다.

예를 들어 부정이란 감정은 분노 앞에도, 뒤에도 있었다. 생각해 보면, 처음 영상의학과에서 큰 병원 가보라는 말을 듣고 걸어나와 검사 결과는 읽어보지도 않은 채 태연히 밥부터 먹으러 간 것 자체가 부정의 몸부림이었다. 내게 그런 큰일은 일어날 리 없던 것이다.

수술이 끝나고 한참을 분노의 감정에 휩싸여 울고 난 뒤에도 부정은 소멸하지 않았다. 조직검사 결과를 듣는 날까지 나는 이것이 악성 신생물이 아닌 양성종양일 가능성이 있다고 굳게 믿고 있었다. 아내와 가족들이 조직검사 결과 확정된 병기를 듣고 감사 기도를 드리는 동안, 나는 기뻐하는 표정들에 의아했다.

'결국, 암이라잖아. 그게 기쁜 일이야?'

무너진 헛된 기대가 사그라들기까지, 가족 앞에서 신께 감사한 표정을 지을 수 있기까지 한참을 싸워야 했다.

분노를 붙들고도 한참을 울었다. 분노는 부정 뒤에 나타나며 분노를 마치면 타협의 단계로 넘어간다는데, 역시 나는 그렇지 못했다. 암의 주된 원인 중의 하나가 스트레스라지. 그냥 스트레스가 나쁘다는 것만 알았지 어떻게 암으로 이어지는지 자세히는 몰랐는데, 나름 책을 통해 이해하고 나니 머릿속에선 스트레스와 연관 검색어로 구체적인 얼굴들이 마구 튀어나오기 시작했다.

아내와 병원을 걸으며, 나를 극한으로 몰고 갔던 이들을 하나하나 열거하며, 그들의 악행을 낱낱이 꼼꼼히 진술했다. 욕설이 튀어나오면 막지 않았다. 수술장으로 가며 암 유발죄를 적용해 기소했던 얼굴들은 매일매일 걷고 산책하는 틈틈이 다시 나타났다. 그들 앞에서 왜 당당하지 못하고 움츠러들었던가. 아무리 악악대고 욕을 해보아도 얼굴들은 씻겨나가지 않았다. 결국 분노의 칼끝은 바보같이 당하고만 있었던 나에게로 돌아오고 있었다.

타협. 분노가 식어서 타협의 단계가 왔던 게 아니라 자꾸만 타올라 나를 태워버릴까 두려웠다. 그래서 타협하고 싶었다. 그런 의미에서 분노 뒤에 타협이란 게 시작되는 것이라면 맞다. 날 살려주시면 이제부터는 보너스 인생이라 생각하고 남을 위해 봉사하며 의미 있게 살겠으니 부디 목숨만은 살려주시오. 이게 타협인가? 아직 내가 무슨 죄를 지었는지 잘은 모르겠는데, 이게 죄의 삯을 치르는 것이라면 한 번만 심판을 물러주시오.

죄. 그래, 교회에서 말하듯 원죄라고 퉁치지 말고 구체적으로 나를 기소해보자. 그동안 내가 신앙을 갖고 산다고 했지만 그건 사실 립서비스였고, 그날그날 겨우 수습하며 되는 대로 대강 살았던 것은 맞다. 밥벌이에 치여 숭고한 신앙인의 삶을 살 여유가 없었던 게 죄라면 죄겠다. 하지만 피고용인의 삶에는 그런 고결한 정체성을 들여앉힐 공간이 없었다. 위에서 시키는 일에는 착한 일도, 이상한 일도 섞여 있는데, 내게 그 중 좋은 것만 골라 먹을 권한은 없었다. 그걸 죄목이라 하면 난 나를 변호할 수십 가지 논리를 댈 수 있을 것 같았다.

물론 그동안 속도 여러 번 뒤집어졌지. 상대를 미워하기도 했다.

그런 마음을 품어도 죄라고 했지. 하루 열두 번도 욕을 삼켰고, 내키지 않는 일을 할 때마다 억하심정을 품었으니 그것도 죄야. 기왕 까라면 까라는 대로 살 것이었으면 미움도 분노도 꺼버렸어야 했는데. 감정 없이 기계처럼 악을 수행했으면 차라리 죄도, 빌어먹을 이 암도 피할 수 있었을까.

이제 착하게 살아야지. 만일 신이 나를 살려준다면. 자원봉사도 하고, 나를 왜 살려두었나 진지하게 숙고하면서 거듭난 삶, 제2의 삶을 살아야지. 이렇게 착하게 사는 날 굽어보는 신이 있다면 데려갈 날짜를 조금씩 유예해 주시리라. 그렇게 되뇌어가며 조건부 생명 연장 승인의 건을 결재 올리고 기도했다. 이걸 봐주지 않는 무정한 이라면 신이 아닐 거라고 중얼거리며.

오래 치병한 암환우라면 이런 기도가 얼마나 의미 없는 것인지 잘 아시리라. 처음엔 수술 받고 병기가 낮으면 사는 건 줄 알았다. 아니다. 알고 보니 암은 살려준다는 전제 자체가 없다. 재발과 전이를 막으려면 평생 관리해야 한다. 논리적으로 암에는 타협이 들어설 여지가 없더라.

타협에는 실패했지만 우울은 찾아왔다. 우울하다면 햇볕 더 쬐고 운동 더 하라는 속 편한 이야기는 죄송하지만 삼가셨으면 한다. 이미 하고 있고, 몰라서 부족하게 하는 것도 아니니까. 대부분의 암환자분들은 위로 대신 의학상식을 전하는 당신만큼은 알고 있을 것이다.

나의 우울은 지금도 진행형인지 모른다. 우울 뒤에 오는 단계가 수용이라지만, 내가 암환자임을 받아들였다고 이전 단계인 우울의 감정이 사라진다는 뜻은 아닌 것 같다. 우울은 수시로 스민다. 몸에 조그만 이상증세가 나타나도 푸른빛은 두려움과 함께 마음속에서 고개를 쳐든다. 항암을 마친 나도 이런데 고된 항암을 이어가고 있는 환우들은 어떨까.

목숨 앞에서 이토록 감정은 연약하다. 암 앞에서 목숨을 구걸하느니 차라리 숭고한 목적을 위해 희생한다면 더 담담할지도 모르겠다. 어떤 이는 암이 인생의 가장 큰 학교였고 행운이었다며, 남은 생을 의미 있고 윤택하게 만들어 준 선물이라고까지 하더라. 난 그런 성자는 될 수 없었다. 암에 걸려서까지 착한 사람 코스프레를 해야 하나. 살려달라고 기도하며 아우성치는 내 감정은 비겁했고 부끄러우면서도 이기적이었고 조건부였으며, 무엇보다 두서가 없이 바뀌었다. 그저 그럴 때마다 우는 수밖에 없었다. 신도 잘 보이지 않는 진흙탕 속에서 스스로를 용서하는 유일한 길이기도 했다.

선고는 내려졌다. 아내가 옆에 있었다

"암이 맞습니다."

이 말만 크게 들렸다. 가족들이 1기라는 말에 환호하고 있는 동안 난 결국 암이 맞다는 사실에 좌절하고 있었다. 혈관 침범과 림프절 침범이 발견되지 않았단다. 신경 침범만 있었을 뿐. 암세포 분화도는 높을수록 좋고 낮을수록 공격적이고 예후가 안 좋은데, 내 경우는 중간 정도였다. 병기는 3기 예상에서 1기A로 바뀌어 있었다. 수술을 집도한 교수님께서는 나를 간호센터로 불러 직접 논문을 찾아가며 병기에 따라 재발률이 다르다는 설명을 해주었다. 교수님은 평소 차분한 성품이라 이런 경우는 드물다고, 환희에 가까운 반응이라고 전문간호사님이 넌지시 알려주었다.

나를 제외한 모두가 감사 기도를 드리고 있었다. 모니터에 비친 그래프도 보기에 따라 희망적이기도 절망적이기도 했다. 3기에 비해선 낮았지만, 1기라고 재발률이 그다지 낮은 것도 아니었다. 얼핏 보아도 1기A 환자 중 약 60%가 5년 이내 재발과 전이를 경험하고 있었다. 여전히 나는 웃어야 할지 울어야 할지, 감사를 해야 할지 원망해야 할지 아리송했다. 며칠이 지나서야 아내에게 말할 수 있었다. 신에게는 아직 감사할 상태가 아니지만, 당신에게는 진심으로 고맙다고.

입원 기간, 아내는 나의 간병인을 넘어 대리인이었다. 3주간의 긴 입원 기간 함께 걸어주고, 까다로운 식사며 간병 요구를 들어주고, 롤러코스터 같은 내 마음 상태를 묵묵히 견디어 주었다.

중계역할로도 어깨가 무거웠을 것이다. 신이고 의료진이고 모두 의심하고 있는 나를 대신해 매일 기도했다. 무서운 말들과 마주칠까봐 검색도 부담스러워하는 나를 대신해 의학지식을 공부해 가며 나를 설득했다. 직접 기도하기 힘들어서 내가 저지른 크고 사소한 악행들을 두서없이 아내에게 고백했다. 보이지 않는 신 대신 아내에게 용서를 구했다. 이걸 다 모아서 아내가 대신 기도했을 테니 신도 함께 들으셨으리라. 마음과 함께 휴대폰도 닳아버린 나를 대신해 다른 가족과 지인들에게 내 상태를 알리고 중계하느라 고생도 많았다.

무엇을 해줘서 고맙다는 말이야 어찌 다 열거할 수 있겠냐만, 무엇보다 아내의 존재 자체가 감사했다. 깊이를 알 수 없는 바닥으로 빠져 들어갈 때도 아내의 얼굴을 마주하면 다시 빛으로 헤엄쳐 나올 수 있었다. 단단해 보였던 삶의 의미가 변기 속 휴지처럼 흩어지는 상황 속에서도 아내만큼은 녹아내리지 않았다. 그저 당신과 좀 더 살아보고 싶다는 생각만큼은 다른 생의 무의미를 압도했다.

아내를 향한 내 사랑이 컸다고 표현하는 것은 적절치 않다. 필부의 작은 그릇에 사랑을 담아봐야 얼마나 담을 수 있겠는가. 그저 아내가 단단했을 따름이다. 덕분에 삶을 다시 붙잡을 수 있었다.

다시 일상으로

결과도 들었으니, 짐을 싸야 했다. 수술을 집도해 주신 교수님은 퇴원 후 2주일간 집에서 요양한 후 CT를 다시 찍자고 하셨다. 후일담이지만, 난 떠나는 그 시간까지도 날 살린 의료진들의 손길에 적절한 감사를 표하지 못했다. 당시엔 병을 받아들이지 못했기에, 그분들을 만난 것이 얼마나 행운이었는지, 얼마나 지금 감사해 하고 있는지 얼굴로 드러낼 수 없었다. 몇 달 뒤 EBS에서 방영하는 <명의>라는 프로그램에 나오는 교수님을 보며, 그의 손으로 다시 생명을 얻은 나의 동지들이 무수하게 많다는 것을 알게 되었다.

CT 촬영 결과 아무 이상 징후가 없다면 수술한 날로부터 한 달이 지나면 항암을 시작할 수 있단다. 다른 암은 1기에 보이는 암 덩어리를 완전히 절제한 경우 굳이 항암을 하지 않는 경우가 많지만, 담도암은 매우 공격적인 암이기도 하고, 내 나이도 젊으니 예방차원에서 항암을 한번 해보자 했다. 워낙 쓸 수 있는 약 종류도 제한적인데다, 예방 항암의 경우 표준적인 치료가 정해져 있어 거주지인 전주에서 받기로 했다.

당장 집으로 돌아온 다음날부터 생활이라는 과제가 만만치 않은 것임을 깨달았다. 심심하고 단조롭다는 어감의 일상이란 말이 막막하게 다가왔다. 이사 온 집은 낯설기만 한데, 식이요법 한다고 인스턴트 식품 한 톨 없이 매 끼니 차려야 했고 청소, 빨래, 설거지 등의 반복되는 가사노동도 무섭게 찾아왔다. 나는 내 몸 하나 버텨내기도 버거운데, 아내는 아들도 돌보아야 했다.

새 출발도 어딘가에 기댈 수밖에 없었다. 입원 기간 내내 병구완으로 지쳐 있던 아내는 다시 아들을 돌보러 친정으로 향했다. 친구가 가게 영업 개시를 미루고 전주에 와서 도와주었다. 본격적인 식이요법을 실천해 보라며 건강한 음식 만들기 비법도 전해 주고, 새로 시작하리라 마음먹었던 텃밭 가꾸는 요령도 전수해 주었다. 그리고 밤마다 예능프로를 볼 것을 권했다. 폭발 직전의 내 삶에서 증기를 좀 빼내고 긴장을 풀어주는 취미까지 붙여주려고 무던히 애썼다. 남의 눈을 통해서야 비로소 보였다. 내 삶이 얼마나 억지스러웠는지.

몸은 고맙게도 나의 변화를 만끽하며 즉각적으로 반응해 주었다. 당시의 휴대전화 사진첩에는 쏘다닌 흔적으로 가득하다. 매일 천변을 걸었고, 걷는 데 자신감이 붙자 주위에 있는 사찰을 돌고 걷기 좋은 산길을 개척했다. 막 피어나기 시작한 들꽃이 보이기 시작했다. 꽃은 늘 거기 있었는데 내 눈에 비로소 보인 것이다. 살아있는 존재들이 아름다워 보였다. 도시의 소음이 혐오스러워지고, 얼어붙었다 녹은 시내가 흘러가는 소리가 좋았다. 몸이 바뀌니 감각들도 바뀌었다. 몸무게는 정상 체중을 향해 조금씩 꾸준히 줄어가고 있었다.

그렇게 2주를 살아내고 다시 서울로 향했다. CT 촬영 결과와 혈액검사 결과는 모두 합격이었다. 애써 꿰맨 배가 행여나 다시 터질세라 염려하며 동여매었던 복대도 풀었다. 담도암에는 효과적인 최신 항암제가 많지 않다고 들었다. 주로 쓰는 1세대 세포독성 항암제도 몸에 남아 있을 미세 잔존암을 다스리는 효율은 높지 않단다. 하지만 그보다 낮은 확률에 내 삶을 건 입장에서 거부할 이유는 없었다. 5fu라는 항암주사를 맞아도 되고 젤로다라는 경구용 항암제를 복용해도 되는데, 아무래도 먹는 게 낫지 싶어 경구용 항암제를 택했다. 6달의 긴 여정이 될 터였다. 만개한 봄꽃들이 돌아가는 발걸음 위에 뿌려졌다.

전주로 돌아와 혈액종양학과 교수님을 새로 만났다. 항암제를 처방하면서 다시 사무실로 나가 일할 것을 권했다. 일과 항암을 충분히 병행할 수 있다고. 그리고 일상으로 돌아와야 암도 이겨낼 수 있다고. 진료는 아니었지만 방사선과 교수님을 면담할 기회도 얻었다. 단호한 말씀이 이어졌다.

"출근 안 하시고 그 시간에 종일 운동만 할 수 있을 것 같으세요? 암 생각만 더 납니다. 출근하시고 일하세요."

더 핑계를 댈 수 없었다. 항암하는 직장인이 되었다.

블로그를 시작할 용기를 내기까지

긴박했던 시간이 지나고 일상이 돌아오자 <수궁가>가 떠올랐다. 토끼는 꾀를 내어 간을 빼앗기는 참사를 피하고 무사히 뭍으로 돌아왔건만, 나는 이미 간 쓸개 다 내준 상황이다.

'누가 내 간과 쓸개를 빼먹었을까?'

운과 재수 탓으로만 돌리기엔 범인의 그림자가 자꾸 어른거렸다. 유전 탓을 하자니 내 관리 잘못을 부모님께 돌리는 꼴이었다. 담도암의 주된 원인으로 지목되는 기생충이 득시글한 민물고기 회를 먹었던 탓인가? 수술실에서는 기생충이 발견되지 않았다고 들었다. 기왕의 내 만성질환, 고도 지방간과 과다한 콜레스테롤, 이 둘이 엉겨 미세한 담도부터 막히고 염증이 생겼는데 이를 오래 내 버려둔 게 원인일 수 있겠다는 것이 조심스러운 내 추측이다.

그렇다. 범인은 우선 나다. 내가 세포들의 살길을 열어주지 못했고, 난폭한 세포로 변해가는 긴 시간을 방관했다. 내 죄는 내가 책임져야지. 그런데 피고석에 나만 세우기에는 좀 아쉬웠다. 내게 스트레스를 선물한 이들? 그들은 이미 아내에게 고해성사하며 잘근잘근 씹어가며 암 유발죄로 기소했다. 현실의 법정에 세울 수야 없지만, 그들은 삶에서 자신의 죗값을 치르리라. 그럼 누구를 함께 세워야 하나. 나와 함께 암을 유발한 공동정범은 대체 누구냔 말이다. 이 사회?

사회도 책임을 면할 수 없다. 우선 스트레스를 연료로 돌아가는 사회 탓 좀 해보자. 내가 월급을 받는 대가는 정신을 쥐어짜면서 나오는 스트레스였다. 스트레스는 그저 내 성격 문제가 아니라 이 사회에서 밥벌이하는 이들이 피할 수 없는 그 무엇이란 얘기다.

자본주의 사회의 부산물이라 하면 우리는 온실가스와 쓰레기, 대기오염 등등을 주로 연상한다. 공장에서 퍼부은 물질적인 에너지를 불사르고 남은 것들이다. 이것들은 지구 전체에 쌓이고 그 해결도 집단의 과제가 된다. 하지만 나를 갈아넣으며 발생한 부산물은? 스트레스. 그것은 개인의 몸과 내면에 쌓여 각종 만성질환과 암을 유발한다. 개인에게 귀속된 것이므로 그 나쁜 효과도 철저히 개인에게만 전가된다. 스트레스가 많았다는 것은 치열했던 노동의 증거인데, 열심히 일한 이들이 암에 먼저 걸릴 가능성이 높다면 그게 사회적으로 바람직한가?

다음으로 먹거리를 언급하지 않을 수 없다. 보통 암 환자가 되어 치료가 시작되면 제일 먼저 하는 일이 먹은 것들을 돌아보는 일이다. 그동안 내 입으로 들어간 것들을 생각해 보니 간에 엄청난 부담을 지우는 각종 첨가물로 입맛을 사로잡은 가공식품과 기름진 고기가 넘쳐났다. 그것을 집어든 것은 나였지만, 이상하게 스트레스를 받는다고 느낄 때 손을 뻗치면 가장 가까운 곳에 그런 음식들이 있었다. 아낌없이 먹고 마셔가며 스트레스를 푼다고 생각했지만, 몸이 받는 충격은 배가되었을 것이고 스트레스에 더 취약해졌을 것이다. 이 슬픈 도돌이표가 나만의 노래일까.

그러다 암 환자가 되면 보통 건강한 먹거리를 찾기 시작한다. 나도 그랬다. 그리고 바로 직면하는 현실. 안전한 먹거리를 찾기도 어렵고, 그나마 대안인 유기농 식자재는 모두 비싸다는 것이다. 비료와 농약을 퍼부어 생산한 먹거리는 크기는 그럴 듯해 보이지만 영양소는 부족하다는 이야기도 암 환자들에게 익숙한 이야기이다. 도처에 가공식품과 정크 푸드가 널려 있고, 일개 소비자로서 그런 먹거리들을 피해 다니며 적당한 가격에 대안을 찾는 일은 쉽지 않다. 암이 사회적 문제가 아니라고 하기 어렵다.

생각해 보니 상당히 억울했다. 내 잘못도 크지만, 체계적으로 내간을 파먹힐 수밖에 없는 시스템 속에 살았다는 생각에. 그리고 무서웠다. 수술과 항암치료를 마치고 다시 이 시스템 속으로 던져진다면 살아남을 수 있을까. 암 환자들이 제일 걱정하는 암의 재발과 전이를 피할 수 있을까.

또 염려된다. 오늘도 자신을 열심히 갈아 넣고 있을 내 또래들이 나처럼 될 것 같아서. 더 젊고 푸르른 생들이 간 쓸개를 빼앗길 것 같아서. 이래서는 안 되겠다 싶었다.

그런 억울함과 두려움, 연민을 기록해 두고 싶었다. 같은 처지에 처한, 또 처하게 될 누군가가 검색창을 열어 먼저 경험한 이를 찾았을 때, 나도 당신처럼 막막하고 흔들리고 힘들었다는 흔적을 발견하길 바랐다. 그리고 열심히 살아서 사회에 기여하겠다는 착한 생각일랑 잠시 내려놓고, 우리 다시는 세상에 간을 빼앗기지 말자는 의미를 담아 블로그 간판에는 큼직하게 토끼의 간이라 써 붙였다.

마침 담도암은 꽤 발생 빈도가 높은 암임에도 불구하고 환자가 자신의 경험을 기록해 둔 사례가 드물기도 했다. 그래서 항암 이야기, 먹는 이야기도 종종 썼다. 하지만 그 분야는 더 양질의 정보를 제공할 수 있는 의료진과 전문가들의 몫으로 돌린다. 나는 그저 40대 초반 남성 환자가 담도암을 맞이해 주저앉은 경험, 그리고 살겠다고 마음먹고 마주한 하루하루 좌충우돌의 풍경이 어떤 것이었는지 써보기로 했다. 삶이 허락되는 한 계속 쓸 테니 여기 모은 글들은 그 중간결산인 셈이다.

#2

주저앉은 자리에서;
읽고 보고 생각하며

가족 외에는 아무도 모르는 전주라는 도시에서
처음 사귄 친구는 간내담도암이었다.
수술과 항암으로 이어지는 치병 기간,
어떠한 관계망에도 속하지 않은 낯선 공간.
반복되는 출퇴근 외에는 나다닐 기력도,
만날 사람도 없는 이방인인 나는 책과 TV를 창문 삼아
그 틈으로 들어오는 볕으로 연명했다.

갑자기 찾아온 불행 앞에서, 생의 의미를 찾아

암을 어떻게 치료할지 가르쳐 주려는 이는 정말 많았다.
하지만 갑자기 찾아온 불행을 어떻게 받아들이고
소화해야 하는지는 아무도 가르쳐주질 않았다.
긴 터널의 끝에서야 비로소 희미하게 알게 되었다.
이건 가르쳐줄 수 있는 성질의 것이 아니구나.

난 재수가 없었던 걸까
이렇게 되고 말 운명이었던 걸까

<안녕 주정뱅이> 권여선 소설집

📚 다시는 권여선 소설을 읽지 않기로 했다. 아니, 10년 뒤쯤 내가 이 덫에서 완전히 기어 나왔다고 여길 때쯤 다시 잡을 수 있을지 모르겠다. 삶에서 마주하는 불행과 고통, 그리고 삶이 떠나간 뒤 남겨진 자의 몫까지. 권여선이 그려낸 모든 활자가 나를 송곳처럼 후벼 팠다. 권여선의 자장 안으로 들어가 있는 동안 정신을 다잡기가 어려웠다. 모른 척 하루하루 성실하게! 무한긍정! 건강 100세! 부르짖던 내 눈앞에 불행과 고통의 본질이 펼쳐졌다. 안 본 눈 삽니다. 난 차라리 모르렵니다. 발버둥치며 겨우 도망쳐 나왔다.

<안녕 주정뱅이>는 삶에서 마주하는 불행의 양면을 다 비추는 비극 모음집이다. 그저 재수 없게 걸려드는 우연한 불행도, 그 사람에게 내재된 기질을 끝까지 밀어붙여 맞이한 필연적인 파국도 모두 그리고 있다. 이러니 빠져나올 도리가 없다. 그저 삶이 건넨 농담에 얻어맞은 이들을 붙잡고 한참을 측은해하다가도, 자신에게 내재된 씨앗을 결국 발아시켜 불행으로 치달아가는 이들에게 '안 돼!' 하고 소리쳤다.

정신 차려 보니 그 완벽한 그물 안에 나도 갇혀 있다. 확률상 일정한 인구가 걸려드는 재수 없는 사건, 하필 걸린 게 왜 나여야만 하냐고 분노하다가도, 내가 매사 과민한 탓에 암을 피할 수가 없었

다고 자조하는 야누스가 되어 있었다. 매일 그 사이를 진동하며 왔다 갔다 분열하고 말 것 같았다.

권여선의 진실은 표면상 술이라는 입구로 진입해야만 보이는, 경계가 흐릿한 세상 속에서 발견되지만 깨어도 너무 선명하다. 나는 환자(patient)다. 이 불행과 고통을 참아내야(be patient) 한다. 참아낼 힘을 달라고 기도하며 읽어가다 대체 어디에 기대야 당신이 선사한 이 비극을 견뎌낼 수 있냐고 묻고 싶었다. 소설 속의 인물들처럼 술이나 한 잔하며 담담하게 맞이하면 좋겠으나, 난 간을 잘라내 이제 술도 마실 수 없다.

단편 <봄밤>에서는 영경과 수환이라는 두 인물이 각자 치명적인 질환과 싸우며 사그라져 간다. 가난하고 병든 연인 둘이, 서로에게 채워줄 것이라고는 아무것도 들고 있지 않은 둘이 사랑에 기대어 우연히 던져진 불행에 맞선다. 그들은 가진 게 없어 마지막 생명의 불씨를 서로를 위한 배려로 써버리고 싸늘히 식었다. 이들은 자신들을 비웃는 운명의, 신의 주사위 놀이에 이렇게 맞서고 버텼다. 지지 않았다.

단편 <이모>에서는 평생 자신을 묶어두고 갉아먹은 가족으로부터 나이 50이 되어서야 벗어난 이가 가진 돈을 전부 써버리고 죽어버리겠다고 결심하는 지점에서 시작한다. 그녀는 그 착취당한 생애 50년에 대한 보답으로 췌장암 4기 진단을 받아들었다. 그녀를 보호해도 모자랐을 가족에게 되려 모든 것을 빼앗겨버린 그녀. 분노는 어디로 향해야 했을까? 가족을 향해 소리 질러 보았자 메아리쳐 돌아올 것이기에, 결국 자신을 향해버렸겠지. 많은 이들이 그러하듯. 하지만 주인공 이모는 어느 날 문득 떠올린다. 자신에게 연정을 품은 남자와의 술자리에서 그가 내민 손에 담배를 비벼 껐던 일을. 그땐 그저 귀찮아서 그랬다는 것도 함께 상기한다. 그리고 이제 그 귀찮음으로 저주받은 생을 마주하리라 결심한 것 같다. 그 차가운 결의가 어떤 경지인지 솔직히 나는 이해하지 못했다. 이후 그녀는 2년을 더 살다 죽었다. 애초 결심대로 남은 돈을 다 써버리고 죽으려 했어도 그 정도 걸렸으리라. 다만 그 2년은 내면을 향한 총질의 시간이 아니었을 것이다.

 권여선의 비극들이 선사한 숙취 같은 고통이 걷히고 나니, 불행과 죽음에 맞섰던 그들이 보인다. (2021. 8. 23.)

잊히는 것, 기억해 주는 것

드라마 <슬기로운 의사생활 시즌2>의 시작

 📹 <슬의생 시즌2>가 시작되었다. 병원에 갈 일이 자주 없었던 시기에 아내와 편안하게 봤던 시즌1은 상대에 대한 속 깊은 배려와 애잔한 사연, 유쾌한 우정을 버무린 요리가 맞춤한 음악에 포장되어 제공되는 드라마였다. 같은 기대를 품고 소파에 몸을 맡겼다.

 아차 싶었다. 병원에 자주 갈 일이 없었던 탓에 웃으며 즐길 수 있었던 시즌1이 지나고 시즌2가 준비되는 동안, 나는 환자가 되어 있었다. 전신마취 수술 후 폐가 잘 펴지라고 하는 공불기 운동을 열심히 하지 않는 환자가 혼나는 장면이 나온다. 내가 겹쳐 보인다. 간 쓸개 내주고 깨어나자마자 억지 숨을 몰아쉬며 공을 불었지, 폐가 잘 펴지길 염원하며. 하지만 곧 개의치 않게 되었다. 그 공을 불어본 사람이 많다는 것을 알기에, 나만 비련의 주인공이 아님을 알기에.

드라마에서 관심이 가는 건 은근하고 우직하게 오가는 사랑의 작대기보다 환자들의 사연과 의료진의 마음 씀이었다. 현실에서는 이런 장면이 연출되기 쉽지 않다는 것을 안다. 굳이 3차 병원까지 와서 사활을 걸고 진료받는 환자의 중압감을 잘 알고 있다는 공감의 뜻을 3분 안에 친절하게 전할 수 있는 의료진은 없다. 그래서 진료실에서 전하지 못한 의료진의 속내가 저런 걸까 하고 상상해본다. 어쨌든 의료진을 신뢰해야 하는 처지이기에.

1화 마지막에는 소아병동에서 평생을 보내다 하늘로 간 연우의 어머니가 자꾸 병원을 찾는 에피소드가 나온다. 처음엔 의료진들이 의심한다. 연우 치료에 문제를 제기하려고 증거를 모으는 게 아닌가 싶어. 하지만 사실 연우 어머니는 연우를 기억하려 병동에 자주 온 것이었다. 병원에서만 생을 보낸 연우. 밖에서는 그를 기억해 주고 공감해 줄 사람이 없다. 드라마에선 그 짧은 생애 중 3년을 병동에서만 산 것으로 되어 있었다.

나도 모르게 눈시울이 붉어졌다. 3년이 아닌 2주뿐이었지만, 수술 전후 병상에 누워 가장 두려웠던 건 죽음의 공포였다. 그 공포 안에는 남겨질 가족에 대한 걱정과 미안함도 있었지만, 아무것도 남기지 못한 채 잊혀질 내 삶에 대한 격한 섭섭함도 섞여 있었다.

가족들은 잊으라지만 연우를 쉽게 보내고 싶지 않다고. 오래 기억하고 싶어 지금도 병원을 배회한다는 어머니의 실토에 탄식이 나왔다. 나도 실은 잊히는 게 너무 두려웠나봐.

누구도 크게 주목하지 않는 아주 보통의 삶에도 잊히는 두려움이 있을 것이다. 나도 그러니까. 기억해 줄 누군가가 없거나 극히 소수일 삶들. 그들의 손을 잡아줄 수 있는 길이 혹시 있을까? 잊히는 것이 아니라고, 기억하는 이가 있다고. 비록 연기였지만 그 기억해 주려는 진심의 몸짓이 무엇인지 알려준 연우 어머니에게 감사를 전하고 싶다. (2021. 6. 18.)

환자와 보호자, 그들의 눈물을 이해하기까지

드라마 <슬기로운 의사생활 시즌2>의 종영

<슬의생 시즌2>가 끝났다. 보통 심야까지 이어지기에 그간 재방송을 주로 시청했는데, 마지막회만큼은 본방송을 보고 싶었다. 보고 바로 자야지 싶었는데, 틀렸다. 가슴이 아직 진정이 안 되는 탓이다. 즐겁게 러브 라인의 완성을 지켜보다가, 의사밴드의 마지막 연주로 영화 국가대표의 OST가 흘러나오는 동안 나

도 몰래 눈물이 흘렀다. 혼자 보고 있었기에 눈치 보지 않고 펑펑 울었다. 눈물이 잦아들 때까지는 내가 왜 울고 있는지 도무지 알 수 없었다.

딱 내 또래, 99학번. 그들은 병원이란 세계에서 중추를 담당하고 있다. 한창 일할 나이. 다른 영역에서 살아가는 그 또래들도 마찬가지일 것이다. 나도 얼마 전까지 그랬고. 처음엔 그 탓에 몰입했나 싶었다. 또래 의사들의 일과 사랑, 때로는 어린이처럼 티격태격하는 우정은 보기 좋았고, 부러웠다.

한편 그 치열하면서도 보람된 삶의 무대에서 가장 꽃피울 때 잠시 하차한 내가 초라해 보이기도 했다. 그게 서러워서 눈물이 흘렀을까? 조금은 그런 것 같다. 눈물의 약 20%는 한창 뛰다 중단된 나의 레이스에 대한 회한이 담겨 그 맛이 좀 썼을 것이다.

하지만 보는 내내 주인공들의 서사보다 눈길을 끌었던 건 환자와 그 가족이었다. 갑자기 불어닥친 불행에 환자들은 신음하다 좌절하고, 때론 직면이 두려워 도망가거나 자포자기해 버리기도 한다. 가족은 그 몫까지 안고 치열하게 투쟁한다. 경제적 이유로 고뇌하고, 옆 환자의 기쁜 소식에 함께 기뻐하면서도 남겨진 자신은 구석에서 홀로 흐느낀다. 아픈 부모를 위해 기꺼이 장기이식을 결심하기도.

물론 카메라는 그런 가족만 비추진 않았다. 장기간 투병하는 아내를 돌봐야 할 남편이 되려 구타하는 광경이랄지, 병원의 서비스가 맘에 들지 않는다고, 내 가족부터 무조건 봐달라고 아우성치는 모습도 함께 비춘다. 다만, 그게 마냥 선악의 구도로 보이지만은 않았다. 그저 현실일 뿐이고, 겉으로 보이는 진상과 그 속내 사이의 진실은 아무도 알 수 없다.

눈물의 나머지 80%는 아마도 그런 환자와 가족들에 대한 공감과 연민 탓인 것 같다. 밀어닥친 불행 앞에서 어떤 선택을 해야 할지. 의료진도 고뇌하지만, 환자와 그 가족 역시 고뇌한다. 그리고 그 선택 후의 기나긴 여정도 환자와 그 가족들의 몫이다.

회차마다 밀려오는 사연들에 압도되면서도 그걸 그냥 꾹꾹 눌러 담아놨던 것 같다. 오열하는 보호자들의 열연을 보며 짐짓 '연기 잘하시네, 메소드 연기야' 하며 웃어넘기려 애쓰기도 했지. 그런데 오늘 에피소드에선 그 눌린 감정이 툭 터지고 말았다.

사고로 뇌 기능이 손상되어 말과 행동이 자유롭지 않은 딸의 재활을 도우며 그 짜증까지 받아내야 했던 어머니. 퇴원을 앞두고 딸에게 사준 핸드폰으로부터 온 떠듬떠듬 문자. 미안하고 사랑한다고. 화장실에 숨어 그 문자를 부여잡고 오열하는 어머니의 모습. 그 깊은 영역을 재현해 내신 연기자들에게 존경을 표한다. 연기자들도 환자나 보호자의 마음 깊이 들어가 진심을 담아 함께 허우적거렸기에, 다시 일상으로 돌아오기까지 꽤 시간이 걸리리라.

드라마는 끝났지만, 환자와 보호자의 삶은 계속된다. 아직 경험해 보지 못한 분들은 아마도 그 세계를 잘 모를 것이다. 나도 초보라 장기간 그 여정을 걸어오신 분들 앞에서 조심스럽기 그지없다. 하지만 그건 감히 알겠다. 던져진 불행에 맞서 손잡고 하루하루 견뎌내는 그 숭고함이 나를 눈물짓게 했다는 걸. 그 억척스러움이 우리를 인간이게 한다는 걸. (2021. 9. 17.)

살아남은 자의 고통

<레몬> 권여선 장편소설

📖 이 소설은 의문의 사건으로 가족을 잃고 그 죽음을 받아들이고 견뎌야만 하는 살아남은 자들의 이야기이다. 그토록 아름답던 언니를 미제로 끝나버린 살인사건으로 떠나보낸 동생은 허무한 죽음과 공허 앞에 생의 의미를 물으며 10년을 헤맨다. 그걸 지켜봐야 했던 친구도 마찬가지였다. 소설은 두 살아남은 자의 시선들을 오가며 죽음의 비밀을 어렴풋이 드러낸다.

누가 죽였나, 복수심에 불타올라 그토록 열렬히 범인을 쫓게 한 단 하나의 질문. 그게 풀리면 숨죽이며 쌓아온 복수의 에너지를 한데 모아 그 살인자의 삶도 불살라버릴 텐데. 하지만 이 소설은 처절한 복수극이나 미스터리 추리소설은 아니었다. 범인으로 지목되었던 한만우. 그는 경찰 조사를 받고 풀려난다. 동생은 그를 쫓다 그의 생 속으로 끌려 들어간다. 그의 생은 지켜보기 어려울 만큼 신산했고, 고된 노동 속에서 피어난 폐암으로 조금은 일찍 끝났다. 동생은 한만우의 쓸쓸한 죽음에 이르러서야 비로소 복수심을 내려놓는다. 복수심을 물리치고 나서야 언니의 죽음이 남긴 질문과 다시 마주할 수 있었다.

동생은 다시 묻는다. 생의 의미는 대체 뭐냐며. 생이 허락되었다가 그리 허망하게 떠나고 난 뒤, 그 생의 의미가 무엇이었냐는 게 풀려야 남은 자들도 살아갈 수 있으니, 사실 소설이 그리고 싶었던 것도, 동생이 절박하게 매달리고 있었던 것도 복수가 아니라 바로 생의 의미였던 셈이다.

문학이 답하는 방식은 그저 떠난 자의 빈자리를 비추는 것이다. 그 빈자리의 고독을 절절하게 그려낼 뿐이다. 살아 있음은 그 빈자리를 힘겹게 품는 것이라고 말하는 것일까. 계속 그 의미를 곱씹으며 괴로워하고 있을 독자들에 나도 추가되었다. 마주하기 어려운 질문을 독자들 앞에 던져놓고 그들의 괴로움을 지켜보고 있을 이 가학적인 작가는 왜 하필 까만 바탕에 선명한 노란색을 그려 넣고 '레몬'이라고 제목을 붙였을까. 삶의 맛이 시큼해서였을까. 세월호가 가라앉은 바다를 보다 애타는 젊은 죽음들이 무의식에 각인되어서였을까.

소설이 남긴 여운에서 겨우 헤어 나와 이 글을 쓴다. 소설로 만난 삶이 너무 슬프고 애처로워서, 그 고통이 도처에 있음을 깨달아서, 그걸 이제 알게 된 내가 너무 슬퍼서 도저히 그녀의 다른 소설을 읽을 용기가 나질 않는다. 한참 걸릴 것 같다. (2021. 8. 23.)

타인의 불행과 고통을 이해하기까지

<백의 그림자> <아무도 아닌> 황정은 소설

📖 황정은 작가의 단편소설 모음집 <아무도 아닌>을 열면 이 문구가 나온다.

"아무도 아닌, 을 사람들은 자꾸 아무것도 아닌, 으로 읽는다."

이게 황정은 작가의 책들을 열어보게 만든 열쇠 말이 아니었나 싶다. 소위 아무것도 되지 못한 사람들에게 당신은 아무것도 아니지 않다고 말해주는 책이구나, 싶어서.

장편 <백의 그림자>는 쇠락해 가는 전자상가에서 살아가는 사람들의 이야기이다. 사람들은 그 속에서 생계를 책임지고, 누군가에게 필요한 부품이나 수리 등의 서비스를 제공하고, 밥을 먹고, 사랑을 한다. 하지만 재개발을 앞둔 상가처럼 존재하지 않는 취급을 받기 일쑤인 그들 뒤에는 '그림자'가 일어선다. 나는 어느새 작품 속 그림자를 불행으로 직역하고 있었다. 신형철 평론가는 '환상적 상관물'이란 표현으로 설명했지만.

작품 속 그림자는 나를 따라다니는 수동적이고 자동적인 음지의 영역이 아니다. 내 삶이 위기에 처해 있을 때, 불행이 다가올 때 스르르 일어나는 자율성을 가진 존재로 그려진다. 사람들은 그림자가 일어났다고. 그것을 따라가면 안 된다고 수군대지만, 등장인물 중 그림자가 일어나는 것을 피한 사람은 아무도 없었다.

평론가 신형철은 <백의 그림자>에 대한 비평에서 이 작품이 '불행의 단독성'을 살려내었다 상찬한다. 전자상가의 철거라는, 구도심에서 곧잘 벌어지는 일반적인 사건을 문학을 통해 일반적이지 않게 만들었다는 것이다.

신문과 뉴스의 사회면을 장식하는 사건들. 그 불행들은 곧장 분류되고 분석된 뒤 제도 개선이라는 정책적 함의 도출로 '처리'가 되곤 하는데, 이런 식의 과정은 그 불가해한 불행을 사회가 소화하는 과정이라 하겠다. 그 하나의 우주가 사라진 충격에서 헤어 나오고 내일을 다시 굴려 가기 위해서는 그 불행을 익명화하고, 소를 비프(beef)라 하고 돼지를 포크(pork)라 하듯, 다른 이름을 붙여 거부감을 줄인 뒤 처리해야 하는 것이다.

<아무도 아닌>도 같은 맥락에서 도처에 널린 불행들을 모아두었다. <백의 그림자>가 그림자를 통해 조금은 환상적인 분위기를 취하고 있다면, <아무도 아닌>은 매우 사실적이다. 책장마다 서린 치환할 수 없는 각각의 불행에 몸서리쳐진다. 선진국으로 가는 대한민국의 빛에 가려져 있던 그림자 같은 불행들을 대놓고 쇼윈도에 걸었다. 작가가 세묘하는 불행들은 늙기도 했고 무척 젊기도 했다. 나이를 상관하지 않는 불행이 야속할 따름이다.

텍스트의 해석은 독자 몫이라 했던가. 내 경우엔 그림자가 '암'으로 자꾸 읽히는 것을 피할 길이 없었다. <백의 그림자>에선 감당하기 어려운 파고에 삶이 삼켜질 것 같을 때, 삶이 주는 긴장이 속살로 파고들어 응축되고 응어리가 될 때, 그 존재가 외로움에 사무칠 때 그림자가 일어선다. 그리고 난 그림자가 일어서는 것을 '암이

또아리를 튼다'로 읽었다.

생각해보니 정말 암이란 병도 불행을 닮았다. 실은 매우 개별적이 인데, 여기 저기 흔하다. 그래서 불행처럼 분류하고, 5년 생존율이 이렇게 높아졌다며 희망을 덧칠한다. 뉴스에선 좋은 항암제 나와서 평생 관리할 수 있다는 말로 사람들을 이해시킨다. 그러면 지켜보는 이들에게도 암은 견딜 만한, 더불어 살 만한 것이 된다. 그래서 안 걸려본 사람들과 걸려본 사람들 사이엔 큰 강이 흐르고 있다. 뉴스의 필터로 암을 본 사람들은 그 개별성의 결을 모른다. 요즘 약좋아졌지 않냐면서 위로하고, 다 치료할 수 있으니 운동 열심히 하라며 조언까지 늘어놓는다.

아니. 암은 자신의 세포가 변한 것이다. 우리가 개별적인 존재라고 하는 건 지문이 다 다르고, DNA가 다 다르기에 서로를 다른 존재로 구별할 수 있기 때문이지. 당연히 그만큼 암세포도 개별적이야. 수술이며 약에 대한 반응도 천차만별일 수밖에. 부위별로 다 다르고 같은 부위라도 사람별로 다 달라. 제발 뭉뚱그려 이해하고 대강 위로하진 말아줘. 그건 당신이 편해지려고, 당신이 듣게 된 내불행을 소화하고 잊으려고 하는 행동이니까.

여전히 까칠한 나를 마주칠 때마다 숨을 돌리기 위해 잠시 책장을 덮기 일쑤였다. 하지만 이 과정 없이는 암을 받아들일 수가 없다. 지금은 수술로 떼어냈다거나 항암으로 녹였다 한들, 언제 다시 그림자처럼 고개를 들지 알 수 없는 이 암세포와의 긴 동행을 위해선, 필요하다. 이것이 나만 알고, 내게만 국한된 것이기에 고유명사를 붙여야 마땅한 친구라는 것을 이해하고 수용하는 시간이.

그리고 이 과정을 겪고 나면 타인의 불행을 받아들이는 법도 조금은 알게 된다. 숨을 곳 없이 가득한, 타인의 이름 같고 고유명사 같은 불행을 계량화하거나 자신이 소화할 수 있는 수준으로 대충 환원하고는 이해했다 말하기 주저하게 된다. 그 조심스러움은 불행을 품고 사는 삶에 대한 다소간의 경외로 자리잡는다.

암도, 불행도, 주위에 가득하다. 애써 가리고 있을 뿐. 그 환부를 드러내 준 황정은 작가에게 감사드린다. (2022. 3. 14.)

그들은 암이 아니다

영화 <발레리안 : 천 개 행성의 도시>

일정 하나만으로도 벅찬 하루였다. 집에 들어오기 무섭게 TV 앞에 앉았다. TV를 켜면 무료영화가 나를 찾아와 홍보하는 시대. <발레리안 : 천 개 행성의 도시> 무려 뤽 베송이 감독한 영화다. 집중할 여력도 없는데 마침 잘 되었다 싶었다. 미간 찌푸려 가며 생각할 필요 없이 화려한 액션들의 향연을 따라가기만 하면 되겠지.

영화는 지금 우리가 아는 우주정거장에 입주하는 국가가 하나씩 추가되다가 외계의 생명체들까지 가세해 진정한 의미의 코스모폴리탄 도시로 성장해버린 28세기의 우주정거장에서 시작한다. 집

약적인 공간에서 각 종족의 대표선수들과 그들의 지식이 모여 시너지를 일으켜 문명을 더욱 고도로 발전시켜 가는 공존공영의 파라다이스! 여기에서 누가 봐도 주인공이라고 여겨지는 능력 출중한 미남미녀가 모종의 미션을 수행하다가 비밀을 발견하고 해결해 나가는 과정이 대략의 서사다.

비밀이 펼쳐지는 공간은 영화 <아바타>의 오마주 같다. 반짝이고 지나치게 아름답고 평화로운 행성 뮐. 핵에너지보다 더 우월한 진주를 동력으로 삼고, 컨버터라는 귀여운 동물이 그 진주를 무한정 재생산하여 무한동력이 제공되는 곳이다. 지구의 호모 사피엔스들이 원주민이었다면 무한정 제공되는 동력을 독점하기 위한 투쟁이 끊이지 않았을 터. 그러나 심지어 뮐의 생명들은 지속 가능성을 위해 남는 진주들을 다시 땅으로 돌려보내고 소수의 공동체를 이뤄 분쟁없이 살아가는 깨인 분들이다.

지구인들에게는 이런 파라다이스가 있으면 부숴버리고 싶은 욕망이 내재되어 있는 것인지. 예상했던 대로 돈의 냄새를 맡고 찾아와 뮐 종족의 씨를 말리려 든다. 일단 작전상 후퇴. 그들은 방공호 캡슐을 타고 살아남아 코스모폴리탄 시티, 우주정거장으로 몰래 망명한다. 쥐처럼 숨어 살며 권토중래를 도모하던 그들은 마침내 소중한 진주와 컨버터를 되찾고 다시 그들의 새로운 터전을 찾아 떠난다. 주인공 남녀 요원의 미션은 그 컨버터와 진주를 뺏어오는 것이었지만, 뮐 종족에게 탄복하여 오히려 그들의 탈출을 돕게 되고, 결국 모두가 예상할 수 있는 그 해피엔딩이 이어진다.

좀 뻔한 감이 있는 이야기의 전개 중에 내 눈길을 끈 것은 바로 우주정거장에 몰래 터 잡은 뮐 행성 종족들을 인식하는 인간의 시선이다. 뮐 종족은 전자파 방해를 걸어놓아 자신의 존재를 남들이 인식하지 못하도록 숨긴다. 우주정거장의 군대를 총괄하는 지구인들은 뮐 종족이 터 잡은 공간을 우주정거장의 '암 덩어리'로 인식하고, 그들을 파괴하고 멸절하기 위해 총공격을 감행한다.

암 덩어리라니. 물론 자신의 행성에서 안분지족하는 뮐 종족은 악성 신생물과는 전혀 다른 특성을 가졌기에 그 비유가 부당한 것임은 물론이지만, 가뜩이나 정치인이나 언론인들이 '암 덩어리'라느니, '말기 암환자'라느니 하는 비유를 할 때마다 바짝 날이 서곤 했던 터라 표현 자체가 너무 거슬렸다.

지구인의 총공격은 비유하자면 표준치료의 항암 화학요법이나 방사선 치료를 닮았다. 영화에서야 총공격이 비난받아 마땅하고 그들과 함께 살아갈 방법을 모색하는 것이 도덕적으로 당연해 보이지만, 내 몸을 치료하는 방법의 갈래 앞에 서면 선택이 쉽지 않다.

나는 총공격을 택했다. 현대의학의 방식으로 수술을 받았고, 항암 화학치료를 받고 있으며 그게 현재의 최선임을 믿는다. 하지만 요즘 자연치유 사례나 암을 극복한 이들의 에세이를 읽다 보면, 암과 동행한다는 표현이 자주 등장한다. 현대의학의 치료 방법은 자신 내면의 치유력을 무너뜨리고, 암의 내성을 강화하거나 화만 더 돋우는 것으로 간주되곤 한다.

물론 앞으로 그럴 일이 없었으면 하는 생각이 간절하지만, 수많은 이들이 지금도 그 갈래 앞에서 선택을 강요당한다. 영화에선 선악의 구도가 분명하지만, 실제 암세포에게는 선과 악이 없다. 그저 부단히 살고 확장하기 위해 노력할 뿐인데, 그게 결국 자신의 숙주를 죽음으로 몰고 간다는 사실을 모를 뿐이다. 달래야 할지, 박멸해야 할지. 참 어려운 선택임은 분명하다.

지금 내가 할 일들을 생각해본다. 암세포가 거기 똬리를 틀고 살게 된 것이 어쩔 수 없는 일이었다는 사실을 받아들여야겠다. 내가 세포들이 감당할 수 없는 부담을 주었기 때문이든, 유전자 자체가 취약하게 타고났든, 암으로 변화하여 폭주하기 시작한 것은 그 세포에게 어쩔 수 없었던 일이다.

그러니 미워하지 말고 우선 미안해 해야겠다. 수술 전후로 간이 있던 자리를 만지며 한참을 사과했던 기억이 난다. 요즘은 좀 뜸했지만, 결국 내가 지금 할 수 있는 일도 그런 것 아닐까. 그 세포들이 화를 거두기를, 내 사과를 받아 주길. 나 이제 너에게 잘할게.(2021. 5. 18.)

희생의 순간 뱉어낸 삶을 향한 언어

영화 <아포칼립스 : 인류 최후의 날>

항암의 부작용으로 발바닥이 갈라지기 시작했다. 흐리고 축축한 날씨와는 대조적이다. 운동을 나가지 않을 완벽한 핑계가 갖춰졌다. 피로까지 몰려오는 이런 저녁엔 책을 읽기엔 체력이 조금 모자란다. 그래, 영화다. 생각의 여지를 주지 않고 모든 것을 보여주며 설명까지 해주는, 그런 블록버스터를 볼 작정이었다.

최근 개봉작, 아포칼립스. 제목에 끌린 이유는 단순했다. 코로나가 서유럽에서 맹위를 떨치던 작년 봄 즈음, 영국 체류 시절 윗집에 살던 할아버지에게 이메일로 안부를 물으니 인적 끊긴 마을 분위기가 '아포칼립스', 즉 세상의 종말 같다고 대답했던 것이 기억났기 때문이다.

포털에서 정보를 대강 훑어보니 인류와 인공지능(AI)의 한판 대결이라고 한다. 흐름을 대강 상상해본다. AI가 평소 상상하던 수준을 약간 상회하는 신개념 무기를 장착하고 나와 압도적인 힘을 발휘하며 인류를 쓸어버리기 시작할 거야. 영웅적 인간 캐릭터들이 그 난관을 힘겹게 뚫고 승리를 쟁취하겠지, 행간에 손발 오그라드는 휴머니즘이랄지, 아니면 AI에 대한 인간의 우위라는 메시지가 제시되겠지. 이런 대강의 기대를 하고 리모컨을 눌렀다.

결론적으로 기대는 어긋났다. 인간 주인공은 단 2명이고, 대사도 단 두 마디이다. 오로지 시각에 의존해야 하기에 상당한 집중력과 인내력을 쏟아야 했다. 예고편에 AI 로봇이 인간생존자를 '언어'로 감지해 추격한다는 설명이 있었는데, 그게 무슨 의미인지 한 번쯤 생각해봤어야 했다. 말을 하는 순간 존재가 들통나 바로 죽임을 당하니 대사가 없을 수밖에. 과묵한 독일에서 만든 영화답다. 그나마 그 설명조차 못 보고 영화를 틀었다면 이 기나긴 침묵을 이해하기 어려웠으리라. 입을 놀린 인간이 AI에게 사살되는 장면은 단 한 번 나오기 때문이다.

영화가 언어의 공백을 무엇으로 채우면서 친절하게 긴장과 흥미를 이어갈지 자못 궁금해질 것이다. 등장인물 단 2명의 관계로 풀어갈까. 우연한 만남 후 치명적인 사랑에 빠지고, 갈라질 수밖에 없는 운명 앞에 놓이지만, 어떤 계기로 극적으로 다시 만난다는 식의 서사를 풀어갈까. 거기에 화려한 전투와 액션, 기상천외한 AI의 만듦새와 진화가 보여주는 시각효과가 적절히 가미될까. 그런 소박한 기대들도 다 무너진다. AI가 간혹 스산한 기계음을 내며 등장했다가 폭발음과 함께 사라지지만 핵심 볼거리는 아니다. 덕분에 중간에 채널을 돌릴까 하는 생각도 문득 들었다. 이건 극장 입장료에 가까운 돈을 주고 사서 보고 있는 VOD라며 스스로를 다독였다. 이미 지불한 돈의 힘으로 끝까지 버틸 수 있었다.

감동은 영화가 끝난 후 엔딩 크레디트를 보며 지나갔던 장면들을 서서히 복기하는 과정에서 밀려왔다. 퍼즐을 맞추다보니 바벨탑 신화를 상기시키는 영화였다.

언어를 통한 소통과 협력이라는 무기로 다른 생태계 종들을 꺾고 먹이사슬의 정점에 오른 호모 사피엔스. 이들의 오만을 꺾기 위해 고대 바벨탑 신화에서 야훼는 언어를 흩어버리고 서로 소통할 수 없게 했다. 하지만 인간은 다시 기어올랐다. 커뮤니케이션은 더욱 활발해졌고 그렇게 누적된 집단지성 위에 AI가 탄생한 것이 우리가 지금 경험하고 있는 현재다.

이에 현대의 심판은 더욱 잔인하게 언어를 압살한다. 고대에는 언어를 여러 갈래로 흩어버리기만 했다면, 현대의 영화는 언어, 특히 구음을 찾아다니며 말살한다. 언어를 잃은 인간은 협력할 수 없고, 협력 없이는 스스로 만들어낸 신에 대항할 수 없을 것이다. 영화도 그 협력의 난맥상을 그려내고 있다. 주인공 둘은 각기 미국인과 러시아인이다. 전직 군인인 미국인 남성주인공은 AI를 피해 도망쳐 다녔고, 앞으로도 그럴 생각이다. 역시 군인이었을 것으로 추정되는 러시아인 여성주인공은 홀로 AI를 파괴할 수 있는 작전을 구상하고 있다. 하지만 서로는 서로의 언어를 몰라 필담으로도 소통할 수 없고, 그래서 신뢰도 협력도 없다. 미국인은 그저 지금껏 해왔던 대로 다시 은신처를 떠난다.

아포칼립스는 종말을 뜻하기도 하지만 성경의 묵시록을 뜻하기도 한다. 때문에 이 영화는 인간이 다시 세운 바벨탑으로 멸절의 심판을 받을 것이라는 묵시문학으로도 볼 수 있겠다. 하지만 2,000년 전 묵시록처럼 심판 앞에서 인간은 그대로 멸절되고 말 것인가. 최후의 1인이 AI에게 살해되고 GAME OVER라는 자막으로 마무리되는 결말을 원하는 이는 아마 없을 것이다. 오락기에 100원을 추가로 넣고 한 판 더 붙어야지. 누구나 심판에도 불구하고 새로운 인간형이 살아남아 인간의 역사를 이어가길 원할 것이다.

영화는 그 결말을 충실히 보여주었다. 주인공들은 결국 AI를 파괴하고 심판을 중단시키는 데 성공한다. 고대의 바벨탑은 신이 인간의 언어를 흩으며 무너져 내렸다면, 이번엔 역으로 흩어진 언어를 모두 모으는 과정을 통해 AI라는 바벨탑이 무너진다는 게 인상적이다. 남자는 도망치다 다시 돌아온다. 여자는 녹음기에 세상의 모든 구음을 모아두었었는데, 남자가 그것을 AI 중앙관제탑에서 방송한다. 지구 곳곳에 흩어져 있던 모든 AI의 살인 무기들이 그 방송을 듣고 모여든다. 그리고 폭발. 여성이 보관하고 있던 핵무기가 모여든 그들을 일소하고 영화는 막을 내린다.

나의 불편함도 해소되었다. 파국은 피했고 삶은 계속 되겠으니 다행이다. 하지만 그저 인간이 AI보다 좀더 우월해서 이겼고 앞으로도 그렇게 우리는 위기를 극복해 갈 것이라는 식으로 대강 이해하고 덮기엔 좀 찜찜했다. 기독교의 묵시는 심판과 파국 앞에 놓인 인간을 위해 죄 없는 순결한 제물을 희생시켜 속죄를 이끌어낸다. 속죄양이 신의 권좌에서 내려와 가장 낮은 자리로 떨어지는 커다란 낙차 폭만큼의 가치가 내 생의 대가로 지불되었다. 그렇게 무가치해 보이던 내 생의 의미는 고결함을 얻는다. 그렇다면 이 영화가 제시한 심판과 제의의 서사는 대체 무엇이었던가. 이 치열한 전투 끝에 얻은 우리의 생의 의미는 무엇인가. 어렵지만, 다시 톺아보는 수밖에.

AI의 파괴를 꼼꼼하게 계획해 왔던 여자는 다쳐서 더 이상 작전을 수행할 수 없게 되자 자신을 희생하여 시간을 벌고 남자에게 바통을 넘긴다. 남자는 그 희생을 발판으로 AI 중앙관제센터에 도착하여 핵무기를 끌어안는다. 그리고 AI가 자신에게 화력을 퍼붓게 하여 핵무기를 작동시킨다. 전지전능함을 숭앙하던 인간이 그 전지전능한 것을 만들었고, 그 피조물이 이제는 내 삶을 대신하겠다고 하는데, 인간은 무슨 논리로 자신을 희생해 가면서까지 그것을 다시 파괴하겠다고 나서는 것인가. 그 파괴의 명분을 생의 의미로 치환해도 무방하지 않을까.

아까 언급했듯 이 영화에서 대사는 단 두 마디이다. AI가 자신을 발견하여 화기를 발사하도록 유도할 때, 즉 남녀가 자신을 희생제물로 바칠 때 등장한다. 그 발설로 인해 자신은 죽게 될 것이므로, 그 말의 내용이 생의 의미일지도 모르겠다 싶어 다시 돌려보았다. 둘은 같은 말을 한다. 지금껏 입을 틀어막고 숨죽이고 살아왔지만, 희생의 순간 내뱉은 그 말로 인해 도리어 살아있음이 빛난다.

"나 여기에 있다!" (2021. 5. 11.)

생의 의지가 희미해질 때면
후회 일기를 써보자

<미드나잇 라이브러리> 매트 헤이그 장편소설

📖 항암의 통증이 스며오면 만사가 귀찮고 의지가 희박해진다. 그래서 눈에 띄었는지 모르겠다. <미드나잇 라이브러리> 작심하고 영상으로 표현될 수 있는 디테일들을 세심하게 담은 것을 보면, 이 작품은 분명 영화로 시각화될 모습을 염두에 두긴 한 것 같다. 덕분에 별다른 힘 들이지 않고 심난한 현실에서 신비로운 상상계로 넘어갈 수 있었다.

삶을 포기하려 했던 노라. 생에서 사로 넘어가려는 그 경계에서 특별한 도서관으로 초대된다. 거기엔 어린 시절 자신에게 친절했던 엘름 부인이 기다리고 있었고, 그녀의 도움으로 노라는 일생을 돌아보며 후회 일기를 작성한다.

그리고는 서가에 꽂혀 있는 무한대의 다른 삶들을 아주 잠깐씩 살아본다. 삶은 체스에 비유된다. 다 두고 나면 한 판이지만, 두지 않았던 수를 포함하면 무한에 가까운 경우의 수가 생기듯, 생의 순간순간 내린 결정마다 다른 결정을 내렸다고 가정하면 삶도 체스의 수만큼 다르게 전개되었겠지. 이 놀이는 그녀가 다른 삶들을 유랑하다가 어딘가에 정주하고자 하는 마음을 먹는 순간 끝난다.

후회 일기는 하나씩 지워져 가지만, 그녀는 꿈꿨던 어느 삶에도 정박하지 못하고 돌아온다. 수영선수, 유명 로커, 철학 교수, 빙하학자 등. 과거 한때 꿈꿨지만 이루지 못했던 삶을 손에 쥐어보고도 말이다. 결국, 그녀는 죽기 직전 자신의 생으로 돌아온다. 살고 싶다는 말로는 부족해 '나는 살아있다!'는 확신에 찬 언어를 발견하고 나서야 그녀는 돌아올 수 있었다.

작가는 실존주의 철학과 양자역학을 바탕으로 한 다중우주 이론, 헨리 데이빗 소로우의 문학들을 엮어가며 탄탄한 토대를 구축하고 그 위에 상상의 나래를 펼친다. 생을 긍정하는 그녀는 이렇게 말한다. 다중우주 속에 우리는 이미 무한히 다른 삶을 살고 있으니, 가보지 않은 길에 대한 후회는 접으라고. 우리는 그저 한 사람이면 되며, 한 존재만 느끼면 된다고. 우리가 할 수 있는 것은 존재하는 세상 속에 있는 사람들에게 친절하게 대하는 일, 그리고 두지 않고 남아 있는 체스의 수처럼 내 안에 충만한 잠재력이 있음을 깨닫는 일이라고.

그녀가 다른 우주에서의 자신의 삶을 유영하는 동안 나도 과거 나의 꿈, 나의 선택들 속에서 한참을 헤매며 후회 일기를 썼다. 뭔가 익숙하다. 생각해보니 수술대에 올라가기 전, 난 이미 후회 일기를 작성했었다. 나의 악행록과 복수목록과 함께. 그러나 그것들은 기록되지 않았고, 머릿속에서만 맴돌다 명멸해 갔다. 캡처라도 해둘걸. 이제 다시 차근히 써보려 한다. 작가처럼 '난 살아있다' 하고 외칠 수 있을 때까지. (2021. 7. 14.)

전쟁 속에서 건져낸, 살아내야 할 이유

영화 <호타루> 그리고 <1917>

최근 영화 두 편을 보았다. 끝까지 보려고 작정한 건 아니었다. 그저 컨디션이 나빠 앉아 있어야 했던 시간이 무료했기 때문에 보기 시작했으므로. 그리고 엔딩 크레디트가 올라갈 때까지 앉아 있고 말았다. 멈추지 못한 것은 순전히 주인공들의 눈빛 탓이다. <호타루>에선 주인공 일본 여배우의 눈이 너무 선해 보여서. 그리고 <1917>에선 주인공 병사의 표정과 눈빛이 정말 영국 어느 작은 도시 거리에서 마주친 적 있었나 싶을 만큼 평범하고 무심해 보여서.

그 눈빛은 영화가 전개되면서 점차 설득력을 갖추어 나갔다. 그리고 끝날 때쯤에는 처음의 그 눈빛을 다시 상기하게 되었다. 나는 두 영화를 며칠의 시차를 두고 시청했지만, 머릿속에서는 같은 서랍에 편철되었다. 두 주인공들의 눈빛이 같은 지점을 응시하고 있다는 생각이 들었기에.

반딧불이란 뜻의 호타루. 한국인 가미카제 특공대원을 기억하는 일본인들의 이야기이다. 주인공 부부는 평범한 어부 가족처럼 보인다. 여느 부부와 다른 건 아이가 없다는 점, 그리고 서로에게 조금 예를 갖추는 것 같다는 점.

그들의 기구한 사연은 영화가 전개되며 밝혀진다. 그 둘 사이엔 잊을 수 없는 한 존재가 있었다. 김선재. 일본 이름 가네야마. 그는 가미카제 특공대 소위이자 여자의 약혼자였다. 김선재가 돌아올 수 없는 곳으로 출격한 후 여자는 절망에 주저앉지만, 김선재의 부하였던 남자는 그녀의 삶을 붙든다. 그리고 평생의 반려자로 살았다. 신장병으로 여성의 삶이 꺼져갈 즈음, 그들은 김선재의 유족들을 찾아 안동 하회마을로 향한다. 그리고 김선재의 마지막 말을 유족들에게 전한다.

"나는 대일본제국이 아닌 조선과 자신의 약혼녀를 위해 출격한다."

다음 <1917>. 1차 세계대전을 상징하는 지리한 참호전이 배경이다. 참호를 버리고 후퇴하는 독일군. 그들을 추격하려는 영국군. 하지만 그것은 독일군이 파놓은 함정이다. 추격을 중단해야 하지만 통신이 끊겨 추격 중지 명령을 전달할 길이 없다. 카메라는 하루는 족히 걸릴 곳까지 뛰어가 명령을 전달해야 하는 영국 병사를 따라다닌다.

　원래 출발 인원은 둘이었다. 주인공 윌리엄은 임무를 맡은 전우를 그저 따라나선 것이었을 뿐. 그런데 도중에 전우는 추락한 독일 공군병을 도우려다 도리어 살해당하고, 그저 따라나선 윌리엄에게는 지령을 전달하는 기존 임무 외에 숙제가 하나 더해진다. 전방에 있는 전우의 형에게 그의 죽음을 알리는 것. 전우들의 시체 더미를 헤쳐 가며 몇 번의 죽을 고비를 넘긴 끝에 윌리엄은 임무를 완수한다. 전방의 부대는 위험한 공격을 멈추었다. 죽은 전우의 형은 동생이 고통받지 않고 떠났고, 바로 자신의 앞에 선 사내의 목숨을 건졌으며, 좋은 군인이었다는 소식을 듣게 된다.

　이렇듯 두 영화는 전쟁을 공통분모로 하고 있다. 물론 각각 일본과 영국의 시선에서 그려졌다. 특히 <호타루>는 우리의 눈에는 여전히 불편한 지점도 있을 것이다. 역사에 아로새겨진 식민지배의 상흔을 그저 개인의 애틋한 사랑으로 덮으려는 것처럼 보인다면 더더욱.

　하지만 그리 불편하게 느껴지지 않았던 것은 두 영화 모두 철저히 전쟁을 경험하고 살아남은 개인에게 렌즈를 들이대고 있기 때문이다. 그것도 전쟁을 승리로 이끌거나, 식민지배의 부조리에 맞서 싸웠던, 그래서 역사에 이름을 올릴 수 있었던 영웅이 주인공이 아니다. 명령에 따를 수밖에 없어 평범하게 스러져가고 소모되고 희생된 소시민의 이야기도 아니다. 물론 희생도 나오지만, 두 영화의 관심은 희생을 재료로 호국정신을 함양하려는 선동에 있지 않다.

영화는 희생되지도 못한, 그저 희생을 알리려 끝끝내 살아남은 이들의 이야기이다. <호타루> 속 주인공은 45년의 세월을 김선재를 품고 살았고 그의 마지막 말을 유족에게 전했다. <1917>의 주인공은 함께 가던 전우의 부탁을 전달하기 위해 무수한 총탄 속을 건넌다. 적어도 내가 보기에는 그들의 가슴에 조국이나 전쟁의 승리 같은 뜨뜻미지근한 개념을 위한 자리는 없었다. 전우가 남긴 목소리만 뇌리에서 맴돌았을 것이다. 윌리엄이 전선을 향해 뛰는 전우들을 아랑곳하지 않고 거슬러 가고 있기에 그를 따르는 카메라가 불편하게 느껴지는 것이 그 방증이다. 시간을 거슬러 올라가 그때 그 사람들에게 카메라를 들이대고 무슨 이야기를 듣고 싶었던 것일까. 전쟁을 살고, 또 살아남은 이들의 시선에서 비로소 보이는 것은 무엇이었을까.

집단으로서 인간은 전쟁이 삶의 의미와 이유를 철저히 짓밟는 경험을 하고도 다시 살았다. 전쟁도 삶도 돌아볼 틈도 없이 새로 짜인 구도 속에서 체제 경쟁을 하며. 사람이 사라진 헛헛한 가슴에 반공의 신화를 욱여넣으며, 상대를 향한 증오를 연료 삼아 그렇게 살았다. 체제 경쟁이 끝난 뒤에는 승리와 번영의 신화가 그 자리를 채웠다.

하지만 개인은 그 긴 시간을 숨죽여 기다렸나 보다. 전쟁에서 드러난 인간의 악마성을 의문에 부치는데 이렇게나 오래 걸린 걸까. 매일 사람이 죽어 나가고 있어도 아무 특별한 일이 없다는 보고를 타전하는 소설 <서부전선 이상 없다> 속의 무심함, 마지막 한 명이 죽을 때까지 끝없는 소모를 반복하는 1차 세계대전 속 참호전의 지독함, 그리고 명확히 보이는 패배 앞에서도 청춘들을 비행기에 태워 화염 속으로 던져 넣는 인신공양의 패륜을 우리는 애써 외면해 온 것인가. 아니, 숱한 자문에도 불구하고 만족할 만한 답으로 해갈되지 않아 계속 묻고 있는 것은 아닐까.

어쨌든 반가웠다. 아무것도 아닐 수 있는 한 명의 죽음을 돌아보는 게 전쟁의 부조리를 벗어나는 탈출구임을 알아보는 그 시선이. 영화를 빌어 말하자면, 살아남은 이들은 그 개인의 죽음을 어떻게든 가족에게 전하겠다는 일념으로 살아낸 것이다. 비록 전쟁이 강제한 어이없는 개죽음이었을지 모르지만, 그는 두려워하지 않았으며, 나라를 구한 게 아니라 전우를 살려낸 용감한 이였다는 것을 가족에게 알려야 한다. 그래야 그 죽음이 아무것도 아닌 게 되는 것을 막을 수 있다. 그 진실을 전해야 한다. 이런 마음으로.

삶, 살아남는다는 목표만 붙들고 1년이 지나갔다. 갑자기 교통사고를 당하듯 내 삶에 암이 들어왔다. 무고하게 전쟁에 던져졌다 살아남아 오랜 시간을 건너온 이들이 하는 말을 듣고 나니, 내가 병마를 이기고 살아내야 할 이유는, 전해야 할 소식은 무엇일까 가늠해 본다.

이제야 이런 영화들이 나온 것처럼 내가 살려는 이유를 답하려면 시간이 필요하겠지. 다만 삶에 대한 불굴의 의지 같은 영웅담은 아니었으면 좋겠다. '난 그 어렵다는 담도암을 만나 이렇게 불굴의 의지로 이겼습니다'가 묘비에 새겨질 나의 이야기는 아니길 바란다. 나도 숱하게 많은 암 환자 중 하나였고, 똑같이 두려웠고, 방황했다고 말하고 싶다. (2022. 2. 10.)

살고는 싶은데, 막막하네

불행을 받아들이자 살고는 싶어졌는데,
어떻게 살 것인지는 또 다른 과제였다.
마치 지금껏 등 떠밀려 살았던 것처럼,
뭘 하고 싶은지, 어떻게 그것을 이룰지
모든 것이 희미해 더듬어 가며 찾아야 했다.

내게도 감정을 배울 시간이 필요하다

\<아몬드\> 손원평 장편소설

📖 아들이 볼 책을 빌리러 도서관에 갔다가 서가에 꽂혀 있는 손원평의 장편소설 \<아몬드\>를 보았다. 유명세가 있던 소설이라 손을 뻗었다. 읽을지 말지 판단할 때 주로 맨 앞과 맨 뒤를 보는 습관이 있는데, 말미에 덧붙여진 작가의 말을 보고 책을 들고 나왔다. 자신의 성장 과정에 불행과 트라우마가 없어 작가로서 깜냥이 부족하다 느꼈지만, 이제는 감사한다는 그 말이 궁금했다.

읽기 전에는 그녀에 대해 아무것도 몰랐다. 유력 정치인 손학규 씨의 차녀라는 점도, 그녀가 소설가이면서 영화감독이자 시나리오 작가로도 활동 중이라는 점도. 그녀의 아버지가 내걸었던 '저녁이 있는 삶'이라는 약속은 국가 단위에서 실현될 기회를 얻진 못했지만, 적어도 가정에서는 잘 실천되었나 보다.

아몬드 모양으로 뇌 속에 자리잡은 기관인 편도체 이상으로 감정을 전혀 느끼지 못하는, 그래서 표정과 감정의 매치를 배워야 하는 아이 선윤재. 그리고 너무도 감정이 풍부하고 여린, 그래서 그걸 가리기 위해 강함을 갈망하며 위악적으로 구는 아이 이수. 이 책은 그 양극단의 아이 둘의 성장소설이었다. 구운 아몬드를 꺼내놓고 씹으며 책을 펼친 내가 마냥 부끄러웠다.

뚜렷한 이유 없이 무언가 결핍되거나 과잉된 채로 세상에 던져진 두 아이. 언뜻 보면 이 소설은 양극단의 아이 둘이 중간으로 수

렴하는 것처럼 읽힐 수도 있겠다. 어떤 사건을 정점으로 감정을 모르던 아이는 감정을 갖게 되고, 감정이 과하여 강한 척 숨기려 했던 아이는 터프가이 가면을 내려놓고. 성장소설의 공식처럼 무언가를 잃으면서 무언가를 얻는 그런. 하지만 둘은 1차원의 직선 위 양끝에서 중간을 향해 뛰지 않는다. 언제나 2인 3각이었다.

소설의 표면적인 줄거리는 소위 '괴물'이었던 작은 편도체의 소유자 윤재가 잇따른 상실을 경험하면서 감정을 성장시켜 가는 것이다. 감정을 모르는 윤재이기에, 가족이 눈앞에서 죽어가는 충격적인 상실의 과정마저도 소처럼 느리고 묵직한 걸음으로 조금씩 받아들인다. 윤재가 힘겹게 조금씩 감정을 배워가는 동안, 작았다던 그의 아몬드 모양 편도체도 점점 크고 단단하게 자리잡지 않았을까 상상해 보았다.

할머니와 어머니를 차례로 여의며 어른이 되어가는 윤재의 성장은 늘 외롭고 위태로워 보인다. 하지만 작가의 말에서 보았던 예언대로, 주위 인물들이 실낱같이 아슬아슬한 릴레이를 이어가며 윤재의 손을 놓지 않는다. 엄혹한 환경 속에서도 그들은 사랑의 물레를 돌리고 또 희생하며 실을 뽑아 윤재가 성장할 누에고치를 만들고 있었다.

윤재는 결국 사랑도 느낄 줄 알게 되고, 악의 늪에 빠져 허우적대는 친구 이수도 자신의 희생으로 제자리로 돌려놓는다. 책을 덮을 때쯤에 작가의 말을 다시 읽으며 그제야 깨닫는다. 상실의 아픔에 몸부림치는 유년기를 거치지 않고, 충분한 사랑을 받으며 자란 것을 감사한다는 게 어떤 의미였는지.

윤재를 둘러싼 그 사랑의 릴레이는 여성을 중심으로 이어진다.

모계 3대의 삶을 그린 영화 <안토니아스 라인>처럼 할머니, 어머니로 이어지는 가족의 사랑, 그리고 이성 친구 도라의 사랑.

어머니는 윤재에게 감정을 가르치기 위해 매 순간 잔소리를 늘어놓다가 칼에 찔려 식물인간이 되고 말지만, 윤재는 기억한다. 어떤 경우에도 어머니는 자신의 손을 놓지 않았다는 것을. 그리고 배운 대로 윤재도 어머니의 곁을 떠나지 않는다.

윤재의 생일이자 크리스마스 이브에 벌어진 비극적인 살인사건에 희생되는 할머니. 기골이 장대하고 쩌렁쩌렁한 목소리를 가졌던, 늙지도 않던 할머니는 희생되면서 끝까지 문을 붙들고 윤재를 지켜낸다. 겉으로 슬픔을 표하지 않는 윤재를 사람들은 이상하다고 생각했지만, 윤재는 할머니의 희생을 잊지 않았다. 그렇게 배운 희생을 망나니 친구 이수를 되돌릴 때 재현했다.

윤재에게 이성 간의 사랑 감정을 일깨워준 친구 도라는 육상선수다. 달리기처럼 할머니와 어머니의 바통을 이어받아 윤재 곁을 맴돈다. 심박수가 최고에 다다르는 그녀의 200미터 경기를 보며 윤재는 자신의 가슴도 뛰는 것을 발견한다. 불난 가슴은 며칠이 가도 식질 않는다. 그녀 덕에 윤재는 전두엽으로 배워야 했던 감정을 몸으로 느끼게 되었다.

소설을 덮으며, 감정을 알게 된 윤재의 눈에 세상은 얼마나 이상해 보였을까 생각해 본다. 자기에게 감정이 없다고 소시오패스라 손가락질 하던 이들은 있는 감정을 누르고 없는 감정을 연기한다. 정작 감정을 드러내면 불편한 시선으로 바라본다. 어쩌란 말인가.

그 시선으로 나를 본다. 나도 이상해 보였겠다. 아이는 화를 내는 법을 나에게서 보고 배웠을 텐데, 나는 그렇게 화를 내면 안 된다고 다시 화를 내는 이상한 아빠였다. 일터에서는 전형적인 이중인격자였다. 위로 올려다볼 때와 아래를 굽어보는 가면이 각기 달려 있는 야누스였다. 갇혀 있던 감정들은 밤이면 겨우 새어나와 홀로 마시는 술잔에나 스밀 수 있었다.

이 표리부동한 세상을 직시하고 솔직해지려는 이들에게 필요한 건 무얼까. 작가는 절대 너의 손을 놓지 않는다는 책임감 있는 어른들의 존재라고 말하고 싶었던 것이 아닐까 짐작해 본다.

나는 여기에 하나를 덧붙이고 싶다. 어른들도 감정을 다시 배워야 하지 않을까. 원래 타고난 것이라 여기거나 본능의 영역이라 생각하고 돌아보지 않았던 감정에 대해, 우린 사실 얼마나 무지했는가. 내 안에 흘러다니는 감정을 알아차리고, 표현하는 법을 다시 차근히 배워보자고 다짐해본다. 윤재처럼. (2021. 9. 23.)

뿌리 내리고 싶은 열망은
아직 채워지지 않았다

<타인의 집> 손원평 소설집

📖 난 각 사람이 각기 개별의 우주이고, 시간은 누구에게나 동일하게 흐르는 동시에, 사람 수만큼의 시간이 존재한다

고 믿고 있다. 그런 의미에서 시간이란 사실 편했다. 누구에게나 공평하게 주어지면서도, 내가 누린 시간만큼 남의 시간을 잡아먹지도 않는다. 즉, 제로섬 게임이 아니었다.

그런데 공간은? 공평하게 주어지지도 않거니와, 내가 한 뼘이라도 차지하려면 그 자리를 차지하고 있던 누군가를 쫓아내야 한다. 장편 <아몬드>와 함께 빌렸던 손원평의 소설집 <타인의 집>, 생각만 해도 어지러운 이 공간이란 주제를 집이라는 공간을 중심으로 풀어 가는 소설집이다.

앞부분의 단편들은 한 뼘 재겨 디딜 땅도 집도 없는 소외된 자, 소외된 세대의 경험을 정면으로 응시한다. 그리고 중반부에 배치된 단편 <상자 속의 남자>는 좁은 상자처럼 닫힌 공간에서 사랑의 릴레이가 펼쳐지는 바깥으로 손을 내미는 용기를 보여준다. 전작인 장편 <아몬드>의 연장이기도 하다. 생각 같아서는 모든 단편에 대한 단상을 하나하나 세심히 적고 싶지만, 재주가 부족해 소설집의 제목이기도 한 단편 <타인의 집>이 소환한 기억을 간단히 적어본다.

소설은 임차인이 전세로 빌린 아파트를 방별로 쪼개 다시 월세를 놓는, 이른바 전대차로 4명이 한 아파트에 거주하는 삶의 한 토막이다. 방과 화장실, 거실과 베란다까지 꼼꼼하게 쪼개 쓰느라 신경을 과도하게 소모하면서도 원룸보다 나은 여건에 자부심을 느끼는 거주자들. 주인의 동의 없이는 엄연한 불법이기에, 갑자기 들이닥친 집 주인 앞에서는 가족 사이인 척 눈물겨운 연기를 쏟아낸다. 타인의 집에 산다는 것의 위태로움, 좁은 공간을 공유하며 부대끼고 마찰하며 벌어지는 불화, 안정된 거주에 대한 열망이 지극한 사실주의로 펼쳐진다.

　나는 남성이 고시텔이나 원룸촌이 주는 불안감이라는 측면에서 상대적으로 여성보다 형편이 낫고, 안정적인 주거 열망에 대한 감수성도 둔한 편이라고 생각한다. 하지만 유년기는 비슷하지 않을까. 내게도 유년기에 전세가 갱신되는 2년마다 이사를 반복하며 새로운 학교에 뿌리 내리느라 애를 먹었던 기억은 불안의 뿌리로 여전히 남아 있다. 옮길 때마다 어느 무리에 속하기 전까지는 따돌림을 경험해야 했기에.

　지독한 괴롭힘에 몇 번을 탄원해도 담임 선생님은 도와줄 생각이 없었다. 시행착오 끝에 깨달은 진실은 키 작고 연약한 이들이라도 무리 지어 있다면 안전하다는 것이었다. 마음이나 취향이 맞는지는 상관이 없었다. 방과후마다 별 관심도 없었던 야구며 그 변종 게임들을 억지로 해야 했지만, 대신 그들은 친절했고 안전했다. 그 이후로 살아남기 위해선 무조건 어떤 집단이나 무리에 소속되어야 한다는 생각은 신념이 되었다. 오랜 전세생활을 마치고 어렵사리 내 집을 마련하고도 그걸 팔고 다시 더 유망한 곳으로 옮겨가려는 부모님의 열성, 지금은 그것이 재산증식과 교육여건 측면에서 불가피한 선택이었음을 이해하지만 당시엔 참으로 증오했었다.

　20세가 되어 부모자식 간에 서로 잔소리하며 민폐 끼치게 되자 나는 독립하려 했다. 그 과정에서 느꼈던 비애도 여전히 생생하다. 화장실을 주인과 공유하고 방 한 칸만 얻어 쓰는 잠만 자는 방이 당시엔 보편적이었다. 아침마다 주인 부부의 싸움 소리에 눈을 떠야 했고, 화장실에서 좀처럼 나오지 않는 그 집 아들 덕에 샤워나 민생 문제 해결은 밤에만 가능했다. 2달을 못 버티고 옮긴 집에서는 주인댁 아이의 도벽 때문에 자물쇠를 몇 번 바꾸다 한 달을 겨우 버텼고, 그 이후 옮긴 집들도 형편이 비슷해서 밤마다 전세 원룸을 얻어 사는 친구들의 집을 자주 찾았다.

　제대 후엔 고시원이 널리 보급되었다. 부동산시장은 매우 분화가 잘 되어 있었다. 싸다 싶으면 어김없는 비지떡이었다. 가뜩이나 잠 못 이루는 성격인지라 힘없이 귀가하는 타인의 뒤꿈치가 그렇게나 증오를 자아냈다. 쿵쿵쿵. 뒤꿈치를 도려내겠다느니 아킬레스건을 끊어 주겠다느니 하는 살벌한 쪽지들이 늘 여기저기 붙어 있었고 나는 오래 견디지 못했다.

　비슷한 금액으로 옮겨간 고시원에는 다행히 층간소음이 없었다. 하지만 내력벽이 아닌 얇은 목재로 칸을 나눈 탓에 옆방에 있는 사람이 언제 연인과 이별했는지, 오늘은 무슨 공부를 했는지 다 알 지경이었다. 연인과 한참 싸우고 방을 나선 옆방 사내를 뒤쫓아가 위로하고 함께 저녁을 먹고 온 적도 있었다. 방도 창이 있느냐 없느냐로 10만 원 차이가 났다. 내 방은 창도 없고 기둥까지 있어서 바지를 갈아입기 위해서는 복도로 나와야 했다. 일어나면 밖으로 나갔고, 들어가면 바로 잤다.

　쓰다 보니 과거를 회상하는 것은 참 위험하다. '라떼는 더 누추했지만 견디고 살았어. 요즘 친구들은 완벽히 갖춰진 편한 집에서 시작하려고 하니 집이 없다고 난리지.' 하는 꼰대감성으로 읽히기 십상이기에. 하지만 거꾸로 생각하면, 그래서 연장자일수록 안정된 주거에 대한 열망도 더 강하지 않겠는가? 가난했고, 열악했기에, 그래서 젊은이들이 차지할 공간마저 우악스럽게 틀어쥐고 놓지 않는 것 아닐까?

결혼 후에도 유목민의 운명은 질기게 따라다녔다. 결혼 후 6년 간 우리 부부는 6번의 이삿짐을 싸야 했다. 내 땅 없는 존재들이 잠시나마 닻을 내릴 수 있게 최소 2년이라는 임대차의 비타협적인 기간이 법으로 보장되어 있건만, 내 생활 여건이 늘 등을 떠밀었다. 뻔질나게 이사 다닌다며 부모님을 증오한 게 죄송했다. 내가 더한 놈이었다. 뿌리 내리고 싶은 욕망은 그렇게 채워지지 않은 채로 부모로부터 내게로, 자식에게로 대물림되고 있었다.

익숙해질 새도 없이 바뀌어대는 풍경, 사람, 길디긴 아파트 이름을 내 아들은 어떻게 이겨내고 있을까. 지나온 그 모든 집이 남의 집이었지만, 어린 아들은 자기 집이 5채가 된다며 자랑한다. 타인의 집, 그것은 작가의 말대로 어디에나 써먹기 좋은 치트키이다. 사는 곳이 삶을 규정하는 힘은 그토록 세다. 나를 둘러싼 가족의 구성, 친구, 사회적 계급까지도 규정한다. 인간의 생애에 문제 삼을 수 있는 모든 문제를 파고 들어가다 보면 언제나 이 지긋지긋한 '공간'과 마주하게 되어 있다.

뿐만이랴. 굳이 '불행'을 연료삼지 않더라도, 착근하지 못한 삶이 주는 불안과 닻을 내리고 정주하고 싶은 욕망만으로도 우리는 끊임없이 스스로를 돌아보게 되지 않는가. (2021. 9. 24.)

새로운 삶의 입구를 찾아

<식물카페, 온정> 제22회 전주국제영화제

항암치료를 병행하며 다시 출근을 시작했지만, 퇴근 후 돌아갈 곳은 집뿐이었다. 마침 전주국제영화제가 개최되어 다행이었다. 아직은 비대면 시대였지만, 축제를 이어가려는 방편으로 집에서도 참가작들을 관람할 수 있는 길이 마련되어 있었다. 나다닐 기력도, 만날 사람도 없이 집에 갇힌 내겐 소중한 창이었다. 관람할 작품은 아내가 골랐다. <식물카페, 온정>.

식물을 닮아 말수가 적은 카페 주인. 전에는 종군사진기자로 일했지만, 전쟁의 경험이 각인한 트라우마로 사진기를 들 수 없게 되었다. 식물로 가득한 카페는 전쟁터에서 돌아온 그가 새롭게 일군 삶터였다.

전쟁의 악몽 속에서 그는 어린 시절 할아버지의 수목원 기억을 붙들었을 것이다. 수목원을 가득 채운 잎과 줄기들이 제각각의 빛과 결로 빛나며 말을 걸어와 함께 교감했던 그날. 전쟁 중 폭탄 세례로 무너진 건물 더미 속 작은 틈이 지난 삶의 출구였듯, 그날의 기억은 새로운 삶의 입구가 되어 식물카페까지 이어진 듯했다.

나를 끝없이 좀먹어 들어가는 이놈의 직장을 때려치우면서 시원하게 내뱉는 한마디가 떠오른다. '안녕히 계세요 여러분, 전 이 세상의 모든 굴레와 속박을 벗어던지고 제 행복을 찾아 떠납니다!' 이렇게 외치며 사직서를 던지고 새로운 출발을 꿈꾸는 이야기가 요즘 참 흔하다. 흔해서 식상하다는 게 아니다. 요즘 젊은 세대에게 인내심이 부족하다는 꼰대력 높은 생각은 더더욱 아니다. 다만 흔한 그 이야기들이 자신이 바쳤던 젊은 시간의 한 토막을 통째로 부정하는 것 같아 좀 불편하게 느껴졌을 따름이다.

카페 주인은 카메라를 들고 전장을 누볐던 과거를 부인하지 않았다. 문득 찾아온 후배의 회상 속에 그려진 그는 사진밖에 모르는 사람이었다. 그의 사진은 치열했고 날카로웠다. 이제는 그 일을 할 수 없게 되었지만, 그가 사랑했던 사진들은 여전히 식물카페의 벽을 장식하고 있다.

드문드문 식물카페를 오가는 손님들 틈바구니에 나도 끼어 들어가 본다. 20, 30대의 젊었던 시간을 들고 있는 중년의 사내가 입구를 서성이고 있다. 14년 직장생활, 인내 끝에 얻은 보상은 암이었다. 베짱이처럼 살지 않은 후회가 주마등처럼 스쳐 지나간다. 스스로가 바보 같고 안쓰러워 한참을 운다.

참 불행했다고 토로하는 중년의 사내에게 주인은 차 한 잔을 권하고는 분갈이를 한다. 새로운 화분에 넣고 흙을 담는다. 나를 좀먹었을 뿐이라고 믿었던 그 시간에 대한 기억에 생명을 불어넣는다. 그저 견뎌야만 했던 치욕스럽고 버거웠던 순간들이 치열하고 날카롭게 채색되어 벽에 걸렸다.

내게 새로운 삶으로 들어가는 입구는 아직 열리지 않았다. 대신 영화는 묻는다. 온통 녹색으로 엉겨 있던 식물들이 제각각의 결과 빛으로 반짝이며 인사하던 순간, 너에겐 그게 언제였는지.

항암제가 퍼지는지 하품이 나오며 졸리기 시작한다. 꿈속에서 과거의 내 방으로 돌아가 반짝이던 것들을 뒤져봐야겠다.

(2021. 5. 5.)

외줄타기 같은
삶의 아슬아슬함에 대하여

<열아홉> 제22회 전주국제영화제

전주 국제영화제 두 번째 관람작품은 우경희 감독의 첫 장편 <열아홉>. 지금은 민법상 성년이 열아홉이 되었지만, 싸이월드 비밀방명록에 속내를 전하던 당시는 2008년. 열아홉은 미성년이었다. 성년을 앞둔 경계의 나이.

지긋지긋한 부모의 굴레를 벗어나 내 집을 갖고 자유롭게 음악을 하고 싶은 원심력에 열아홉 소녀의 몸과 가슴은 요동친다. 하지만 보호자의 허락 없이는 원룸 하나도 계약할 수 없는 나이. 법과 제도는 강한 구심력으로 그녀를 집안에 묶어두는 말뚝이다.

하지만 어머니의 죽음으로 그녀를 둘러싼 힘의 방향은 정반대로 바뀐다. 그토록 벗어나고 싶었던 지긋지긋한 임대아파트, 이젠 내 쫓길 신세다. 길바닥은 지옥이다. 무조건 버텨야 산다. 하늘로 날아오를 궁리를 하던 머리에는 낭떠러지로 떠밀리지 않기 위한 무시무시한 상상이 채워지기 시작한다. 북극과 남극이 뒤바뀌어 전도된 자장 속에서, 더 넓은 세상으로 분갈이를 염원하던 소녀는 지금 이곳에서나마 뿌리 뽑히지 않기 위한 투쟁을 시작한다.

어느 날 갑자기 안과 밖이 뒤집힌 세상에서 그녀의 열아홉이 설 수 있는 공간은 위태로운 경계의 담벼락 위뿐이다. 그녀를 둘러싼 제도와 사람들은 도와줄 수도, 끌어내릴 수도 있다. 찾아오는 사회복지사도, 옆집 할머니도. 도움을 청하고 싶지만 어머니의 죽음이 알려지면 자신은 쫓겨난다. 일단 문을 걸어 잠그고 납작 엎드린다. 이 불안하기 짝이 없는 탈주극도 딱 열아홉까지만이다. 손 뻗으면 잡힐 듯한 스무 살까지 들키지 않고 버티면 그녀는 자유다.

경계 안에서 안온하게 살아온 삶은 베일 듯한 날카로운 경계 위를 밟으며 탈주하려는 삶이 주는 불안을 이해하기 어렵다. 순간 하늘과 땅이 뒤바뀌고, 도움을 주던 손길은 나를 내칠 수도 있다. 누군가는 알아채지도 못하고 넘어가는 열아홉의 경계가, 그 소녀에게는 타야 할 외줄이고 작두다.

나에게는 그 스물에 스물을 더해 마흔이 되는 나이에 암이라는 경계가 다시 그어졌다. 좌우는 낭떠러지. 탈주의 길은 그 경계선뿐이다. 몸에 넣고 있는 항암제는 암세포도 죽이지만 정상세포도 죽인다. 그 무서운 죽음의 힘 가운데에 희미하게 내 살 길이 그어져 있다. 살기 위해 일하지만, 조금만 무리하면 암은 재발하거나 다른 장기로 전이할 수 있다. 일하되 무리하지 않는 형용모순에 가까운 균형을 잡아가며 몇 년을 버텨야 할까. 이렇게 5년만 지나가면 저

끝에는 완치가 있을까. 걱정 없는 일상이 열릴까.

그녀는 커서 음악을 하고 싶었다. 마치 동화 속 하늘에서 내려온 동아줄처럼, 그녀는 음악을 붙들고 그 위태로운 수평의 외줄 위를 수직으로 탈출한다. 쳐냈던 손들을 다시 붙들며 그녀는 사회의 씨줄과 날줄 위에 안착할 것이고, 마침내 창과 문이 달린 자기만의 방을 가진 스무 살이 될 것이다.

꿈을 품고 탈주를 감행하는 열아홉 그녀, 꿈을 살다 이제는 메멘토 모리(죽음을 기억하라)를 새겨 넣고 해골을 품에 안은 채 희미한 경계를 따라 걸어가야 하는 마흔의 나, 서로의 탈주선 위에 그려진 교차로 위에서 우리는 서로 만났다. (2021. 5. 7)

> 몸은 아픈데, 먹고 살자니 일은 해야 하고.
> 다른 방법 없을까?

<달까지 가자> 장류진 장편소설

📖 사흘째다. 머리가 깨질 듯 아프다. 잠 때문일까. 밤에도 자고 낮잠도 자고. 낮잠 자느라 밤잠은 또 새벽녘에야 시작되고. 항암제 복용 중에는 오히려 참을 만하더니, 복용이 끝난 뒤에 두통이 더 강하게 찾아왔다. 덕분에 걷는 것도 엄두를 못 냈다. 어

제도, 오늘도 집안에서 겨우 침대와 거실, 화장실이나 오간 셈이다. 혈당 관리를 위해 최소한의 근육운동을 해보려다가 누가 관자놀이를 때리는 듯한 거센 충격에 드러누웠다.

항암은 끝났는데 왜 다시 시작하는 기분일까? 항암 중 한 번도 손대지 않았던 두통약을 삼켜본다. 간독성 있는 타이레놀. 저용량으로 한 알 먹어봤는데 효험이 전혀 없다. 덜컥 겁이 안 난다면 거짓말이다. 멀쩡하다가 이렇게 힘든 과정으로 넘어가는 환우들의 글을 자주 보았다. 내게 아직 찾아오지 않은 공포를 글로 먼저 배운 탓일까. 오늘이 지나가면 나아지려나. 토요일엔 백신도 맞아야 하는데 난 견뎌낼 수 있을까.

끙끙대기만 하자니 자괴감이 휩싼다. 이럴 때를 대비해 빌려둔 책을 꺼냈다. 젊은 작가 장류진의 장편소설 <달까지 가자>. '달까지 가즈아~'로 했으면 더 어울렸겠다. 이더리움의 J커브 상승세를 타고 달까지 가려는, 평범하고 기댈 곳 없는 젊음들의 올인.

읽다보니 좀 샘이 났다. 그들은 J커브의 짜릿하고 아찔한 고점에서 탈출(exit)하여 해피엔딩을 거머쥐었지만, 거기서 물려 까마득한 자이로드롭을 경험한 나로서는 참 씁쓸하고 부럽고 부아가 치밀었달까. 그래, 나 같은 사람이 투자에 나서면 그게 거품의 마지막이겠지.

얼마나 더 있어야 이 지긋지긋한 원룸과 꼰대들이 가득한 사무실을 떠나 진정한 나를 찾을 수 있을까 고민하는 것은 젊은이들만의 전매특허가 아니다. 많은 암 환우분들이 치병 중에도 일을 놓을 수 없는 처지다. 그 스트레스가 자신을 좀먹어 들어가는 걸 알면서도.

나도 몇 번이나 주먹구구 셈을 해본다. 얼마가 있으면 직장을 그만두고 자산으로 살아갈 수 있을까. 전원에 파묻혀 근심 걱정 없이 치병에 전념하려면 얼마가 필요할까 하고 말이다. 일어나지 않을 가정에 터 잡은 그런 셈은 덧없고 답도 없다. 소설도 사실 겉으로는 '가즈아~'를 외치지만, 행간에 비애를 숨겨두어 읽다가 얼핏얼핏 서늘해진다.

그래도 투자와 투병의 유사점이랄까. '일희일비하지 않고 존버하기'는 참 닮았다. 쳇바퀴 도는 직장의 스트레스에서 벗어나려는 간절한 목표지점도 같다.

하지만 둘은 사실 대척점에 서 있다. 매일 호가창을 들여다보는 투자가 두려움과 스릴, 환희가 교차하는 교감신경의 대폭발이라면, 매일매일 몸 일기를 써가며 내 바이탈 수치들을 들여다보는 투병은 재미없고 때론 지루하다. 호가창의 가격은 등락을 반복해도 우상향으로 치솟아야 하겠지만, 내 몸의 상태를 알리는 수치들은 오늘처럼 롤러코스터를 탄 기분이면 곤란하다. 되도록 변동없이 일정해야 한다. 교감신경이 올라오면 얼른 심호흡을 해서 비교감 신경을 켜야 한다. 둘은 이토록 섞이기가 어렵다.

그 비슷하고도 다른 두 행위의 사이에서 어정거리며 좌고우면하며 둘 다 해보려다보니 두통이 찾아왔나보다. 두통이 사그라지기를 기다리며, 코인 호가창을 내리고 심호흡을 해본다. (2021. 9. 30.)

반인분만 주세요

반인분. 요즘 머리를 맴도는 단어다. 물론 표준어가 아니어서 맞춤법 검사에 걸린다. 암을 겪고 나서 밥은 여전히 1인분을 꽉 채워먹는데, 일은 예전처럼 해내기 어렵다. 중책을 맡지 않아 망정이지, 스스로 생산성이 떨어진다고 생각하니 자부심도 사라졌다. 예전 내 기준으로 내 몫의 반이나 해낼까 모르겠다. 그래서 반인분이다. 문제는 앞으로도 예전의 전투력을 회복하기는 어려울 것 같다는 사실. 전처럼 활기차게 일하고 싶은 욕구가 들어도 억지로라도 눌러야 할 판이다.

전에 열심히 살았던 게 주변 사람들 마음에 적립이 되어 있는지 모르겠다. 내 예전 모습을 알던 분들이야 저 친구가 아프기 전엔 열심히 살았다며 추억으로 상계해 주겠지만, 그분들이 하나 둘 떠나고 나면 나는 반푼이 취급을 받기 시작하겠지. 언제까지 암을 방패막이로 삼을 수 있을까. 오늘도 업무를 문의하는 전화기 건너편에선 언제 돌아오냐며, '아픈 부위가 목 아니었어?', '요즘 약 좋아졌잖아?'로 안부를 묻는다.

사람마다 그릇이 제각각이거늘, 음식점에서 밥을 사 먹을 때도, 회사에서 업무를 나눌 때도 1인분이란 개념이 있다. 그 개념 이면엔 언제 도량형 통일이라도 한 것처럼 '정상인'이라는 가상의 기준이 전제된다. 정상인이 한 끼에 먹을 분량이 1인분이고, 정상인 한 사람이 해낼 업무량이 1인 업무량이다.

음식점에선 1인분을 시키고 버거우면 남기면 되고, 모자라면 더 시켜 먹으면 된다. 하지만 일터에선 그 조율이 쉽지 않다. 프리랜서니 시간제 근로니 틈새 노동이니 각자의 사정에 따라 유연하게 일할 수 있는 영역도 늘어나고 있다지만, 그런 영역에서는 대개 각자가 사업자다. 4대 보험 등의 기본적인 사회안전망도 함께 제공되지 않는다. 정상인 1인분의 기대치를 충족시키기 어려운 사람은 노동 시장에서 변두리를 헤맬 수밖에 없다.

장애인의 날이다. 아파트며 건물의 주차장에 항상 장애인 주차구역은 비어 있고, 그것을 볼 때마다 그들이 대접받는 것 같다고 느끼지만 그렇지가 못하다. 차 살 만큼 여유가 없는 경우가 대부분이고, 그래서 지하철 앞에서 온갖 눈총 다 받아가며, 정치권과 토론까지 해가며 여전히 시위하는 것이다. 우리가 편리하게 이용하고 있는 저상버스도 20년 전부터 그들이 혜화역 앞에서 구속을 각오한 채 버스에 스스로의 몸을 쇠사슬로 묶어가며 싸워서 얻어낸 것이다.

이동을 두고 치열하게 싸우는 이유는 그들이 가상의 '정상인'이란 기준에 가닿기 위한 가장 첫걸음이기 때문이다. 출근을 제때 할 수 있어야 일을 할 것 아닌가. 반대로 이동 문제가 해결된다고 장애인의 차별 문제가 해결되는 것은 아니다. 시작일 뿐이다. 다음은 그 가상의 '정상인' 기준을 해체하는 과정이 되어야 할 것이다.

사람마다 각기 정량이 다르다. 암을 겪어보니 그 가상의 정상인 1인분 기준에 나를 끼워 맞춰야 할 앞일이 끔찍하다. 난 정상인이 해내는 야근도 못할 것이고, 아드레날린 뿜어가며 빠릿빠릿하게 일을 할 자신도 없다. 그래서 자꾸만 생각하게 된다. 월급 좀 덜 받아도 좋으니 반인분만 일을 달라고 말할 수 있으면 좋겠다. 아, 반만 받으면 생활에 타격이 오려나? 그럼 2/3인분이라도. 정상이란 개념 없이 자기 그릇만큼의 일을 요구할 수 있는 세상에선 나도, 장애인들도 반푼이 취급받거나 자존감 깎아가며 살지 않고 당당히 '제 몫'만큼 일하고 대접받을 수 있을 텐데.

포털사이트에서 '반인분'을 검색해 보니 반인분 주문이 허락되는 것은 떡볶이뿐이다. 갈 길이 멀어 보인다.

돌아가고 싶은 세대, 지금이 행복한 세대

드라마 <스물다섯 스물하나> <우리들의 블루스>

복고 바람이 드라마에도 불고 있다. tvN은 <스물다섯 스물하나>에 이어 <우리들의 블루스>라는 대작을 내세워 복고 몰이를 하고 있다. 물론 나도 마침 오미크론에 사로잡혀 집안 유폐 생활을 하고 있기에 핑계 좋게 시청자 대열에 합류했다.

물론 응답하라 시리즈가 이미 나이대별로 국민들을 묶어 한바탕 울렸더랬지만, <응답하라 1997>이 시작된 지 10년이 지났다는 것을 생각하면 다시 할 때도 된 것 같다. 방송에서 10년이란 시간은 충분히 다시 우려낼 만큼의 긴 시간인가 보다.

복고에도 인구수의 비밀이 숨어 있는 듯하다. 복고물들이 누구의 추억을 주로 건드리고 있는지를 살펴볼 일이다. 일단 <응답하라 1997> 주인공 성시원과 윤윤제, <스물다섯 스물하나>의 주인공 나희도. 그들은 지금 딱 대한민국의 중간에 서 있다. 1997년 IMF를 고2(성시원)나 고1(나희도)에 맞은 세대. 2020년 중위연령, 즉 대한민국 사람 전체를 줄 세웠을 때 딱 중간에 서 있는 사람의 나이가 만 43.6세라니 2022년 현재 중위연령도 만 43세라면 아마 1979년생일 거다. 고등학교를 다녔다면 97년에는 3학년. 가장 예민할 청소년기에 부모님을 통해 IMF를 간접 경험하고 20대 초반 월드컵을 즐긴 세대.

한편, <우리들의 블루스>의 시작을 이끄는 차승원과 이정은은 대한민국 최대 인구수를 자랑하는 70년생(70, 71 모두 100만을 넘고 71년생이 조금 더 많긴 하다)이다. 대한민국의 가장 많은 인구가 친구뻘인 주인공들과 함께 과거 순수했던 시절 수학여행의 첫 키스와 풋사랑을 떠올릴 수 있다. 그들의 젊은 날은 대한민국이 욱일승천하던 시기여서 비교적 쉽지 않았냐고 오해하기 쉬운데 그것은 바로 전 86세대의 이야기. 이들은 입시도 어렵게 치렀고, 군역을 치른 남성의 경우 취업 시장에 나왔을 즈음 IMF에 휩쓸렸을 가능성이 높은 세대이다.

시대가 특정 세대의 경험을 강하게 규정할 때가 있다. 특히나 입시, 취업과 같이 삶의 조건을 결정짓는 중요한 이벤트가 있었던 해에 불황이 몰아닥친다면 그 세대는 그 시기뿐 아니라 일생에 걸쳐 내내 고생하게 된다. 취업 적령기에 좁아진 정규직의 문을 통과하지 못하면 어떻게 되는지 굳이 긴 설명이 필요하진 않을 것이다. IMF는 비정규직이란 말이 생겨난 시점이기도 하다. 드라마가 그려내고 있는 이 두 세대는 그 영향을 직접 받은 세대이다.

나는 IMF를 학창 시절 맞이했다. 돌이켜보니 감사하게도 부모님은 나에게 영향을 주지 않기 위해 무던히도 노력하셨다. 사업을 하시던 아버지는 서둘러 공장을 접었고, 나도 잠시 재고를 처리하기 위한 매대 앞에 선 적은 있었지만, 학원도 독서실도 무탈하게 다닐 수 있었다. 생계의 바통은 아버지에게서 어머니로 넘어갔다. 어머니는 같은 해에 보험설계사로 거듭나셨다. 거리에는 유학을 떠났다가 환율을 견디지 못해 돌아온 또래 학생들이 많았다. 그들은 맥도날드 앞에서 휘시 버거가 아닌 fish burger를 주문하고 있었다. 내가 따라 할 수 없는 원어민 발음이 점점 더 많이 들리기 시작했다.

이 빼어난 드라마들이 튀어나온 맥락을 더듬기 위해 굳이 인구와 세대를 들먹였다. 드라마의 성공을 위해 소구하려는 세대를 참 잘 잡았다는 뜻이다. 해당 인구가 일단 많아 시청자 확보가 가장 용이하다. 그리고 시대의 상흔이야 전 인구 연령층에게 남아있지만, 그것을 가장 상징적으로 대변하는 세대를 전면에 내세웠다.

둘의 차이점이라면 중위 세대들의 이야기인 <스물다섯 스물하나>는 주로 빛나던 그 '어린 시절'을 그려낸 반면, 이제 시작한 <우리들의 블루스>는 50대로 접어든 '바로 지금'을 그려내고 있다는 점이다. 동창회를 생각해 보면 쉽다. 40대 초반의 세대는 일터에서 가장 열심히 일할 시기, 가정이 있고 아이가 있다면 아이도 성장기여서 육아에도 적잖은 시간을 투자해야 한다. 당연히 동창회가 열리기조차 어렵다. 설레던 그 시기로 직접 가야 한다. 반면, 50대는 슬슬 동창회가 활성화되는 시기이다. 사회적 지위로도 서서히 피라미드의 상위로 가면서 조금씩 외로워진다. 가정이 있더라도 애들도 어느 정도 커서 친구들을 찾는다. 당연히 50대는 친구가 그립고 필요하고 적극적으로 찾는 시기이다.

변명이 길었다. 사실 <스물다섯 스물하나>에서 왜 남자주인공과 여자주인공의 사랑이 이뤄지지 않았는지 결말을 두고 새드엔딩이니, 시청자들의 판타지를 충족시켜주지 않았다느니 하는 아우성에 대한 변명이다. 지금의 삶이 버거운 중위연령 세대에게 소구하기 위해서는 이뤄지지 않은 그때의 사랑으로 돌아가는 것이 지극히 자연스러운 것이다. 그리고 이 세대에겐 그 시절의 사랑은 이루어지지 않는 것이 차라리 낫다. 사랑의 결실을 보아 지금까지 행복하게 살고 있다고 얼버무리기엔 지금이 좀 힘들거든. 그 시절은 '현재와 단절'된 채 아름답게 남아 있어줘야 하는 것이다.

주변 인물들이 너무도 비현실적으로 착하고 아름다운 것도 그렇다. 그들이 마주해야 하는 주된 관계는 비즈니스다. 살벌하고 타산적이다. 인맥이 자산이고 끼리끼리 뭉쳐야 한다. 그래서 석차를 전시하고 성적과 품행을 동일시하던 학교 안에서 전교 1등과 전교 꼴찌가 절친이 되는, 당시에도 존재하지 않았던 이상향이 필요한 것이다. 마냥 이타적이고 착하기만한, '내 편이 되어주는' 친구들의 판타지가 필요한 것이다.

반면, 앞으로 전개될 <우리들의 블루스>는 다시 만난 친구들끼리 어깨 걸고 연대하며 시절을 건너오며 입은 상흔들을 보듬고 안아주며 치유해 나갈 것이다. 그 우정의 힘으로 드라마를 밀어갈 것이다. 어려움과 희생을 유독 많이 경험한 세대이기도 하고, 이제는 '가족과 미래'가 아닌 '나'와 '오늘'을 찾을 권리가 있는 세대이기에 드라마가 그릴 시점도 지금의 그들이어야 한다.

<스물다섯 스물하나>로 잠시 행복했다. 그 시절이 빛나는 것은 뇌나 신경계의 장난일지도 모른다. 호르몬들이 폭발하는 시기이니까. 학업 부담에 허덕이면서도 짝사랑이며, 평생 갈 우정이며, 독서실 앞에서 새벽까지 이어지던 끝없는 대화. 지금 기준으로 보면 통신 수단이 마땅찮았던 당시지만, 지금보다 훨씬 많은 이야기를 나누고 소통했다. 다이어리 속지부터 전지까지 다양한 크기의 편지지에 작은 글씨로 빼곡하게 쓰던 손편지며, 독서실 공중전화통 앞에서 확인하던 삐삐 음성메시지가 주된 메신저였다. 내가 삐삐를 소지했던 기간은 2년 남짓이었지만, 그 시절 012, 015, 01577로 시작하는 번호 몇 개는 지금도 기억에 선하다.

다행히 과거를 회상하던 나희도는 지금 아틀리에를 열고 목재에 정성껏 기름을 펴 바르고 있다. 삶의 정점에서는 내려왔지만 새로운 세대를 길러가며 자신의 뜨거웠던 시절을 빼곡한 손글씨로 전수해 주고 있다. 모계로 대를 이어가며 라이벌 구도조차 여성들 간의 우애로 마무리한 점도 편안하게 다가왔다. 파국으로 치닫기 일쑤인 남성 주인공들의 대결은 종종 보기 불편했거든. 그런 사소한 설정들도 기억되었으면. 그리고 무엇보다 이제 시작될 50대들의 블루스도 기대된다. (2022. 4. 15.)

내게 용기를 준 싸움의 기록들

힘들 때면 남들의 위로조차 곧이 들리지 않는 법이다.
오로지, 그 길을 먼저 걸어간 이들의 소리만 들렸다

그의 웃음이 남겨준 숙제

<숨결이 바람 될 때> 폴 칼라니티

📖 웃어라. 웃어야 치료된다. 웃을 때는 광대를 힘껏 올리고 입도 조커처럼 좍 찢는다. 소리 내어 웃으면서 횡격막을 자극시킬 정도로 깔깔 웃어야 한다. 웃어라. 이건 루틴으로 매일 수행해야 할 치료다. 약 먹듯 정해놓고 억지로 웃어라. 웃음이 어찌 매일 나오겠나. 그래도 근육을 움직여 웃으면 뇌가 속는다. 도파민이 나오고 암은 점점 살기 어려운 여건이 조성된다.

암환자나 보호자라면 수도 없이 들었을 말이다. 나도 정말 여러 번 실천해 보았다. 평소 보지 않던 코미디 프로를 저녁마다 틀어놓기도 하고, 고요한 아침에 혼자 손뼉을 쳐가며 웃는 소리를 내보고, 도저히 웃을 수가 없을 땐 예전에 유행했던 소위 '최불암 웃음'을 흉내내며 횡격막과 성대를 마구 떨어보기도 했다. 억지스럽고, 힘들다.

웃어야 할 의무라니. 그래도 웃겨야 하는 의무보다는 낫지 않은가. 실행에 옮겨보면 정말이지 난감하다. 하나도 웃기지 않는 어느 날 아침. 초췌한 얼굴로 화장대 앞에서 웃는 훈련을 하다, 올드보이처럼 억지로 웃고 있는 내 모습이 너무 슬퍼서 그만 웃다가 울어버린 적이 있다. 합쳐서 웃픈 건가? 웃퍼? 한없이 가라앉던 그 날의 심정을 대변하기 적절한 표현은 아닌 듯 싶다.

차라리 슬픈 감정을 실컷 토해 버리고 싶을 때가 많다. 웃음을 멈출 수 없는 불치병을 앓고 있는 스탠딩 코미디언 조커처럼, 웃고 있는 우리의 삶의 자리는 울고 싶은 공기로 둘러싸여 무척이나 위태롭다. 정말이지 요즘은 조그만 자극에도 눈물이 터져 나온다. 지극한 슬픔에 실컷 울어버리는 게 암 치료에 도움이 되는지는 잘 모르겠다. 내 감정을 누르지 않고 길을 터주는 게 건강에 해롭지는 않을 것이다. 차오른 슬픔엔 억지웃음보다는 눈물이 약인 것 같다.

그런 나에게 최근 최루탄이 하나 떨어졌다. 바로 이 책이다. 뉴욕에 살고 있는 친구와 간만에 연락을 주고받다가 추천받았다. 그 친구가 이 책의 영어 제목을 말하지 않았더라면 읽지 않았을지도 모른다. <숨결이 바람 될 때(When Breath becomes air)> 2016년 발간된 이후 스테디셀러로 많은 사랑을 받아왔기에 이미 읽어본 분들도 많겠다. 뇌종양을 치료하던 의사에게 찾아온 폐암. 막 피어나려던 꽃봉오리는 2년여 간의 투병 끝에 지고 말았기에, 책은 그의 아내가 완성하여 발간했다.

작가는 사실 소위 천재다. 스탠퍼드 대학에서 영문학을 하다가 영국에서 의학을 다시 공부하고 다시 스탠퍼드로 돌아와 전공의 수련과정을 거친다. 그래, 정말 아까운 인재였구나. 삶은 정상으로 향하는 듯 했겠고, 그래서 암이라는 심연으로 떨어지며 느꼈을 낙차 폭도 그만큼 컸겠구나.

그런 천재가 피어보지 못하고 일찍 생을 마감한 것 자체가 안타까움과 연민을 자아낼 수 있겠다. 그리고 소위 스토리가 된다. 독자들은 그런 고귀한 주인공이 암이라는 시련을 만나도 굴하지 않고 자신의 얼마 남지 않은 삶을 꿋꿋이 끝까지 살아내는 것을 응원하다가 삶이 질 때 눈물짓겠지.

하지만 평범한, 아니 좀 모자란 필부가 불우한 어린 시절을 겪고 성장해 세상에 내던져졌다가, 그저 살기 위해 빠르게 돌아가는 연자방아에 매달려 힘껏 발을 구르던 중에 암이라는 암초에 걸려 쓰러졌다면? 가족은 소득이 끊긴 그를 버렸고, 홀로 남은 그는 가족의 온기마저 느끼지 못한 채 냉골에서, 혹은 허름한 요양병원에서 숨이 말라간다면?

너무나 사실적이라 불편하겠지. 아니 몸서리쳐지겠지. 그의 죽음은 아름답지도 않고 추출해 낼 이야기도 없다. 부조리하고 가차 없는 생에 맞서, 싸워보지 못하고 쓰러진 평범한 죽음일 뿐, 독자들의 심금을 울릴 만한 그 무언가를 제공해 주기 어렵겠지. 오히려 내 삶도 그렇게 될까 두렵고 도망치고 싶겠지.

그래서 난 그동안 이런 위인들의 이야기는 잘 안 읽었다. 억울한 그 죽음마저 고귀하고 아름다워서 많은 이들이 기억하는 이런 작가에 비해 내가 너무 초라해 보일까 싶어서. 그러니 이 책은 내겐 철저한 예외인 셈이다.

그는 떠나가는 와중에도 몇 달 남은 그 어렵다는 전공의 수련과정을 끝까지 마쳤고, 그의 손은 놀라운 외과수술 기술만 가진 게 아니라 아름다운 언어를 써 내려가는 기술도 갖추었다.

우선, 앞부분은 그의 성장기이다. 의사 가정에서 태어나 유복하게 자랐다. 애리조나 사막으로 이사 가서 자연의 아름다움을 온몸으로 배우며 사랑 속에 성장기를 보냈다. 생계의 걱정 없이 그저 생의 의미를 볼 수 있는 것이 문학일지, 의학일지를 저울질하다가 문학 먼저 배우고 의학에 투신했다. 그림자나 구김살도 없어보였다. 나중에 책 맨 뒷장 사진을 보고 알았다. 그는 인도계 미국인이었다. 그 흔한 인종차별적 상황 속에서 정체성을 고민하는 순간도 드러나지 않았기에 그가 그저 앵글로 색슨계 미국인인 줄 알았다.

투병기에 이르러서는 중간에 책 속으로 들어가 그를 한 대 후려치고 싶었다. 어찌나 미련한지. 의사라는 사람이 어떻게 항암 후 잠깐 암종 크기가 줄었다고 다시 일을 미친 듯이 하나. 무조건 쉬어야 한다는 사실을 몰랐는가. 문화적인 차이도 있겠지. 경험해 보진 못했지만, 자신의 병을 받아들이는 태도에 차이가 있다더라. 그저 전과 다르지 않게 출근하고, 역할을 다하다가 며칠 뒤 사망하는 경우가 많고 그게 미국인의 특성이라더라. 암 선고를 받으면 일단 일상을 내려놓고 치료에 전념하는 우리나라 사람들은 쉽게 이해하기 어려울 수도 있겠다. 그래도 그는 너무 무리한다. 분명하게 느껴지는 통증, 그 통증이 무엇을 의미하는지 알 법한 사람이 계속 진단받는 것을 미적거린다. 그리고 진단받고 항암치료를 시작한 이후에도 도리어 전공의 수련을 마치기 위해 전과 똑같이 매진한다. 어떤 심정이었을까. 오히려 얼마 남지 않았음을 직감했기에 더 마음이 조급했을까.

그렇게 냉정하게 읽어가다가 그만 울음보가 터지고 말았다. 책 말미의 사진 속 그의 미소 때문에.

하루에도 몇 번씩 연습해 보지만 어렵던 그 웃음. 사진 속의 그도 웃고 있다. 생이 얼마 남지 않았음을 분명히 알고 있을 시점이다. 자신이 암에 걸린 것을 확인한 후에 출산을 결심한 아내, 그 결실로 태어난 소중한 딸. 그들을 두고 떠나가야 하는 그가 어떻게 웃을 수 있었을까. 그 이유를 옮긴이는 이렇게 설명한다. 웃지 않으면 울어버릴 것 같았기에. 웃다가 우는 그 기분을 옮긴이도 아는 걸까? 내가 보기엔 아니다. 울어버릴 것 같아서 차라리 웃는 그런 표정은 아니다. 문학도로 생의 의미를 찾아 헤매다 그 의미를 만들어내는 뇌를 연구하기로 한 저자. 하지만 그도 죽음에 직면하기 전까지는 생의 의미를 온전히 이해하지 못했음을 책에서 고백한다. 종점이 보이는 그 순간에야 생은 비로소 반짝이는 걸까.

저 웃음은 어떻게 가능했을까, 그 의미는 무얼까 이해하고 나면 서평을 남기려 했었다. 하지만 숙제로 남겨두어야 할 것 같다. 저자와 같은 고귀한 천재가 아닌, 죽음을 앞둔 평범한 사람들의 얼굴에서도 저런 미소를 읽고 이해할 수 있다면, 나는 죽음이라는 단어 앞에 조금이나마 초연해질 수 있을 것 같다.

그리고 매일 아침 웃음 훈련도 조금 자연스러워지겠지.

(2022. 1. 28.)

나의 죽음에 대한 물음은
반납하기 어려웠다

<어떤 죽음이 삶에게 말했다> 김범석 에세이

📖 언제쯤 죽음을 직시할 수 있을까. 그게 가능할까. 그것을 직시할 때 남은 내 생애의 의미도 뚜렷이 보일 텐데. 여전히 죽음을 이야기하는 것은 너무도 두렵다. 피하고 싶다. 서울대학교병원 종양내과 김범석 교수님의 책도 그래서 선뜻 집어 들기 어려웠다. 블로그를 통해 평소 따뜻한 마음과 꼭 필요한 정보를 공유하시는 걸 보고 한 번 읽어보고 싶었던 것도 사실이다. 두 마음이 한참을 싸웠다. 일단 도서관에서 집어 드는 데까진 성공했다. 그것도 큰 글씨 버전으로.

반납기일이 차일피일 다가오기까지 읽을 엄두가 나지 않았다. 소화하기 버거운 소식들을 보지 않기 위해 암 카페도 가지 않는 터다. 스스로에게 매일 '내 안에서 암은 사라졌다. 이제 매일 성실하게 건강하게 살 일만 남았다'고 주문을 외는데 다시 죽음의 이야기를 맞닥뜨려야 한다니. 보아하니 교수님이 나랑 비슷한 또래다. 물론 그가 암에 걸린 적은 없다(책에 나온다). 그렇지만 매일 그 죽음을 목도하고 선고하면서도 압도되지 않고 그 체험을 잔잔하게 책으로 펼쳐냈으니, 나도 이 책의 시작부터 끝을 관통해 낼 수 있지 않을까. 용기를 내어본다.

책은 총 4부로 구성되어 있다. 1부에선 임종을 받아들이는 사람들의 가지각색 사연이 '예정된 죽음 앞에서'라는 표제로 묶여 있다. 죽음 앞에서 분노하고, 떠나면서 들고 가지도 못할 돈에 집착하고, 가족들과의 불화를 회복하지 못한 채 쓸쓸히 고립되고. 10년은 더 살아야 한다고 소리치면서도 정작 그 시간이 주어진다면 무엇을 할지에 대한 답은 없고. 암에 대한 부담감을 이기지 못해 스스로 생을 져버리고. 1부는 역시 쉽지 않았다. 30대 말 남성이 코앞에 다가온 임종을 앞두고도 한참을 버티다 결국 아이의 모습을 보고 한 시간 뒤 임종한 이야기를 읽고서는 잠시 쉬어야만 했다.

2부는 암 생존자들의 이야기이다. '그럼에도 산다는 것은.' 새로운 삶의 기회를 얻고 매일을 감사함으로 채우는 이도 있고, 젊은 날 암 경험으로 일찌감치 날개가 꺾여 좌절한 채 살아가야만 하는 이도 있다. 남은 생애가 얼마 남지 않았음을 알면서도 결혼을 하는 이도. 먼저 보낸 자식을 잊지 못해, 있을 때 근사한 신발 하나 못 사준 것이 아쉬워 49재에 새 운동화를 태우며 새까만 속을 움켜쥐는 부모도 있다. 그 모든 상황에 나를 대입해 보았다. 의식적으로 대입한 게 아니라 남의 일이려니 하고 애써 피하려 했다. 하지만 그냥 자연스레 그려졌고, 어느 상황이든 삶도 죽음도 너무 아팠다.

3부 '의사라는 업'은 그런 모습을 지켜봐야만 하는 의사로서의 개인적 고뇌와 변, 그리고 의료 윤리의 경계를 말하고 있다. 그리고 4부 '생사의 경계에서'는 정말 항암치료라는 것, 최선을 다한다는 것의 흐릿한 경계에서 방황하고 고뇌할 수밖에 없는 현실과 의사 앞에서 울 권리와 시간도 주기 어려운 의료시스템의 한계를 토로하고 있다. 그 속에서 존엄한 죽음, 내 삶은 물론 죽음에 대해 결정할 권리, 내 마지막 모습은 어떠해야 할지를 두고 한참을 저자와 함께 헤매다 결국 책을 덮었다.

오늘 퇴근길에 나는 이 책을 반납할 것이다. 그동안 겪었던 수많은 장례식을 일일이 기억하기 어렵듯, 이 책에 적혀 있던 타인의 죽음들도 언젠가는 기억 속에서 잊힐 것이다. 하지만 나의 죽음에 대한 물음은 반납하기가 어렵다. 지겹도록 나를 따라다닐 것이다. 이 책, 혹은 다른 책 한 권 읽었다고 단박에 죽음과 생의 의미를 깨칠 수 없다는 것도 안다. 아마도 죽을 때까지 나는 매일 나의 죽음에 대해 생각할 것이다. 그리고 죽음이라는 시간의 무한대에 비해 너무도 찰나 같은 이 생의 의미에 대해, 아마도 생의 끝까지 고민할 것이다. 메멘토 모리. (2021. 10. 18.)

밖으로만 향했던 시선을 내면으로 돌리는 연습

<그리고 모든 것이 변했다> 아니타 무르자니 임사체험

📖 임사체험, 예전에는 교회에서 천국 다녀오신 분들이 간증하면 웃어넘기고 말았다. 그 옛날 종교가 압도하던 시절, 그 체험을 달리 설명할 길이 없을 때야 기적이라 말했겠지만, 지금은 기적의 시대가 아니라며 일갈했다. 하지만 종교적 체험과 변화

마저 부인한 것은 아니었다. 다만 무언가 깊은 체험이 있었고 그 사건으로 인해 변화된 사람이 있을 뿐인데, 그걸 천국 다녀왔다 하면 희화화되는 게 싫었던 것 같다.

아니타 무르자니, 그녀의 임사체험기도 처음엔 그런 경계 어린 시선으로 펼쳐들었다. 하지만 그녀의 경험은 특정 종교의 환상으로 가득 차 있지 않았다. 오히려 시간의 차원을 뛰어넘는 양자역학의 세계에 가까웠다고 해야 할까? 아마도 그런 종류의 선지식이 그녀의 체험에도 작용하지 않았을까 생각해본다. 그리고 그녀의 메시지도 종교를 믿으라는 전형적인 결론으로도 치달아가지 않았다. 읽는 동안 점점 납득이 되었고, 그녀의 체험이 어떤 것인지 과학적으로 규명하기는 어렵겠지만 그 체험 이후의 삶과 증언은 진실한 것이라 믿게 되었다. 그녀의 변화가 나에게도 적용될 수 있을 것이라 소망하게 되었고, 그녀처럼 행동하리라 다짐했다.

저자는 악성림프종 진단을 받은 이후 표준치료를 거부하고 4년간 세계를 돌며 아유르베다 치료, 중국 한방치료, 서양 자연치유 등을 찾았다. 저자는 인도계였지만 홍콩에서 성장했다. 자연히 성장과정부터 여러 문화의 갈래에서 혼란스러워했고, 치료과정도 그러했다. 본인이 암에 걸리기 전 친구와 친지의 항암과정을 지근거리에서 지켜보며 느낀 공포도 그녀가 표준치료를 거부한 데 한 몫 했을 것이다. 결국 4년의 갈지자 행보 끝에 그녀의 육체는 임종 직전의 상태로 치달아 응급실에서 이틀간의 혼수상태에 빠져든다.

혼수상태 속에서 시간과 공간의 제약을 벗어나 유영하면서, 그녀는 모든 순간을 한꺼번에 느끼고 모든 존재가 연결되어 있음을 느낀다. 그녀는 고립되어 있지 않았다. 전체 존재를 이루는 씨줄과 날줄 속에 자신은 한 줄기임을 알게 되고 자신의 존재가 장엄하게 확장되는 경험을 한다. 그녀에게 암은 더 이상 자신의 잘못에 대한 처벌이 아니며, 전생의 악업도 아니다. 그저 밖으로 분출되어야 하는 자신의 존재가 가진 에너지가 두려움으로 내면에서 맴돌면서 표현된 것이었다.

혼수상태에서 깨어난 그녀 속에 있던 암은 줄어들기 시작한다. 그녀는 깨어나면서 그 완전한 앎의 상태에 머물지, 육신으로 돌아갈지를 선택한다. 육신으로 돌아가면 암은 자연히 낫는다고 확신한 상태에서 돌아왔기에 그녀는 놀라지 않았다. 의사들도 금시초문일 정도로 빠르게 회복한 그녀. 변화 이후엔 이전 삶으로 돌아가지 않았다. 그녀는 석양과 파도의 아름다움을 알아버린 터였다. 세속의 번민 속으로 돌아가기엔 무리였다.

여러 우연한 계기로, 아니 그녀가 체험한 전체에선 일어나고 말았어야 하는 필연에 따라 그녀는 방송 인터뷰, 책으로 사람들을 위로하는 삶을 살게 된다. 이후 그녀의 멘트는 내가 정리하기에 역부족이다. 읽던 도중 후반부터 나는 생전 하지 않던 밑줄을 긋고 있었다. 밑줄 그은 부분을 찾지 못할까봐 스티커도 붙였다. 종종 힘들 때 다시 찾고 붙들기 위함이다. 그 말의 힘을 나누고자, 두 구절만 소개해본다.

"오랫동안 오직 머리의 소리에만 의존해서 살다보면, 우리는 무한한 자아와의 연결을 잃어버리고 그 결과 길을 잃었다고 느끼게 된다. 그저 '존재'하기보다 계속해서 뭔가를 '하는' 상태에 있을 때 이런 일이 발생한다. (중략) 마음은 특정 결과를 얻기 위해 우리를 여기저기로 데려가며 무슨 일인가를 계속해서 만들어낸다. 지금 내 감정이 어떤지는 상관하지 않는다."

"임사체험을 하기 전까지 나는 늘 삶의 안내를 받고자 바깥을 찾아 헤맸다. 동료나 상사에게 인정을 받는 것이기도 했고, 단순히 다른 이들에게 답을 구하는 것이기도 했다. (중략) 임사체험 중에 나는 외부의 온갖 목소리를 듣는 동안 나를 잃어버리고 말았음을 깨달았다."

나를 누르지 말자. 나를 허용하자. 내 자신이 되자. 내 삶의 해결책을 외부에 의존하지 말자. 지금의 감정과 느낌을 따라 행동하자. 내일 일은 난 몰라요. 책을 읽으며 스스로 여러 번 되뇌었다. 두려움에 사로잡혀 내일을 걱정하던 나에게. (2021. 9. 2.)

하루하루를 써 나갈 용기를 준 투병기

<암과 살아도 다르지 않습니다> 이연 에세이
<유방암이 내 삶을 멈출 수 없습니다> 카덴자 에세이

📖 평범한 사람들의 암 투병기. 수술 전에도, 후에도, 온라인에서도, 기회가 닿는 대로 읽고 보았다. 나보다 더 참혹한 상황 속에서도 이겨냈다는 승리의 소식을 붙들고 싶을 만큼 마음이 약해질

때도, 나보다 젊고 어려운 암을 만난 사람들의 비극적인 상황으로 내 불행을 상대적으로 견딜 만한 것으로 만들고 싶은 유혹에 시달릴 때도. 치료의 갈림길에서 혼란스러워 먼저 걸어간 이들의 발자국을 확인하고 싶을 때도, 닥치는 대로 읽었다.

암과 싸운 본인의 이야기는 아무리 마셔도 갈증이 났다. 이야기를 읽는 것만으로도 외롭지 않았고, 든든한 연대감마저 느꼈다. 읽었던 모든 이야기가 소중했고, 자고 먹고 걷고 생각한 모든 사사로운 내용들이 내게도 피와 살, 아마도 약이 되었다. 내용 자체가 의학적으로 검증되었는지는 중요하지 않았다. 어차피 치료 레시피가 아니라 그들의 마음을 계속 읽고 싶었던 것이었고, 그들의 목소리를 따라 울며 위로를 받으며 호흡을 가다듬고 싶은 것이었으니.

그리고 나도 언젠가 승전보를 찍어 거리에라도 돌리고 싶었는지도 모른다. 유명한 저자들도 있지만 블로그 이웃이었던 두 분께 특별히 감사를 드리고 싶은 이유도 같다. 암을 먼저 경험하신 선배들의 체험담이 도움이 되었던 것은 물론이다. 하지만 그들이 건넨 진정한 위로는 너도 쓰면서 이겨내 보라는 권유였다. 내가 읽은 행간의 메시지가 그랬다.

우선 이연 님의 책. 2017년 유방암을 진단받은 저자는 아픔을 솔직하고 성실하게 기록했다. 암과의 동행을 받아들이기, 그것은 아픔 속에서 관계들을 돌아보는 것, 그리고 얽힌 관계의 실타래를 풀어가기 위해 글쓰기를 다짐하는 것이었다. 저자는 그 시련의 터널에서 틈틈이 기록한 에세이들을 모아 묶어냈다.

저자는 살기 위해, 살아갈 이유를 찾기 위해 글을 써내려 갔다.

글을 쓰는 과정 자체가 가슴의 울분을 토해내고, 이름 없던 응어리의 실체를 드러내는 치유의 절차였으리라 짐작해본다. 그리고 내 대신 암 환우의 애환을 소리질러준다. 암 경험을 이제 시작하는 나도, 아픈 척을 하면 가까운 이들의 마음을 쓰게 한다는 걸 느낀다. 그래서 말을 아낀다. 공감을 얻기 어려울 거란 지레짐작도 한 몫 한다. 더욱 멀쩡한 척 하게 된다. 하지만 그녀는 참지 않고 드러낸다. 그건 일종의 용기다.

모든 말들에 밑줄을 치고 싶지만, 특히 와 닿았던 건 늙어가는 것, 소위 꺾인다는 경험이란 살아가며 얼마나 마음을 썼느냐에 따라 다르게 온다는 말이었다. 늙어감이란, 나이를 먹으며 자동으로 오는 게 아니란 얘기다.

나이 40에 담도암이라는 경험을 하고 나니 유튜브의 알고리즘은 나를 50대 이상, 즉 꺾인 사람으로 판단하는 것 같다는 생각을 하던 차였다. 저자의 통찰이 놀라웠다. 100세 인생이라지만 100세까지 쓸 마음이 없기에 아낀다고 한다. 이제는 사소한 일들에 마음 쓸 여유가 없다. 아끼고 아껴 소중한 곳에만 쓰리라 다짐해본다. 저자 덕분에 내 일기는 그날 있었던 일들, 스쳐간 일들의 우루루 요약에서 벗어날 수 있었다. 그날 가장 마음 썼던 일이 무엇이었는지 돌아보며, 하루하루는 내 것이 되었다.

다음으로 카덴자 님, 음악용어로 연주가의 기교를 마음껏 발휘할 수 있도록 허용된 연주의 끝부분을 의미한단다. 그 뜻처럼 저자는 암 진단 이후 오히려 자신의 색깔을 마음껏 펼치고 있다. 그녀의 책도 그 색깔의 하나였다. 편집자로서, 그리고 교육자로서 바쁘게 살아가다 4기 유방암 진단을 마주한 저자. 이 책은 암 진단 이후 5년 간의 투병기이자 미뤄두었던 꿈, 작가로 거듭나는 삶의 궤적을 담은 에세이다.

첫 1년은 좌절과 항암의 고통 속에서 보냈다고 한다. 지금 내가 살아내고 있는 시간, 암 진단의 충격과 공포, 그리고 이어진 수술과 항암. 4기인 저자에게 선항암 요법과 수술, 방사선으로 이어지는 치료의 시간은 내 경우보다 훨씬 고통스러웠으리라. 그러다 1년 반이 지나 블로그를 시작하면서 생기를 얻었다. 그 재미가 브런치로, 출판으로 이어져 작가이자 편집자로서의 삶을 당당히 살아가게 했다고 한다.

단순히 재미로 촉발된 힘으로만 5년을 밀고 간 건 아니었다. 저자도 매일매일 치료의 고통, 재발과 전이의 두려움, 주변 사람들의 시선을 견디느라 힘들었다고 털어놓는다. 대신 그 시간을 이겨낸 구체적인 벗들을 소개해준다. 국선도, 모자, 립스틱, 복숭아, 브로콜리. 사실 내게도 그런 구체적인 명사가 필요했다. 가족을 제외한 주위 사람들에게 암 투병 사실을 알리지 않았던 저자. 그 배려가 책 표지에도 고스란히 묻어 있다. 제목은 표지 띠에만 쓰여 있다. 걷어내면 누구도 암 에세이를 읽고 있는지 눈치 채지 못하도록.

남의 글을 편집해 오던 카덴자 님이 자기 글로 세상에 선 일. 옭죄던 관계를 풀어가고 묵은 감정을 직면하기 위해 이연 님이 글쓰기로 투쟁을 시작한 일. 작은 일이지만 내게는 기댈 언덕이 되었다.

(2021. 8. 13.)

항암에 지친 여름의 벗, 올림픽

오늘도 하루가 잘 흘러갔다. 어차피 붙들 수 없는 시간. 기운도 없겠다 올림픽 응원이나 하며 하루의 흐름을 지켜봤다. 원하는 만큼 한숨에 푹 자지 못한 탓에 졸며 띄엄띄엄 관전했다. 아들과 놀아줘야 할 주말에 빈둥대는 이 고통과 미안함은 언제쯤 면할 수 있을 것인가.

올림픽을 좋아하는 이유는 단순하다. 어느 편을 응원해야 할지, 어느 선수를 응원해야 할지 명확하다. 응원하는 팀이 없는 야구와 축구를 보며 이기는 편 우리 편을 중얼거리거나, 좋아하는 선수가 없는 골프 경기를 보는 것이 얼마나 곤욕일지 생각해보면 올림픽은 참 고마운 존재이다.

그렇다고 규칙도 모른 채 마냥 우리나라 선수가 이기면 좋고 지면 분한 식으로 평면적으로 관람하기엔 올림픽은 훨씬 풍요로운 잔치다. 요즘은 특히 이긴 선수보다 석패한 선수의 뒷모습을 보게 된다. 우리 선수이건 아니건. 몇 년의 땀과 눈물이 농축되어 우러나거나 여기까지 온 것에 감사하는 표정이 교차한다. 예전보다 선수들의 감정 표현도 더 자유로워진 것 같다.

한 발 더 나가자면, 88올림픽 때처럼 울고 웃었던 선수들의 이야기를 풍부하게 알려주면 좋겠다는 생각. 88올림픽 준비가 한창이던 당시 KBS가 올림픽 정사와 야사, 한국의 올림픽 도전기, 그리고 화보집을 발매하였는데 그 전집을 아버지께서 들고 오셨다. 어찌나 재미나던지. 한동안 푹 빠져 어린이 특유의 '몇 회 올림픽에선 누가 어떤 기록을 남겼고 등등'을 외면서 자랑스러워했다.

하지만 머리가 굵어지면서 근대올림픽이 단순히 기록의 갱신, 승패를 명확히 가르기 위한 복잡한 규칙에 집착하는 것에 흥미를 잃었다. 거기에 엘리트 체육 특유의 혹독함, 올림픽이 지나면 다시 외로워지는 얕은 저변, 자신이 선 좁은 경기장에서 만큼은 국가라는 과중한 부담을 짊어져야 하는 어린 선수들을 볼 때마다 애잔했다.

나랑 같은 생각을 하는 이들이 많았던 탓일까. 그래도 이번 올림픽에선 경쟁보다 더 넓은 참여에 의의를 두는 시스템이 제법 눈에 띄었다. 예를 들어 결선에 오를 수준의 선수를 육성하기 어려운 국가의 선수들을 따로 초청하여 예선전을 별도로 갖게 하는 수영경기. 이건 타인과의 승부를 넘어 자기의 기록에 도전하게 하는 모습에서 감동을 주는 동시에 해당 스포츠의 저변을 넓혀 갈 수 있다는 점에서 긍정적이다.

집집마다 수영장이 있는 아메리카와 물 부족에 시달리는 아프리카 수영선수 사이에선 경쟁이란 그것이 아무리 공정하더라도 별 의미가 없다. 그걸 이겼다고 으스대는 것이 얼마나 우스운가. 도리어 올림픽에 수영종목으로 출전한 아프리카 선수는 자신의 기록을 세계인 앞에서 경신하며 스스로의 자존감을 높일 수 있었을 것이다. 돌아간 고국에서 수많은 꿈나무를 이끌어 갈 개척자가 될지도 모를 일이다.

아님 말고 식의 무책임한 말의 싸움판보다 올림픽이 보기 편하다. 솔직한 몸과 몸이 부딪치고, 승패를 가린 후엔 서로를 위로하는 모습을 다른 경쟁의 아레나에서도 볼 수 있다면. (2021. 7. 24.)

58세의 현역 올림픽 탁구선수가 남긴 울림

오늘은 뜻밖의 경기에서 감동이 밀려왔다. 여자탁구. 대한민국의 신유빈 선수와 대결한 니 시아리안 선수. 룩셈부르크 국가대표지만 중국 출신 선수이다. 무려 58세. 20대부터 지금까지 꾸준히 올림픽에 출전하는 현역이다. 20대 초반 전성기엔 중국 국가대표로 금메달도 딴 이력의 소유자.

그녀의 플레이는 체력 소모를 최소화하는 플레이의 교본이었다. 거의 움직이지 않고도 우리 선수의 공을 받아냈다. 그리고 여간해선 변화가 없는 그 표정과 상대의 눈을 관통하는 안광, 관록에서 오는 여유와 전략으로 어린 선수를 요리하면서 한 수 가르쳐주는 느낌으로 경기가 진행되었다.

하지만 젊은 혈기를 누르기엔 체력이 모자라는 듯 보였다. 우리 선수의 분투에 역전패를 당했다. 패배 후 그녀는 그저 고개를 절레 절레 흔들며 경기장을 떠났다. 눈빛에서는 여전히 감정을 읽기 어려웠다.

그 뒷모습이 각인되었다. 그 긴 세월을 현역으로 뛰는 불굴의 의지도 감동이지만, 나이라는 자신의 핸디캡을 동정받지 않겠다는 눈빛, 그리고 자신을 제약하는 한계를 극복하기 위한 절제된 움직임. 그런 것들이 머리와 가슴에 오래 남을 것 같다. (2021. 7. 25.)

진정한 올림픽 정신, 조구함 선수의 벌러덩

무더위에 움츠러들고만 있던 일상에 올림픽이 이런저런 자극을 주고 있다. 결승전에서 석패했지만 우승한 상대 선수의 손을 들어준 유도 100kg급 조구함 선수가 보여준 매너는 이미 화제가 되었다. 승자를 인정하며 패배를 담담하게 받아들이는 진정성이 화면으로도 엿보였다. 세상 모든 경쟁이 저러하다면.

하지만 더 인상적이었던 건 체력을 밑바닥까지 소진하고 벌렁 드러누운 그의 모습이었다. 패배의 회한이 어찌 없겠냐마는, 자유로워 보였다. 자신 내면의 기준으로 최선을 다했기에 그의 승부는 굴욕적이지 않았고, 모처럼 긴장에서 풀려난 듯 편안해 보였다.

그의 정신은 그 단단한 육체만큼 담금질을 거쳤으리라. 부상으로 인한 좌절, 10년 정도의 고된 국가대표 생활은 육신도 정신도 극한으로 몰고 가는 추격전이었을 것이다. 누군가는 낙오하고 누군가는 치받아오는 환경에서 그의 시선은 서서히 내면으로 향해 갔으리라. 다져진 내면에서 나오는 용기와 투지로 어제 그 순간까지 임했으리라 생각해본다.

역경을 딛고 승리하는 서사에만 몰두하는 대한민국의 취향은 올림픽 관전에서 그 부끄러운 전형을 드러낸다. 승자, 특히 금메달 선수만을 찬양하는 1등주의, 개인의 성취를 급속히 국가가 가져가는 민족주의, 맥락 없이 우리 선수들에 대한 상찬만을 늘어놓거나 상대를 근거 없이 폄하하는 앵커들의 중계 논란, 그리고 문제의 개막 방송.

체르노빌로 우크라이나를 소개한 그 방송사만 문제였던 것이 아니다. 차마 계속 보기 어려워 채널을 돌리니 다른 채널은 선수단이 등장할 때마다 해당 국가의 경제 규모와 1인당 GDP를 소개하고 있다. 경악을 금치 못했다. 우리가 타자를 보는 시선과 잣대가 이렇게나 앙상하다니. 쟤 몇 평 산다고 말해주는 듯한, 우스꽝스럽고 비굴한, 벼락부자 같은 우리의 시선이 부끄러웠다. 다행히 젊은 선수들의 의젓함이 그 수치를 조금 씻겨주었다.

승리를 향한 갈망은 그것이 생사여부를 갈랐던 수렵 시절부터 유전자에 각인된 본능일 터이다. 올림픽도, 우리의 경쟁도 그 어찌할 수 없는 본능에 터 잡고 있다. 하지만 올림픽은 끝나도 우리 일상에서는 크고 작은 승부가 일상이고, 계속된다. 오늘 승자와 패자는 가려져도 내일 다시 만나야 한다. 내일은 승패가 바뀔 수도 있다. 그렇기에 승자는 패자를 밟지 말고 손을 내밀어 일으켜줘야 한다. 패자도 와신상담의 분노만으로는 일상을 지속할 수 없다. 그 순간을 인정하고 다음 스텝으로 나가야 한다.

조구함 선수는 그 승패의 일상성을 체화하여 자연스럽게 보여줬다. 젊은 그가 진심으로 존경스럽다. (2021. 7. 30.)

.

안간힘이 일상화된 세상

아침부터 틀렸다 싶어 병가를 내고 멍하니 앉아 있었다. 잠시 들여다본 인터넷 세상에선 소상공인들은 쓰러져 가고 금융자본은 엄청난 이익을 내며 세를 불려가고 있다. 풀린 돈이 근육으로 안 가고 지방으로 쌓여가는 꼴이다. 공모주 알림이 온다. 청약 인파가 몰렸다기에 호기심이 솟는다. 주관 증권사 계좌를 힘겹게 개설하고 나니, 계좌 개설 다음날부터 청약응모가 가능하단다. 나는 틀렸구나. 그래, 속칭 따상을 한다 한들 몇 만 원일까. 셈할 의욕도 없어 폰을 끈다. 세상이 바삐 돌아간다고 목적지도 모른 채 휩쓸려 급행차를 잡아타는 삶에서 빠져 나오겠다고 그토록 다짐했는데. 폰만 열면, TV만 켜면 세상이 다시 나를 보챈다.

몸은 누워 눈만 바삐 돌아가는 내 생활 탓을 해본다. 차리고 먹고 닦는 재생산 노동도 대부분 남에게 맡긴 채 눈으로만, 그것도 남의 눈을 거친 활자와 영상으로만 세상을 보니 생각만 많고 부화뇌동할 수밖에. 눈과 머리에서 손발로 삶의 중심이 내려오게 하는 길은 내 바람과 달리 멀고도 멀다.

한탄을 하며 다시 TV를 켠다. 금빛과녁을 뚫는 신궁들의 소식이 연이틀 들려온다. 숨죽인 채 과녁을 노려보는 궁사들의 눈빛은 줏대 없이 기웃대는 내 눈빛과 달리 고요하고 단호하다. 과녁만 벗어나면 천진난만하던 그 청년의 눈빛. 어떤 담금질을 거쳐 나온 것일까.

평소 눈여겨보지 않던 종목들도 눈에 띈다. 둘이 합을 맞춰 뛰는 다이빙이랄지, 체조 역도 유도 등등. 특히 순식간에 물속으로 사라지는 다이빙은 일반인이 보기에 상당히 허망한 종목이라 생각해 늘 건너뛰었는데, 오늘 다시 보게 되었다. 공중으로 비상하는 순간부터 입수하기까지 슬로모션으로 보여주는 촬영기술. 기술의 난이도와 몸이 보여주는 자태의 심미적 아름다움을 보라고 제공된 것 같은데, 내게는 선수들이 공중에 날아오른 순간부터 물에 들어가기까지 얼굴에 비치는 안간힘만 보였다. 탄탄한 근육의 그들이 공중에서 보여주는 미끈한 동작은 코어근육에서 분출되는 힘을 찰나에 집중시켜야 가능하단다. 험악하게 일그러지는 얼굴에서 읽히는 그 안간힘. 난 저렇게 안간힘을 내본 적이 있던가. 군대에서 훈련하던 잠깐의 시간 외엔 그런 기억을 찾기 어려웠다.

그리고 이내 불편해졌다. 저 찰나를 위해 얼마나 긴 시간 안간힘을 썼을까. 힘낸다고 했는데 남들은 더 큰 걸음으로 앞서갈 때 어떤 기분이었을까. 끊임없이 기록을 갱신하는 건 왜일까. 인간의 육체의 한계를 알아보려는 걸까. 기술의 발전, 경제 성장률처럼 스포츠 기록도 끊임없이 갱신되어야 한다는 마법에 걸린 것인가. 매일매일 안간힘이 일상화된 세상으로 나는 다시 돌아갈 수 있을까. (2021. 7. 26.)

스피드와 격투의 혼종, 쇼트트랙을 보는 것은 언제나 힘들다

동계올림픽의 꽃, 쇼트트랙. 이것은 스피드를 겨루는 트랙종목인가 격투기인가. 혼종이라고 하는 게 맞겠다.

근대 올림픽에서 누가 더 빨리, 더 높이, 더 멀리를 다투는 트랙 스포츠는 혼자 뛰거나 철저히 레인을 지켜 서로에게 방해하지 않는 선에서 뛴다. 장거리에선 물론 레인 없이 뛰기도 하지만 몸싸움이 그리 중요한 변수는 아니다.

그 반대편에는 서로의 치열한 몸싸움으로 승부를 겨루는 격투기 종목이 있겠다. 토너먼트 식이 많고, 아와 피아의 대결에서 누가 이기냐가 중요할 뿐 기록은 의미가 크게 없다. 그리고 이 두 분류에 속하지 않는, 기예의 난이도를 측정하는 종목이 있을 수 있겠다.

그런데 이 쇼트트랙은 아이스하키를 하던 사이즈의 빙상경기장을 어떻게 활용해 볼까 하는 관점에서 나왔다는 글을 본 기억이 있다. 몸싸움을 하는 아이스하키와 같은 종목을 하는 경기장에서 탄생한 트랙 경기. 시작부터가 혼종이다.

　　그래도 개구리 장갑을 끼고 코너를 돌고, 날을 내밀어 마지막 간발의 차를 보여주는 등, 대한민국은 누가 봐도 뭐라 할 수 없는 기술의 진보로 이 하이브리드 종목에서 우위를 점해 왔다. 주어진 경쟁의 룰을 지키면서 발군의 스피드와 기술로 무장한 우리나라 선수들은 오랫동안 권좌에서 내려올 줄 몰랐다. 어찌나 매력적이던지. TV에서 집중적으로 방영한 결과겠지만, 나도 쇼트트랙이 정식 종목이 된 1992년 알베르빌 동계올림픽부터 쇼트트랙 경기를 챙겨 보았다.

　　그런데 이번 올림픽의 쇼트트랙은 정말 점입가경이다. 붙잡고 늘어지는 원초적인 추태야 전부터 늘 봐왔지만 이번 올림픽에선 양상이 다르다. 안으로 무리하게 파고들어 멀쩡히 플레이하던 뒷사람들을 도미노로 무너뜨리는 장면이 준준결승부터 계속 발생했다. 선수 개개인의 매너 탓을 하고 싶진 않다. 특정 국가의 경기운영 방식만을 탓하며 손쉬운 반중정서에 올라타고 싶지도 않다. 문제는 이 스포츠의 탄생부터 내재되어 있는 속성, 스피드와 격투를 한데 묶은 데 기인하는 과도한 경쟁이 아닐까 싶다.

　　스피드를 겨루는 껍데기 속에 밀고 끼어드는 치열한 몸싸움. 쇼트트랙은 기록을 다투는 스포츠의 외연을 띠고 있다. 0.001초 단위로 세계기록과 올림픽 기록을 두고 있다. 하지만 기록엔 의외로 관심들이 없다. 실질은 자리를 다투는 싸움이기 때문. 조금의 틈만 보이면 치고 들어간다. 격투기라면 넘어진 자리에서 다시 일어나 상대에게 다시 달려들 수 있다. 하지만 이건 스피드경기. 한 번 넘어지면 대부분 그냥 끝이다.

마치 사회에 진입해야 하는 20대들이 공정을 외치는 환경을 닮았다. 실제로는 제한된 자리의 싸움인데, 마치 독립된 레인에서 달리는 기록의 싸움인 척을 한다. 실격 사유가 레인 침범이라지 않는가. 계량화된 성적으로 승부를 가르기에 공정하다는 외연을 띠고 있지만, 그 성적만으로 자리를 얻는 것은 쉽지 않은 우리의 경쟁 시스템, 한번 실패하면 만회가 어려운 우리 사회와 이 쇼트트랙이란 스포츠는 참 닮았다. 그래서 우리 선수들이 잘하는가 싶기도 하다.

1등으로 들어와도 실격, 5등으로 들어왔지만 다음 단계로 진출. 오로지 비디오 심판 판정에 달려 있다. 4년, 아니 모든 젊음이라는 시간을 판돈으로 걸고 싸우는 한판의 승부가. 그 위에서 싸우는 젊은 청춘들의 심정이 어떨까 싶다. 도무지 나로서는 결과를 온전히 받아들일 수 없을 것 같다. 선수 간 갈등, 지도자의 문제가 유독 많이 발생하는 것도 이해할 만하다. 판정 결과의 수용 가능성이 점점 낮아지기에 귀화며 욕설이며 지도자의 폭력과 전횡 등등 파열음은 점점 더 커져가는 것이 아닐까. 그리고 보니 일부 선수들의 격한 몸싸움도 이해가 된다. 이런 승부의 환경 속에선 내가 당하기 전에 먼저 한다는 심리가 쉽게 싹틀 수 있지 않을까?

오늘은 더 이상 보기 힘들겠다. 저 젊은 청춘들이 오늘 밤을 어떻게 보내고 있을지 걱정이 앞선다. (2022. 2. 8.)

덕수궁 설경 위에서 봄을 기다리며: 박수근 展 관람기

DSLR 카메라를 이고 갔다. 카메라 다루는 법이란 자동을 놓고 셔터 누르는 것, 플래시가 터지지 않게 설정하는 법밖에 모르지만, 휴대폰 카메라로 담는 것보단 정중한 태도를 취하고 싶었다. 덕분에 사진들은 카메라 안에서 한참을 쉬다 휴일을 맞아 컴퓨터로 옮겨졌다.

덕수궁은 마침 눈으로 덮여 있었다. 그날 아침 대설주의보로 안전주의 문자소리가 귓전을 한참 어지럽혔지만, 정작 눈에 덮인 풍경은 고요했다. 익숙한 건물들보다 나무가 눈에 띈다. 현대미술관이 있는 석조전도 마찬가지. 거칠 것 없는 정면의 풍경보다는 앙상한 가지뿐이어도 나무 너머 보이는 풍경이 아름다웠다. 전시의 주제 때문이었을까. 봄을 기다리는 나목. 박수근 전(展).

대한민국 사람이라면 박수근의 작품을 교과서든 신문잡지에서든 본 적이 있을 것이다. 그만큼 대표적인 화가이다. 하지만 인간 박수근에 대하여는 전혀 알지 못했던 것 같다. 그가 아내에게 청혼한 문구가 눈에 들어온다. 아직 무엇 하나 이룬 것 없는 가난한 청년 예술가의 내면에 어떤 단단한 것이 있었기에 이웃집 처녀에게 저렇게 확신에 찬 손을 내밀 수 있었을까? 익히 알려져 있다시피 박수근은 일제시대와 해방 직후 가난하고 헐벗은 이웃들의 삶을 따뜻한 시선으로 그려내었다. 한국의 밀레가 되겠다던 그의 다짐과 이후의 실천은 일치한다.

그가 울퉁불퉁 흐릿하면서도 뭉근하게 새겨 넣은 그 시절 우리 이웃들의 삶의 모습은 미군들에게, 외국의 수집가들에게 먼저 알려졌다. 지금 명동 신세계 자리에 있었던 미군 PX에서, 반도화랑에서, 가장 화려한 자리에 걸렸던 그의 작품은 정작 가난했던 우리를 그리고 있었다. 동정과 시혜의 시선으로 우리를 굽어보고 있었을 그들에게, 수근은 우리를 어떻게 보여주었을까. 그때 우리는 겨울이었고, 헐벗었고, 삶을 이어가는 노동은 고되었다. 하지만 작품들 속의 우리는 다부졌고, 단호했으며 포근했다. 그리고 작품 속 나무들은 우리처럼 앙상했지만 그의 가슴엔 이미 찾아올 봄으로 가득 차 있었던 것 같다.

심미안은 없지만 작품들을 하나씩 들여다보았다. 알 듯 말 듯한 표정 탓인지, 구도가 도드라져 보였다. 안정된 삼각, 따뜻한 동그라미, 다부진 사각 얼굴 같은.

그들의 등은 굽어 있다. 고된 노동 속에. 끝없이 이어지는 가사노동 속에 쉼은 없었다. 물 긷고 빨래하고 찧고 빻고. 때로는 굽은 등에 핏덩어리 아이까지 짊어져야 했다. 아이는 짐이었을까. 멍에였을까.

하지만 굽은 등은 위태롭지 않다. 어머니들이 앉은 풍경은 안정된 삼각이다. 마치 산과 같다. 비록 남루하게 입고 거리에서 행상을 할지언정 흔들리지 않는 그 생의 의지로 든든하게 땅 위에 뿌리박고 있다. 심지어 직업을 잃고 거리에 나앉아 있을 때에도, 삶이 무너지지 않으리라는 확고한 믿음이 그 안정된 삼각의 구도 안에 스며 있다.

우리의 기원 자궁처럼 어린 것들을 품어주는 품은 둥글었다. 젖을 먹이는 어머니, 노천에서 떡을 파는 어머니, 손주를 지키는 할아버지의 그 둥근 등이 만들어 주는 든든한 뒷배 안에서 어린이들은 자라났을 것이다. 그 포근한 구도 속에 아늑함과 안심이 깃들어 있다. 삶의 조건들은 위태로웠지만 견고한 그의 그림 안에는 불안이 비집고 갈 틈이 없다.

그 덤덤하고 겸손한 표정들은 거의 표준화된 네모진 얼굴들에 담겨 있다. 박수근의 작품에서 인물들의 표정을 엿보기란 여간 어렵지 않다. 유화가 덧발라지면서 만들어진 한지 같고 화강암 같은 울퉁불퉁하고 투박한 질감, 그리고 흑백사진 같은 회색빛 색감 속에 감추어져 있다. 가까이서 찬찬히 들여다보다가 멀찍이 물러서면 비로소 보인다. 무덤덤해 보이면서도 살짝 미소 지은 듯한 눈매. 영혼을 끌어모은 것과 같은 안간힘은 보이지 않지만 다부지다. 희로애락을 분명히 드러내진 않지만 봄을 기다리는 확고한 마음에 일희일비하지 않는다.

마지막으로 봄을 기다리는 나무들. 나무들도 사람을 닮았다. 헐벗고 앙상했다. 좁은 밑동에서 하늘을 향해 손 벌린 가지들의 형상은 위태하다. 하지만 머리에 이고지고 그 곁을 지나는 우리에 기대어 든든히 섰다. 그렇게 나무와 우리는 겨울을 이겨냈다. 그는 헐벗은 겨울나무를 주로 그렸지만, 실제로는 봄을 앙망했다 한다.

"하지만 겨울을 껑충 뛰어넘어 봄을 생각하는 내 가슴은 벌써 오월의 태양이 작열합니다."

  체력이 소진되어 나오는 길, 해도 뉘엿 저물고 있다. 여전히 덕수궁은 나무에 기대어야 더 아름답다. 이제 이 겨울이 가고 봄이 온다. (2022. 1. 31.)

#3

일어나 걸으며;
길 위의 성찰

암환자가 되었다고 주저앉아 있을 수만은 없었다.
항암을 시작해 앉아 있기조차 힘든 날도 있었지만,
'앉으면 죽고 일어서면 산다'로 대표되는
암 생존자들의 금언에 기대어,
일어나 걷기 시작했다.
걷다 보니 다행히 여기까지 와 있었다.

일단 걸어보자

앉아 있으면 생각이 꼬리를 물었다.
대개는 깊은 늪으로 빠져들게 하는 것들이었다.
걸으면 생각이 줄어들었다.
퇴원하고 운동화부터 새로 샀다.

비장한 발걸음들과의 만남

　만보 걷기. 황사, 미세먼지, 비가 없다면 매일 하는 의식이다. 참, 항암의 마력이 몸의 기력을 다 잡아먹는 날도 쉬는구나. 그래도 수술 마치고 지금까지 그럭저럭 두 달을 유지하고 있다.

　병이 찾아오기 전에도 하루 몇 보 걸었는지 신경 쓰기는 했다. 하지만 대개 출퇴근과 점심식사 시간에 채웠다. 의식처럼 치르는 지금의 만보 걷기와는 다른, 일상에 자동으로 따라오는 것이었다. 따로 걷는 시간을 낼 여력도 의지도 없는 상태였던 것 같다. 젊음을 과신해 필요성을 크게 의식하지 못한 탓도 있었겠지.

　수술 후 규칙적인 운동을 무엇으로 할까 고민했다. 등산, 요가 등 많은 종목이 머릿속을 스쳤지만, 수술 후 3개월까지는 걷기 이외의 운동을 금한다는 퇴원 안내로 인해 아직 선택의 여지는 없다. 천천히 걸을 수밖에. 집 바로 옆에 산책코스가 있다는 것은 참 행운이다. 퇴원 후 줄곧 이곳만 걸었다. 대략 1시간에 5킬로미터 정도를 걷는다. 그렇다. 매우 느리다. 파워 워커들에게 따라잡히기 일쑤다. 그것도 처음엔 무릎이 쑤셔서 무릎 보호대를 차고 말았다.

　저녁 식후 7시~8시 사이에는 산책코스의 인구밀도가 상당하다. 어지간하면 바른 자세를 위해 고개를 빳빳하게 들고 자존감 드높은 형상을 취하며 걷느라 오가는 사람들을 쳐다보기 어렵다. 그런데도 두어 달 하다 보니 매일 꾸준하게 같은 시간에 나와 비슷한 구간을 오가는 동지들을 인지하게 된다.

예전엔 천변을 걷는 것은 시간 많고 건강 염려가 크신 어르신들의 일이라 생각했다. 큰 역동이 없는 걷기가 내게는 무료할 것이라 생각하고 걷는 동안 들을 팟캐스트를 미리 다운받아 듣는가 하면, 함께 걸을 벗이 필요한 건 아닐까 생각도 해보았다. 하지만 꾸준히 걷다보니 자주 만나게 되는 동지들은 대개 혼자이다. 젊은 사람이 더 많고, 여성 비중이 높았다. 내가 단단히 오해했던 것 같다.

스쳐가기에 그들의 표정까지 다 읽을 수는 없다. 하지만 그들에게서 무료함을 느낀 적은 없었다. 시간 많은 이들의 여유라 오해했던 게 미안해진다. 오히려 각기 어떤 사연을 짊어지고 걷고 있는 건지, 그들의 발걸음이 비장하고 숭고하게 느껴진다. 그들도 나처럼 뒤늦은 깨달음에 천변으로 떠밀려온 게 아니길 간절히 바라보기도 한다.

소셜 미디어에 일일이 인증하진 않지만, 아내에게 그날의 기록을 찍어 보내는 습관도 들이기 시작했다. 어제 같은 오늘, 오늘 같을 내일도 동일한 풍경에서 동일한 속도로 걷는 시지프스의 노동이지만, 하루하루를 충실히 살아내는 비장한 이름 모를 동지를 다시 만날 생각에 오늘도 만보 걷기에 나선다. (2021. 5. 12.)

걷는 사람, 하정우를 읽다

📖 걸음 예찬. 하정우 특유의 유머와 편안한 구어체로 손에 잡은 채로 반나절에 다 읽을 수 있었다. 그렇다고 책이 주

는 메시지마저 편안하고 그저 그런 건 아니었다. 연예인임에도 생활 속에서 알차게 걸음수를 모으고 만보계로 친구들과 경쟁하는 깨알 같은 면모가 눈에 띄었다.

먹거리에 대한 예의도 보기 좋았다. 평소 먹방으로 유명한 그이기에 비결이 궁금했는데, 열심히 걸어서 허기졌다기보다는 직접 요리하는 행위의 의미를 이해하고 실천하는 사람이었다.

책의 백미는 걸으며 얻게 된 그의 통찰이다. 서울부터 해남까지 걷는 프로젝트 끝에 마지막 파티에서 찾아온 허무함을 설명하는 게 인상적이었다. 꿈과 희망을 주입해 가며 열심히 걸었단다. '길 끝에 다다르면 무언가 있겠지. 형편도 나아지고 견딘 만큼 조금 더 나은 존재가 되어 있겠지.' 도착해보니 이런 생각들과 달리 아무것도 없더라는 느낌에 좌절하던 그. 하지만 그는 이후 생기가 넘친다는 칭찬을 듣고 돌이켜본다. 종착지가 아니라 길 위에서 만난 별것 아닌 순간, 그리고 함께 걸은 기억이 우리를 만든다는 것을 깨닫게 되었다고. 우리가 할 수 있는 것은 결국 하루하루 좋은 사람들과 웃고 떠들며 즐겁게 보내려고 노력하는 것뿐이란다. 그는 기도할 때도 소원을 열거하지 않는단다. 그저 신이 내게 맡긴 길을 굳건히 걸어갈 수 있게 두 다리의 힘만 갖게 해달라고 기도할 뿐.

삶은 그냥 살아가는 것. 열심히 걸어 나가는 것이 우리가 삶에서 해볼 수 있는 전부라는 그의 말이 울린다. 덕택에 길 끝을 상상할 때 딸려오던 고민들을 내려놓게 되었다. 그리고 다시 고민이 고개를 치켜들 때 내가 할 일도 알게 되었다.

연예인으로서의 삶. 화가이자 감독이자 배우로서의 삶이 얼마나 긴장될지. 세간의 평에 얼마나 휘둘릴지. 가늠은 안 되지만 그가 기댄 걷기는 그걸 견디게 해줄 만큼 힘이 세다는 걸 느꼈다. 단단한 그는 다시 걸으며 이겨낼 거라 믿는다. 나도 동참하련다. (2021. 9. 4.)

비가 오나 눈이 오나
미세먼지가 오나

어제는 비가 내렸다. 그제는 미세먼지가 온 도시를 감쌌다. 덕분에 나는 걷지도 자전거를 타지도 못했다. 집 안에서 스쿼트나 푸쉬업 같은 근력운동이나 스텝퍼 같은 유산소 운동을 해보았으나, 10분을 못 넘기고 그만뒀다. 홈 트레이닝 하는 분들은 어떤 내면의 동기에 이끌려 운동을 하는 걸까. 암과 싸우면서도 운동이 귀찮아 드러눕는 의지박약한 나는 또 무엇이란 말인가.

암을 이겨낸 분들의 자전적 에세이들에는 대개 '비가 오나 눈이 오나'와 같은 클리셰들이 눈에 띈다. 어떤 날씨와 환경의 여건에도 불굴의 의지로 산을 오르고 마라톤을 하고 때론 걸었다. 이렇게 해야, 이 정도는 해야 암을 이겨낼 수 있다는 건가. 간접적으로 마주한 이런 무용담들에 난 솔직히 의지가 고양되기보단 주눅이 들었다. 나는 '내 방식대로 할 거야. 비가 오는데 걷긴 왜 걸어. 감기나 걸리기 십상이지'라며 줏대 있게 나가지도 못했다. 오히려 '이렇게 날씨 핑계로 자꾸 운동을 거르면 어쩌지?' 하는 걱정에 뒤가 찜찜하다. 정작 허물 많은 육신은 안락의자에 푹 안겨 시리즈물을 보면서 말이다.

아내와 갖은 아이디어를 짜보기도 한다. '그래, 비가 오거나 먼지가 심한 날엔 실내 박물관이나 백화점에 가서 걷는 것은 어떨까?' 전시된 유물이나 상품에 눈길 주지 않고 실내를 파워 워킹으로 뱅뱅 도는 내 모습을 연상해 보니, 민폐다. 헬스장도 등록해보았지만, 역시 내가 전파자가 되면 어쩌나 두려움이 앞서 가질 못했다.

답답하다. 비가 오는 날엔 공기는 좋고, 비가 안 오면 공기가 나쁘고. 날씨를 내가 어찌할 수도 없고. 의지는 박약하고. 문득 얼마 전 읽은 허지웅 에세이가 생각났다. 그는 '바꿀 수 없는 것을 평온하게 받아들이는 은혜와 바꿔야 할 것을 바꿀 수 있는 용기, 그리고 이 둘을 분별하는 지혜'를 구하는 니부어 기도문을 소개했다.

다시 '비가 오나 눈이 오나' 불굴의 정신으로 뛰었던, 혹은 걸었던 암 생존자들의 투지를 떠올려본다. 바꿀 수 없는 것들에 낙담하고 추락하는 마음의 위치 에너지를 저장했다가 아파트 내 계단이라도 오르는 운동 에너지로 변환시키는 기계가 있다면 통장 잔고가 아깝지 않겠으나, 돈 주고 살 수 있는 것은 아닐 게다. 그 기계는 아마도 '오늘 하루를 거르지 않는' 만큼의 작은 결심이 누적되면서 단련된 정신의 근육일 것이다. 소파에 몸을 맡겼던 어제의 나는 지나갔지만, 오늘 새롭게 형성된 세포들이 많으니 오늘의 나는 어제와 다른 사람이라 스스로 주문을 외어 본다. (2021. 6. 16.)

걸음은 빠르게, 삶은 느리게

2022년 새해가 밝았다. 어제 같은 오늘이지만 나이도 한 살 올라가고, 의례적이고 상투적인 새해 인사말들이 오간다. 다행히 사정을 아는 사람들은 나에겐 그런 상투적인 인사말을 보내기 조심스럽나보다. 덕분에 올해는 새해 인사 문자에 대한 답장 문구를 고민하는 일로부터 조금 자유로웠다.

아낀 시간은 온전히 가족들의 몫이었다. 가까운 고창에 놀러가 맛난 장어도 먹고, 고인돌공원이며, 고창읍성을 돌며 새해를 가벼운 발걸음으로 맞이했다. 큰 병 좀 앓아봤다고 새해를 맞는 소감이 별나진 않았다. 남들보다 갑절 멋진 소망과 다짐이 샘솟지도 않더라.

다만 뜨는 해는 챙겨보지 않았지만 지는 해는 아름다웠다. 무엇을 할지 계획 세우는 일에는 조금 무뎌졌고, 하루가 무탈하게 지나간 것에 대한 감사는 더 커진 탓 아닐까 풀이해본다.

아내와 단 둘이 2021년을 떠나보내며, 마음속으로 소박한 다짐이 하나 일어나긴 했다. 정말 앞으로 다가올 2년간 아무것도 하지 말아야지. 무언가 이루려, 시간이 손가락 사이로 바람처럼 지나가는 게 아쉬워 붙들어 보려는 어리석음에 다시는 빠지지 말아야지. 그게 그리 어려워 조바심내며 발만 동동 굴러보다 이도저도 되지 못한 채 몸만 축나고 말았다. 남들이 저만치 앞서 나가는 소리에 이제 진절머리가 난다. 경쟁이 내는 파열음에 대해서만 선택적으로 귀를 닫고 살 수만 있다면 얼마나 좋을까.

하여 나만의 새해 표어는 '걸음은 빠르게, 삶은 느리게'로 정했다. 요즘 트렌드어로 #루틴이란 게 있더라. 날마다 정해진 시간 내 몸은 걷고 또 걸으며 속도를 높여가야지. 하지만 내 정신은 그 어느 때보다 느리게 삶을 살아내길. 그 어떤 푯대도 없이, 비교나 측정 없이. 손가락 사이로 흘러가는 시간을 감사히 느낄 수 있길. 가족들과 여행을 떠나서 함께 잠드니 평소보다 정말 길게 잘 수 있었다. 지난 여름 무주에서 그랬고, 1월의 첫날 고창 황토방에서도 그러했다. 비결이 뜨뜻한 황토의 효능만은 아닐 것이다. 여행마다 근심 없이 마냥 걸었던 그 길 위에 답이 있지 않았을까. (2022.1.2.)

신발 끈을 다시 조여본다

오래간만에 만 보를 넘겨 걸었다. 핑계 없는 무덤 없다고, 발목이 시큰거려서, 대신 자전거를 타느라, 그냥 날이 추워서, 나갈 명분을 찾지 못해 등등 매일같이 만보를 채우지 못한 이유는 다채로웠지만 뭉뚱그려 겨울 탓이라 하자. 만보를 넘긴 걸 유세라도 하듯 집에 다가올수록 신발 끈이 자꾸만 풀렸다. 해는 졌고, 고쳐 매는 손끝은 여전히 시리다.

손발은 심장으로부터 출발한 혈액들의 반환점이다. 가장 멀고, 말단이라 부르며, 가장 춥다. 당뇨며 순환계가 고장 날 때 문제가 생기기도 가장 쉽다고 들었다. 진화해 온 인간은 왜 손발에 펌프를 달아놓질 않았을까. 여기에 펌프가 달려 있다면 멀리까지 오느라 기진맥진한 혈액들이며 신경전달 물질들에게 활기를 줄 수 있지 않았을까.

뇌에서 시킨 것들을 결국 이뤄내고야 마는 것은 이 손발인데, 그 기나긴고 복잡스러운 신경계 시냅스의 릴레이도 결국 이 손과 발에 가닿기 위함이고, 손발에서 받은 정보를 다시 뇌로 실어 나르기 위함 아니던가. 그렇게 중요한데 우리가 손발, 또는 말단이라 지칭할 땐 왜 분명한 비하의 의미가 새겨져 있는 것일까. 내 몸도, 몸의 비유를 취하는 계서제 조직에서도.

직장인은 대개 젊은 날엔 조직에서 손발 역할을 한다. 너무 당연한 일이었다. 저 위에서부터 내려온 지시를 더 이상 누군가에게 전달하고 떠넘길 수 없었고, 내 선에서는 일이 실행이 되어야 했던 것이지. 하지만 내 결정이 아닌 것을 실행하는 마음이 늘 좋을 수만은 없다. 까라면 까는 것이고, 생각이란 것을 하면 더 비참해지므로 자신은 손발에 불과할 뿐이라 자조하며 스스로 비하하기 일쑤다.

그러면서도 그 순간들을 감내하는 것은 기대감 덕이다. 시간이 흐르면 아래에서 위로 자연스레 올라가는 연공서열형 구조 탓에 늙은 나 역시 손발에만 머물러 있지 않을 것이란 막연한 기대가 있기 때문일 것이다. 그러고 보면, 내 손발은 더 불쌍하다. 평생 손발이지 않은가. 진즉 그랬어야 마땅하지만, 아파보니 이제서야 손발의 입장에 대해 생각해 본다.

젤로다 항암 이후 6개월이 되어가건만 내 손발은 절반만 돌아왔다. 여전히 손발이 차다. 봄꽃이 움터 오는 요즘에도 내 주머니와 신발 안엔 핫팩이 있다. 발톱은 거의 자라지도 않는다. 발바닥의 굳은살은 더 늘어났다. 매일같이 지압판에 올라서서 책을 읽고 악력기를 쥐어보고 발 마사지 책도 사서 쓰여진 대로 지압봉을 눌러도 보았다. 아직 답이 없다. 여전히 춥다 하고 바깥을 두려워한다. 난 이제 회복되었다 자신감에 벅차오르다가도 차디찬 손발이 느껴질 때마다 아직 멀었다고 좌절하기도 한다.

그런 생각을 하며 걷는데 또 신발 끈이 풀어진다. 발에 신경 써준다고 거금 들여 산 신발인데 자꾸 멈추게 만드네. 투덜대며 묶다 보니 발에 펌프가 있었다. 발은 매일 걷도록 되어 있지 않은가. 걸으면서 꾹꾹 대지를 박찰 때마다, 대지 역시 발을 눌러주며 일정한 압력을 불어준다. 내가 걷는 한 멈추지 않는 펌프인 셈이다.

고개를 들어보니 산책로엔 해진 후에도 사람이 많다. 사회 전체가 수족냉증에 걸려 이파리 끝이 누렇게 떠가는 것처럼 보이지만, 꾸준히 걸으며 부스터를 켜는 이들 덕에 어찌 되었든 꾸역꾸역 피가 도는 것 아닐까.

미리 신발 끈을 헐겁게 묶어두고 거기에 맞춰 대강 쑤셔 넣던 발에게 미안하다. 너에게 맞추어 다시 신발 끈을 조여주마.

(2022.3.23.)

분노

걷기 시작하며 처음 마주한 감정은 분노였다.
도무지 용서가 되질 않고 그저 맹렬하게 끓어올랐다.

먹놀잠과 어리광

산책을 하다가 난데없이 화가 났다. 듣고 있던 유튜브 채널에서 특정 출연자가 어리광 콧소리로 자꾸 맥락에 닿지 않는 얘기를 하며 끼어드는 바람에 맥이 탁탁 끊긴다고 느꼈기 때문이다. 아마 그 출연자의 역할은 얘기가 좀 어렵다 싶으면 보다 자세한 설명을 들을 수 있도록 청취자의 관점에서 질문 추임새를 넣는 것이었겠지. 그런데 자기 자리를 아직 찾지 못했나 보다. 본인도 그런 지적을 들었는지, 스스로 '맥 커터'라 자조하고 있었다. 가던 길 멈추고 신경질적으로 휴대전화를 꺼내 유튜브 화면을 앞으로 돌리던 찰나, 간만에 느끼는 낯선 감정 '화'에 아득해졌다.

낮에 함께 일하던 선배로부터 안부 전화가 왔다. 직장에서 성공할 생각 따위 개나 줘버리고 넌 이제부터 어떻게든 쉬엄쉬엄 가면서 뒤에 처지는 친구들 챙겨가며 살라는 당부도 하셨던 것 같다. 그게 내 살길이라며. 일할 때의 내 성격을 알기에 그런 당부를 하셨겠지. 그런 말을 한 그 선배도 '최선을 다하겠다는 말 말고 그냥 잘해라'를 외치는 지독한 성과주의자였음은 물론이다.

돌이켜보니 정말 그랬다. 어쨌든, 일은 되어야 했다. 특히 책임감에 짓눌린 시기도 있었다. 누군가 뒤처지거나, 제 몫을 하지 않으면 부득부득 이를 갈았다. 동료가 그 사람 몫을 대신하고 있는데 정작 당사자는 그 사실을 모르거나, 힘들다고 어리광을 피우고 있다고 느낄 때면 화가 났다. 아니, 그냥 내 몸 상태가 안 좋아서 인내심이 부족해진 것임에도 주위 사람들이 내 기준에 못 미친다고 나를 속여가며 화를 냈다. 나중에 알았다. 함께 하던 직원들이 그런 나를 무서워하고 있었다는 것을. 오늘 걷다 문득 마주친 화는 일할 때의 그 성질머리에 연결되어 있었던 것 같다.

암 발병 이후 화와 스트레스는 어떻게든 피해야 하는 그 무엇이었지만, 피해지질 않았다. 가슴에서 시시각각 출몰하는 희로애락애오욕 중 특히 화(怒)를 아예 지우고 산다는 것은 불가능해 보였다. 긍정의 힘이랄지, 웃고 박수를 칠 때마다 암이 멀어진다든지, 바보가 되랄지, 억지로라도 웃으면 뇌가 웃는 것으로 속는다든지 하는 말들을 주위에서 주워섬기면 나도 내가 그리 단순했으면 좋겠다고 피식 냉소하고 말곤 했었다.

긍정, 이런 단어들은 일종의 타협 같았고, 나는 만족을 몰랐다. 오늘은 여기까지라고 딱 잘라 끊는 것도 어려웠다. 늘 가 닿을 수 없는 기준을 세웠고, 결과는 그에 한참 못 미쳤고, 그게 쌓이면서 화가 늘었다. 남들이 만족하며 웃고 있을수록 거기 같이 끼지 못하고 부아만 더 치밀었다. 프로답지 못한 사람들. 본인은 차 한잔 하며 수다 떠는 사이 다른 누군가가 본인 몫의 일을 대신하는 것은 꿈에도 모르겠지.

항암 탓에 수시로 찾아오는 피곤함에 소파에 누웠다 깨어나면 아내는 사랑스러운 얼굴로 '우리 애기 먹놀잠 잘하네' 하고 말해준다. 잠에서 깨어 불쾌한 나머지 엉엉 울며 어리광 피우는 아들을 안고 달래주던 기억이 스쳐 지나가며 다시 아득해졌다. 먹놀잠. 그때 배운 말이다. 먹고, 놀고, 자고. 아차 싶다. 지금 나도 먹놀잠하고 어리광 피우며 아내에게 내 삶의 몫들을 떠넘기고 있다. 내 몫까지 짊어진 아내는 어떻게 이렇게 웃고 있을까. 성장의 시간을 기다려주며 어리광을 받아주는 아내의 비결은 무엇일까. 그 약을 찾는다면 어리석은 내 화도 진정이 될 것 같은데. (2021.5.26.)

참을 수 없는 소음이 육박해 오는 밤

자정. 이 시간에 침대가 아닌 컴퓨터 앞에 앉아 있다는 것은 반칙이다. 하루하루 정성껏 쌓아 인이 박이게 하려는 소위 건강한 삶의 루틴을 깨뜨리는 일이다. 다스리지 못한 감정들이 남았나 보다. 처리할 다른 방도를 몰라 나도 몰래 컴퓨터를 켰다. 블로그 메뉴 제목을 감사일기라 적은 것도 후회하고 있다. 날마다 감사로 다른 감정들을 덮기는 쉽지 않을 뿐더러 더러 유해하기도 하다.

비 내린 후 창을 활짝 열었다. 미세먼지가 거의 없다는 앱의 정보를 확인한 뒤 신중하게. 창으로 습하면서도 시원한 공기가 들어온다. 그리고 불청객도 함께.

자동차와 오토바이의 굉음이 함께 밀어닥쳤다. 보고 싶지 않을 때는 재빠르게 눈을 질끈 감을 수 있고, 저 세상 악취와 거리의 담배 냄새가 밀려오면 잠시 숨을 참으면 된다. 하지만 소음은 그게 어렵다. 어렵사리 말랑한 귀마개를 찾아 쑤셔 넣은들 이미 굉음은 나를 실컷 농락하고 멀어진 후이다.

귀가 예민한 것과 음악적 재능과는 관계가 없다는 건 내가 잘 증명할 수 있다. 잘 때도 귀마개를 하고, 혁이가 소싯적 하이톤으로 울분을 토해낼 때도 난 달래줄 생각도 못하고 귀부터 막았다. 수술대 위에 올라가면서도 소음을 원망했다. 적당한 생활 소음과 카페의 백색소음을 뚫고 도드라지게 높은 피치로 몰려와 내 영혼을 찢어발긴 굉음들을. 바로 너 때문이라고.

저녁을 먹고 산책하러 나가도 소음은 정말 끈질기게 나를 따라왔다. 물이 불어난 천변을 걷지 못해 집 주변을 배회하자니 못돼먹은 차와 오토바이가 '따당' 소리를 내며 내 곁을 스쳐 간다. 대체 저 저주받을 백해무익한 방귀 소리는 무슨 이유로 내는 걸까? 차주를 끌어내 묻고 싶었다. 거친 엔진소리가, 이 따위 허영 어린 과시가 텅 빈 너의 영혼의 부끄러움을 가려줄 것 같으냐. 치기 어린 젊음이 배설한 그 방귀 소리에 놀라 내 몸에선 아드레날린이 발사되어 내 몸을 좀먹고 있단 말이다!!

전기차로의 전환은 지구의 건강을 위해서도 시급한 과제이나, 더욱 조용한 사회를 위해서도 꼭 필요하다. 내연기관의 어디를 개조해서 저런 소리를 내는지 모르지만, 그 부위의 개조를 금지하고 소음 기준을 강화해야 한다. 이를 위반한 차 소유주는 물론 개조업자에게도 엄중한 과태료 또는 벌금을 매기자 등등. 이런 생각만 맴돌 뿐 분노는 쉬이 사그라지지 않는다.

집으로 돌아와 다시 조용히 창을 닫으면 고요한 집 안으로 윗집 아기의 오열 소리가 스며든다. 엘리베이터에서 만난 적도 있는데, 낯선 남자를 보고 놀라 우는 소리가 평소 듣던 소리와 같아 층수를 힐끔 보고 윗집이란 사실을 알게 되었다. 물론, 당시 그 아비의 신산스런 표정도 함께 각인된지라, 지금껏 시끄럽다고 항의 한번 하지 않았다. 아이를 키우는 일은 이런 소음을 참아내는 일이다. 보통 일이 아니다. 내 어머니도 그러했을까. 내가 가진 6세 이후의 기억으론 주로 어머니가 소리를 쳤고 난 그 호통에 압도되는 쪽이었는데. 그때의 원망이 귀에 사무친 것일까.

이 사회에서 주거 또는 삶터, 일터의 조용함은 매우 귀한 재화이다. 당연히 큰 값을 치러야 한다. 간혹 값비싼 고급 아파트 단지조차 층간소음으로 뉴스가 되는 판국이니 대체 얼마가 필요한 것인가.

어제 본 맷 데이먼 주연의 <엘리시움> 같은 SF 영화에서 그리는 미래는 더 암울하다. 가난한 이들은 가뜩이나 조밀한 공간 속에서 부대끼며 조그만 자리라도 차지하기 위해 악다구니를 쓰고, 부자들은 저 언덕 위 조용한 거처에서 나긋나긋 대화하며 안온한 정원을 즐긴다.

현실로 돌아오면 차라리 영화가 낫지 싶다. 바다가 홍합을 삶아버리는 작금의 기후 위기는 좁아지는 삶의 자리를 놓고 더욱 치열한 쟁투를 유발할지도 모르겠다. 더 좁은 곳에서 더 밀도 있는 소음에 시달리며 많이 가진 자와 가지지 못한 자의 데시벨 격차도 벌어질 것이다.

여긴 전주다. 4단계 방역의 공포가 아직 여기까지 오질 못했다.

자정을 지난 이 시각에도 밖에선 광장인지 노래방인지 알 수 없는 곳에서 고성이 발사되고 있다. 나도 이 시간에 노래방에 있었던 때가 많았지. 내 노래도 이렇게 방송이 되었을까.

요즘 음악이 조용조용 나긋나긋 속삭이는 이유를 알겠다. 길거리 테이프 판매가 사라지고 무선 이어폰이 발달한 것에 기인한다는 기술결정론 주장도 있지만, 내 생각은 다르다. 고래고래 악다구니에 지친 탓이다. 방금 이중창을 뚫고 또 오토바이의 굉음이 들어왔다. 그 오토바이가 내 가슴 위를 달린 기분이다. 오늘도 분노를 삭이며 잠을 청해야겠다. 성능 높은 귀마개를 검색하면서. 언젠가 내 집 짓고 정착할 산골짜기를 지도에서 찾아보며. (2021. 7. 10.)

인간의 진실한 얼굴은 무엇일까

암 환자를 사칭했다는 이를 생각하며

매일 비슷하게 먹고, 걷고, 그 심심하고 반복되는 내용을 또 일기로 쓰다 보니 일종의 자기극화(self-dramatization), 쉽게 말하자면 자기가 주인공인 이야기를 만들려는 유혹에 빠지기 쉽겠다는 생각이 든다. 어제 쓴 글도 오늘 다시 보면 무슨 슬픈 영화 속 주인공 빙의를 했나 싶을 정도이다. 감정의 변화가 심한 탓인지, 나름 절제하며 표현한 것임에도 다음날이면 손발이 오그라든다.

자기극화라는 말은 대학 시절 선배가 이른바 '관종'을 험담할 때 붙이던 이름표였는데, 말이 그럴싸해 기억하고 있다. 너무나 소중하고 멋진 자기 삶의 실체가 사실 무색무취한 일상의 나열이라는 것을 들키고 싶지 않을 테지. 그래서 날마다 화려하게 포장하고, 거짓말 살짝 보태 가며 자신이 주인공인 이야기를 짓는가 보다. 그런 나르시시스트와 이야기를 나누면, 처음엔 재미있을지 몰라도 자주 듣자면 금세 피곤해지곤 했다. 그런데 나도 그럴지도 모른다는 생각에 잠시 아득했다.

방송으로, 소셜 미디어로 소통하던 한 가수가 암 환자를 사칭했다는 뉴스를 보았다. 처음엔 그저 왜 하필 암 환자를 사칭해 도움을 준 이들과 팬들, 그리고 환우들의 마음을 아프게 했을까 혀를 차고 말았다. 아니, 사실 분노에 휩싸여 욕을 했다. 동정을 구걸해 마련한 돈을 유흥에 흥청망청 썼다는 소문에는 기가 찼다. 인터넷에서 구매한 조악한 환자복, 전이도 아니고 대장암 3기에 전립선암, 갑상선암에 동시에 걸렸다는, 즉 원발암이 동시에 3종류라는 말에 어이가 없어 실제 어떻게 된 건지 더 공들여 찾아보지 않으려 애쓰고 있다. 그를 비난하는 데 쓸 에너지도 없거니와 소셜 미디어 세상에서 그렇게 거짓 행세하는 경지가 내게서 그리 멀지 않다는 생각에 두렵기도 하기 때문이다.

이웃의 사정은 몰라도 저 멀리 있는 스타들의 일상은 다들 관찰하는 소셜 미디어의 세상에서 돈과 권위의 원천은 타인의 주목이다. 사람들의 눈에 돈이 지불되기 시작하니 서로 그 시선을 차지하려고 아우성이다. 치열한 시선 경쟁 속에서 자신을 봐달라는 애처로운 절규가 그들을 점점 꾸며낸 삶으로 몰아갔겠지. 멈추기 어려웠을 것이다. 그러다 암 환자 행세까지 갔겠지. 정말로 암이 발병했다면 멈출 수 있었을까.

그렇다고 미디어 탓만 할 수도 없다. 우리 모두 조금씩은 겉과 속이 다르다. 아니, 관계와 상황에 따라 다르게 산다. 유치원에선 얌전하다는 아들은 집에 오면 폭군이 되고, 집에선 누구 아빠지만 회사에선 악명이 하도 높아 이름 대신 영어 머리글자로 불리기도 한다. 소셜 미디어 매체별 성격에 따라 각각 다른 가면을 쓰기도 한다. 아예 별도의 계정으로 부캐를 살기도 하고. 그러기에 참과 거짓의 경계란 참 모호하다. 아예 새로운 생활의 공간을 창조하는 메타버스의 세계에선 어떠하겠는가. 대체 진실한 얼굴이란 것이 존재할까? 아니 의미가 있을까?

이런 여건 속에 살아가면서도, 우리의 윤리의식은 아직 진실과 거짓 사이에 매우 분명한 경계를 긋는다. 과장하자면 21세기 공간에 19세기 윤리의식이 적용되는 상황이랄까. 그렇기에 전혀 다른 두 세계가 부딪치며 내는 파열음도 크다. 그 선을 넘으면 비난을 피할 수 없다. 받았던 관심을 모두 반납하고 그 이상의 책임을 져야 한다. 그것이 설사 법이 정한 범죄의 영역은 아니라고 하여도, 쇄도하는 비난 여론 속에서 사회적 삶이 매장된다. 그 경계에 위태롭게 서서 지금도 사람들의 시선을 갈구하고 있는 이들이 얼마나 많을까 생각해 보면 아찔하다.

나도 그 경계 어딘가를 밟고 있는 것은 아닌지 덜컥 겁이 난다. 내가 창조한 어설픈 비극 속에서 사소한 고통을 화려하게 치장해

팔고 있는 것은 아닌가, 아니 구걸하고 있는 것은 아닌가 돌아본다. 더한 고통 속에서 묵묵히 오늘을 견디면서도 감사하다고 말하는 이들 앞에 내 사연은 그저 데시벨 없는 소음은 아니었을까. 언젠가 이 블로그에 엄살 피운 흔적들마저 지우고 싶은 날이 올지도 모를 일이다. (2021.10.22.)

우리들의 30대

어제는 친구를 만났다. 어제 일을 오늘 올리는 건 그의 말을 소화해내는 데 시간이 걸렸기 때문이다. 쉽게 내려가지 않고 단백질처럼, 식이섬유 덩어리처럼 묵직하게 걸려 있었다.

서로 연락하지 못했던 오랜 기간, 친구는 의사의 길을 걷고 있었다. 창가에 앉아 옛 기억을 더듬다가 문득 그가 보고 싶었는데 연락처가 없었다. 혹시나 하는 마음에 인터넷을 검색하다가 발견했다. 최근에 병원을 개업한 듯 했다. 서울에 있는 그의 병원을 찾아가 진료를 신청했고, 진료실에서 'TV는 사랑을 싣고'를 연출했다. 내가 아팠고, 네가 보고 싶었다고. 진료에 임하는 그는 갓 전학 온 나에게 손을 내밀던 모습 그대로 친절했다. 진료실에서는 긴 이야기를 나누기 어려워 작심하고 따로 만난 것이 어제다.

일반화하기 어렵겠지만, 의사가 되는 수련 과정은 그 지옥 같음의 강도가 다른 어떤 집단에 뒤지지 않는 것 같다. 내가 경험한 좌절감을 그가 목을 축이는 사이 추임새로 섞어보았지만 그럴수록 내 인생이 무난했다 느껴질 따름이었다. 트라우마가 누적되다 보니 어느 순간 자신의 감정이 잘 느껴지지 않더라는 무덤덤한 그의 말이 가슴에 콱 얹히고 말았다.

먼저 떠오른 키워드는 두 가지였다. 내리사랑, 그리고 30대.

우선 30대란 너무 슬픈 시기이다. 이젠 보편적이지 않지만, 결혼과 출산을 전제한다면 일, 가정에 몰두하는 시기이다. 어디서 보았는지 찾기 어려우나 한국인의 일생 행복 수준을 선 그래프로 그려보면 30대 중반이 바닥이다. 그 결론은 내 경험칙에 부합했기에 고개를 끄덕였고 지금껏 기억이 난다. 일, 가정 모두 낯선데 두 가지를 동시에 해내면서 가장 많은 자원을 투입해야 하는 시기. 몸도 마음도 축나 삶이 그저 너덜너덜하다. 물론 짐작하겠지만 여성도 30대가 인생의 바닥이다. 다만 조금 더 혹독했겠지. 생각해 보라. 82년생 김철수가 아닌 82년생 김지영이다.

우리 부모, 선배세대들도 마찬가지였을 것이다. 처음 해보는 모르는 것들을 해내야 했을 것이고, 결혼이며 일도 의문에 부쳐보지 못한 채 당연한 의무로 인식했는지도 모르겠다. 우리 세대의 행복 곡선은 출산과 육아가 집중되는 30대 중반 언저리에 바닥을 찍었지만 그들의 바닥은 조금 더 일찍 왔으리라. 내 흐릿한 기억으로도 나의 부모님은 30대에 집중적으로 다퉜다. 40대 이후로는 그러신 적이 없었다.

내리사랑도 그렇게 시작되었을 것이라 짐작했었다. 직장에서 자행된다는 선배세대들의 갑질. 그건 조직의 발전을 위한 충정에서 비롯된 훈계가 아니라, 그저 자신이 자라면서 받은 만큼 갚아주는 것이라 느꼈기에 내리사랑이라 이름 붙이곤 했었다. 친구와 장단 맞춰가며 나도 선배세대의 내리사랑을 마음껏 욕했다. 매일 술을 들이부으며, 수술대에 올라가면서도 욕을 했는데 분이 아직도 남아 있었나 보다. 어제 친구를 만난 날도 성실하게 씹어댈 에너지가 충만했다.

하지만 친구의 얘기를 곰곰이 소화하다 보니 내리사랑이란 이름은 바꿔야겠다는 생각이 들었다. 그의 선배들은 당한 만큼 갚아준다는 걸 의식하면서 그런 게 아니었던 것 같다. 아무리 생각해 봐도 '그냥 아무 생각 없이' 한 짓이다. 왜 그렇게 되었을까? 과정을 상상해 본다. 폭력적인 30대를 겪어내며 원래 말랑하고 예민했을 촉수들이 하나하나 밟혀서 꺼진다. 점점 감정은 사라진다. 버텨내기 위해 악을 쓰는 내면의 아우성도 잠잠해진다. 그렇게 조금씩 괴물로 변해갔을 것이다. 개중 독특한 선배들이 후배들도 고생 좀 해보라고 하던 짓이 아니었다. 그냥 그 시절을 통과하는 과정 자체가 괴물화, 사이코패스화였던 것이 아닐까.

놀라운 것은 이제 그들을 욕하던 내가 괴물이고, 사이코패스에 가까워졌다는 사실. 나는 30대의 바닥을 찍고 40대로 접어들었고, 이제 그 30대로 진입하는 이들에게 무언가를 지시하고, 수준에 못 미친다고 돌려보내고 급기야 윽박지르고 있었다. 그들의 눈에 비친 나는 무엇이었을까.

우리가 공감했던 건 또 있었다. 취미를 물으면 뭘 말해야 할지 모르겠다는 것. 30대를 지나고 보니 취미를 가질 의욕조차 없었다. 취미도 뭔가 알아보고 준비를 하고 실행을 해야 하거든. 그게 귀찮지. 그나마 나를 포함해 보통 사람들은 무얼 먹으면서 푸는데, 친구는 먹을 흥미도 없었다더라. 날씬해서 부러웠던 그의 몸이 관리 덕분이 아니라 그저 먹을 욕구마저 바닥난 경지였다니. 짐작이 어려울 지경이었다.

홍상수 영화 <생활의 발견>에서 누군가 말했지. 우리 괴물은 되지 말자고. 친구는 용감하게도 자신이 괴물이 되기 직전 그 삶과 작별을 고했다고 한다. 일하던 큰 병원을 떠나 작은 병원을 개업한 이유가 그것이었다. 나는 용감하진 못했고 병으로 인해 강제 하차했지만, 서 있는 자리는 비슷한 셈이다.

그도, 나도, 다시 괴물이 되지 않기 위해 무엇을 해야 할지는 솔직히 모르겠다. 다만, 내가 아직 괴물인지 아닌지 확인할 자가진단 키트를 하나 고안해보았다. 30대를 떠올려보는 것이다. 여전히 분노가 치미는지, 그래서 말소리가 떨리고 화가 자꾸 나는지. 그렇다면 아직 괴물일 확률이 높다. 피식 웃음이 난다면 항체가 형성된 것이겠고.

가까이에서 보면 비극도 멀리서 보면 희극이다. 더 멀어지자. 추억의 대본을 읽을 때 비분강개는 사라지고 시트콤처럼 연기해 낼 수 있을 때까지. 그러다 보면 나에게 쏟아붓던 총질도 멈춰져 있을 것이다. 그리고 그 포화와 연기가 걷힌 곳에선 암세포는 살아가기 힘들 것이다. (2022.3.24.)

만남과 이별

항암을 마치고 나니 사람들이 보고 싶었다.
새로운 이를 만나 힘을 얻기도 했지만,
대개는 그리운 이들을 만났다.
언젠가 찾아올 이별을 가깝게 생각해 보고 나니
만남이 각별해졌다.

알던 사람을
새롭게 다시 만나는 행운

서울여행에서 보고 싶었던 고등학교 선배를 만났다. 수술 후 첫 나들이이자 첫 지인 만남이라 내겐 나름 뜻깊은 시간이었다. 난 개신교인이지만, 불심(佛心) 깊은 선배가 내가 수술받는 시간 동안 간절히 기도를 올렸다기에 감사를 전하고 싶은 마음도 컸다. 사람을 만나는 것은 상당한 에너지를 들여야 하는 일인지라, 선배를 만나는 것 외의 다른 일정은 잡지 않았다. 이젠 쉬이 지치기에 에너지를 집중해야만 한다.

선배의 마음 씀이 유난히 고마웠다. 병으로 위축된 내 감정을 건드리지 않도록 배려하면서 일상을 소재로 자연스레 대화를 이끌어 갔다. 덕분에 헤어질 무렵엔 병을 알기 전 일상으로 돌아온 느낌이었다. 선배도 구체적인 병명을 콕 집어 말하긴 어려우나 다양한 병치레를 했단다. 그 과정에서 아픈 이들의 심정을 자연스레 알게 되었겠지.

참 많은 소재로 수다를 떨었다. 그간 우리가 수많은 식사와 술자리를 함께 가졌지만, 선배를 이렇게 이해할 수 있는 깊은 대화의 시간은 드물었다는 것을 깨닫는다. 전에는 여러 사람 두루 모이는 자리가 편했다. 선택적으로 대화에 끼었다가 청중으로 돌아가기도 쉽고, 인맥 넓히기에도 투자하는 시간 대비 효과가 좋았다. 내가 어떤 집단에 속해 있다는 안정감을 갈구했는지도 모르겠다. 하지만 사람을 알아가는 과정으로서는 그다지 효과적이지 않다는 것을 새삼 느낀다. 어차피 술도 한 잔 못하게 된 터, 남은 시간은 작은 모임을 선호하게 될 것 같다. 서로 마주보면 더 좋겠다.

대화하며 하루하루 일상의 쳇바퀴를 굴리는 부분에서 선배가 나와 유사한 구석이 많다는 것을 깨닫는다. 미라클 모닝으로 무질서한 시간의 흐름에 리듬을 부여하려 애쓰는 것도, 자신을 존중하는 것과 집을 가꾸고 단정히 하는 것의 분명한 연관성을 강조하는 것도 같았다. 매일 일기를 쓰되, 어제와 같은 오늘, 오늘 같은 내일이 반복되어 지루해지지 않도록 주제를 잡아 쓴다는 말에 무릎을 쳤다. 반복되는 루틴이 그대로 적힌 일기가 슬슬 지겨워지던 터였다.

어디에 소속되지 않으면서도 자신의 전문성만을 가지고 길을 개척해 나가는 사람. 굳이 일에 매몰되지 않아도 될 만큼 충분한 부를 일구었으면서도 매일의 노동이 자신을 붙들고 세우는 중요한 기둥임을 잘 알고 잘 실천하는 사람. 참 감사했다. 그래도 한편으론 항상 치열하게 살아가는 사람이기에 절대로 무리하지 마시라고 신신당부하고 왔다.

선배가 지키는 유익한 삶의 규칙 몇 소절은 통째로 일기에 옮겨 담고 싶었다.

1. 사는 목적은 나를 잘 돌보는 것이다. 이기적인 개인이 그저 소비할 때만 웰빙 운운하는 것과는 다른 개념이다.

2. 일기를 쓸 땐 형용사와 부사를 절제하며 간결하게. 그날의 부풀었던 감정도 같이 제어하는 데 도움이 된다.

3. 배려할 줄 아는 사람과의 만남은 피곤하지 않다는 것. 다음 만남이 더 기대된다는 것. 그리고 그와 연결되어 있다는 느낌 때문에 내 삶도 그 격에 맞게 노력하게 된다는 점. (2021.5.1.)

색장정미소에서 느낀 떠남의 한 방식

종일 집에 있자니 답답해 야외 카페나 가보자고 아내와 길을 나섰다. 이름은 색장정미소. 정미소가 있던 공간을 개축했단다. 밖에서 보니 목조로 된 2층, 3층 다락방이 기대된다. 곳곳에 핀 꽃들이 입구부터 환영해 주었다.

전시 공간 앞 우물을 보고 있자니 5세 이전에 살던 성북동 한옥의 풍경이 어슴푸레 무의식 저편에서 길어 올려진다. 양철 세숫대야가 있으면 더 어울렸겠지.

내부에 들어서니 골동품이 오밀조밀 가득 들어차 있어 시간여행을 떠나는 기분이다. 구한말 들여온 피아노부터 일제강점기 시대 물건, 물레부터 90년대 벽돌폰까지. 뭔가 젊은이들에게 힙한 레트로 갬성을 입힌 인테리어와는 다르다. 주인께서 몇 대에 걸쳐 내려온 가문의 궤적을 담담히 보여주는 느낌이었다.

연세가 제법 있겠다 싶었는데, 이 공간을 꾸민 주인께서는 작년에 작고하셨다고 한다. 물건들에 얽힌 사연을 여쭐 방법은 없는 셈이다. 처음엔 이렇게 공간을 꾸며놓고 가시면서 얼마나 미련이 남으셨을까 싶어 안타까웠다. 하지만 둘러보며 이것도 떠나는 방식의 하나로 꽤 멋지다 생각했다.

떠날 때 물질을 이고 갈 수 없기에, 흔히 행복한 기억이 진정한 자산이라 말한다. 하지만 한 차원 깊이 보면 우리는 자신이 스쳐 간 기록을 남기려 하고, 두고두고 누군가 자신을 기억해 주길 바란다. 유전자를 남기듯 자신의 유산이 이어지길 바라는 것은 물론이다.

주인은 떠나갔지만, 시간과 손길의 때가 묻은 물건들을 통해 주인은 여전히 사람들에게 말을 건넨다. 각자의 기억이 겹쳐지며 공감이 이뤄지면서 떠난 분의 바람도 매일 이뤄지고 있는 셈이다.

하지만 떠난 자리도 보였다. 약간 풀이 우거진 정원. 거미줄이 처진 채 닫힌 전시관, 체험공간. 미술을 전공했다는 주인과 그 지인들의 작품만이 여기저기 걸려 빈자리를 애써 메우고 있었다.

감상에 젖다 보니 이 공간의 본질이 카페임을 잊었다. 고인이 되신 주인의 친구분이 계산대에 계셨다. 나는 쌍화탕을, 아내는 대추차를 시켰다. 쌍화탕엔 호박씨, 밤, 대추, 은행 등 견과류가 가득 들어 다 마시고, 아니 먹고 나니 든든하다. 이렇게 건강하고 인심 좋은 조리법도 함께 남기고 가셨구나, 감사했다.

주위를 좀 걸어볼까 하다 이내 어지러워 집으로 향했다. 돌아오며 생각해 보니 이건 떠나는 한 방식이라기보다 자신의 삶을 열정적으로 사랑한 방식이라 하는 게 옳겠다 싶다. (2021.9.15.)

세대를 오가는 만남의 힘

항암을 마친 기념, 하루에 만남을 두 번 하는 것은 처음이다. 과학적인 근거는 전혀 없지만, 만나는 사람의 세대가 다르니 활성화되는 뇌 부위도 다를 것이고, 그러니 다 해낼 수 있으리라 믿고 통 크게 약속을 두 개나 잡았다.

아침엔 부모님. 어제 오셨다가 떠나시는 날이어서 아침밥상을 차려드렸다. 요새 내가 이렇게 먹고 있노라 보여드린다. 두 분도 요새 이렇게 드신단다. 며느리도, 처가댁 식구들도 없는 상황에서 셋이 밥을 먹다 보니 자연스레 잔소리가 오간다.

쓸개를 떼어낸 어머니. 어머니는 여전히 식사는 후다닥 빨리 드시면서 안 내려간다고 연신 위아래로 가스를 분출하신다. 다른 식사 장소에서도 눈치라고는 1도 안 보고 트림하는 아재 스타일의 어머니. 부디 입에서 이빨로 으깨고 침으로 잘 삭혀 내려 보내시라고. 담즙이 한 방울씩 스멀스멀 나오니까 기름진 것도 스멀스멀 드셔야 한다고. 잔소리에 바뀔 어머니가 아니라는 걸 알면서도 끝내 내뱉고야 만다. 이런 경우는 내 맘 편해지자고 하는 잔소리다. 어머니는 그저 알았다 하면서도 내 눈은 보지 않고 허공을 응시한다. 나도 흡수되지 않고 반사된 그 잔소리를 다시 주워 담는다.

디저트로는 빨간 홍시를 드렸다. 나도 올해 들어 처음 먹어본다. 그렇게 달다. 단단하게 굳어버린 어깨만큼 삶의 방식도 굳어버린 어머니가 답답하면서 애처롭다. 마주하셨던 세상의 벽은 쓰고 단단했기에, 이젠 부드럽고 달달한 홍시 많이 드셨으면 좋겠다. 1박 일정으로 오셨던 부모님은 아침 드시고 형 내외를 보러 바로 떠나셨다. 나는 부모님이 떠나기가 무섭게 다시 드러누워 체력을 비축했다.

오후엔 새로운 손님을 맞이하러 간다. 젊은 직장 후배들이다. 그 만남에 쓸 에너지를 충전하겠다는 각오로 열심히 쉬었다. 전주에 내려오기 직전, 정말 끝없는 업무의 압박과 야근 레이스를 함께 견디며 서로 손잡고 기댔던 같은 사무실 후배들. 내가 전주에서 요양하는 동안 어찌들 지냈는지 근황을 나누며 식사를 이어갔다. 잠시 내가 멈춰 있는 동안 다른 시공간은 그들의 속도대로 흘러갔더라.

당분간 직장 소식에는 신경을 끄는 것이 건강에 이롭겠지만, 병을 다스리고 다시 돌아가야 할 곳. 이 정도 업데이트는 해줘야지. 과중한 업무부담을 여전히 견뎌내고 있는 후배들의 젊음이 너무 안타깝고 미안했다. 함께 점심을 한 뒤 전주 한옥마을을 걸으며, 직장에서의 자아 외에 퇴근 뒤의 부캐로 내 안의 다양성을 깨우자고 설파하다, 문득 그들에겐 그럴 시간도 없다는 걸 깨달았다. 그래, 나도 몰라서 못한 것은 아니잖아. 시간이 없어 실행하지 못했고, 그렇게 여기까지 오고야 말았지.

눈치없는 라떼 아저씨가 그들을 너무 오래 붙들어두었다. 오후 5시가 다 되어서 저녁까지 사주고 싶었지만 겨우 참았다. 고맙고, 또 미안했다. 너무 그리움에 목말라서 놓아주질 못했다.

집에 돌아와 저녁을 아내와 먹는다. 식탁은 화려한 꽃으로 장식되었다. 날 위해 후배들이 들고 온 꽃. 이제 꽃 좋아하는 것을 어떻게 알았을까. 세대를 오가는 만남, 전혀 다른 뇌의 부위가 사용될 것이란 내 예상은 보기 좋게 빗나가고 말았다. 이유는 달랐지만, 배웅하는 마음이 애처로운 것은 같았다.

발병 이후 굳게 닫혀 있던 내 뜰에 사람이 오간다. 호모사피엔스는 먹이를 찾기 위해서가 아니라 굳이 사람을 만나러 자신의 영역을 떠나 100킬로 가까이 걸어가는 위험을 감수한 특이한 종족이란 얘기를 어디선가 들은 기억이 난다. 결국, 사람은 어떻게든 다른 사람과 연결되어 있어야 한다. 그걸 좋아하게끔 디자인된 생명인 것이다. 오늘은 그 연결을 위해 내딛었다. 내일은 서울로 진격한다. 쌓인 그리움 조금 내려놓고 가볍게 돌아올 수 있길. (2021.10.11.)

이별을 생각하니 만남이 각별하다

서울에 갔다. 사람 만나러. 우선 정말 보고 싶었던 고등학교 시절 친구들을 만나 점심을 함께 먹었다. 다들 이제 속한 직장에서 허리 역할을 하고 있었다. 세상 돌아가는 이야기며, 특히 돈 돌아가는 이야기에 몰두하는 건 내 또래에 어쩔 수 없는 일. 그래도 간만에 친구들의 생활 이야기, 내 건강 이야기를 곁들여 가며 시간

가는 줄 몰랐다.

여전히 마음은 고등학생이지만, 실제로는 이제 라떼로 접어들고 있다. 점점 내가 직접 하기 어려운 일들이 많아지고, 뒤돌아 후배들에게 부탁하기 바쁘며, 넷이 만났는데 두 명이나 쓸개가 없다! 경력의 정점을 향해 달려가는 두 남성, 그리고 육아로 인한 경력단절을 극복하고 현역으로 복귀한 한 여성. 그리고 막 이제 날개 좀 펼쳐보려다가 본의 아니게 쉬게 된 나.

입장은 조금씩 달랐지만, 입 모아 강조한 건 하나 있었다. 예전엔 업무능력을 어떻게 더 날카롭게 벼리느냐가 관심사였다면 이제는 '결국 조선 사회는 인맥'이라며, 인적 네트워크 관리에 따라 50대가 결정된다는 것이었다. 주어진 임무를 해내는 실무자에서 일을 기획하고 되게 만들어야 하는 자리로 옮겨가며, 손은 점점 키보드를 놓고 술잔과 골프채를 잡게 된다는 것.

난 그 둘을 다 놓았다. 술잔은 물론이고, 맞지도 않는 작은 공을 비싼 작대기로 치면서 엄청난 스트레스를 경험했던 터라 당분간 골프채도 놓았다. 둘 다 내려놓고 나니 비로소 보인다. 대한민국 중년 남성이 얼마나 획일적으로 살고 있는지. 그 두 가지를 안 하면 수컷끼리 만나 할 일이 없다. 남자들끼리 낮에 만나 파스타를 둘둘 말고, 커피숍에서 수다를 떠는 건 여전히 불가능에 가깝다. 그러니 남은 건 오랜 친구들뿐이다. 정서적인 충족은 둘째 치고, 일단 낮에 만나 파스타를 말아먹을 수 있으니.

두 번째 만남도 고등학교 친구였다. 하지만 도착한 곳은 장례식장, 실은 이별의 시간이다. 아버님께서 돌아가셨단다. 그 친구와는 대학까지 인연이 이어져 같이 농활도 갔었지만 이후엔 서로 진로가 달라 20년을 만나지 못했는데, 아버님께서 유명한 분이시라 뉴스에 부고가 떴다. 직접 소식을 받지는 못했으나, 친구가 무척 보고 싶어 가보기로 했다.

오랜만에 만난 친구는 담담히 장례를 치르고 있었고, 무척 반겨주었다. 워낙 손님이 많았던 탓에 길게 인사 나누진 못했지만, 서로를 기억하고 있었음을 확인했다. 유명했던 아버지 덕에 고생을 많이 했던 친구다. 그런데도 무너지지 않고 오히려 더 성숙해 보이는 친구 얼굴에 안심했다. 혈액암으로 오랜 시간 투병했음에도 투지를 잃지 않았던 그의 아버지를 조금 닮았나 보다. 앞으로도 자주 보긴 어렵겠지만, 그 친구가 굳건히 잘 살아주길 마음으로 빌었다.

이별과 만남이 공존했던 날 덕분에 알게 되었다. 만나야 이별이 있다. 만남이 깊을수록 이별도 슬프고. 사실 담도암을 진단받고 이별을 생각해 본 적이 많다. 어색한 내 장례식을 포함해. 슬퍼하는 것은 나뿐이었고, 육개장 말아먹고 돌아서는 발걸음들 뒤엔 아무것도 남지 않았다. 나라고 장례식장에 앉아 누군가를 그렇게 깊이 애도해 본 적이 있었던가. 오히려 죽은 이보다 살아있는 상주를 만나야 했기에 그 자리에 가지 않았던가. 그랬기에 내 장례식의 풍경도 다르게 상상하기 어려웠다. 평소 내 만남과 관계의 부박함을 깨달은 것도 덤이었다.

슬픔에서 일어나 걷고 있는 요즘, 내가 할 수 있는 건 언젠가 예정된 이별을 기다리며 지금의 만남을 더 아름답게 장식하는 것뿐임을 상기한다. 푹 자자. 내일의 만남에 집중하기 위해. (2021.10.17.)

몸에 좋은 사회적 이종교배

오늘은 점심에 친구를 만나러 가는 날. 공부한다고 미국, 중국에서 오래 있다가 교수가 되어 금의환향했다는 소식에 한참을 벼르고 있었다. 대학교 시절부터 이런저런 수다를 떨다 보면 말이 잘 통하던 친구였는데, 전화로만 소식을 주고받기 아쉽던 터였다. 건강한 점심을 먹고 학교 주변을 한참 걸었다. 추억들을 조각조각 꺼내어 맞춰보기도 하고, 시국 걱정에 근황 토크까지. 수다 합이 잘 맞는 남자 사람이 참 드문데 이 친구가 그 드문 남사친이다.

수다 중에 엊그제 직장에서 있었던 일을 얘기하며 열린 인적 네트워크의 중요성에 함께 공감하고 무릎을 쳤다. 나름 시정잡배부터 왕후장상까지 두루 만나고 다닌다고 아무리 자부해 보아도, 실제 빅데이터 분석 같은 걸 해보면 내가 만나는 집단은 매우 제한적일 것이다. 동종업계와 비슷한 학연으로 그려진 외연 내에서 동심원을 그리며 맴돌고 있을 따름인 것이다.

어제 우연히 읽은 소셜 미디어의 글이 떠오른다. 일부러 자신과 이념의 스펙트럼 정반대에 있는 이들의 글을 일주일에 한두 번 시간 내어 읽는다는 내용이었다. 공감한다. 나와 교집합이 많은 이들의 울타리에서만 살면 마음은 편할지 모른다. 하지만 오류투성이인 자기 확신을 강화하면서 오히려 약해진다. 생각은 굳어지고, 변화에 약해지고, 위기에 어쩔 줄 모르게 되면서 삶의 물적, 정신적 토대가 흐물흐물해지는 것이다.

언젠가 교양을 쌓는 일이란, 무언가를 맛보고 '대박' '존맛'으로 퉁치기보다 정교하게 표현하는 법을 배우는 것이란 말을 들었다. 식감과 맛, 다른 맛과의 조화, 음식 디스플레이와 서빙 매너 등을 최대한 분화시켜 구체적으로 표현해 보는 것이다. 그렇게 단련된 교양의 근육은 주위의 사물, 사건의 요모조모를 곰곰이 뜯어보고 신중히 판단하는 힘의 원천이 된다는 것이다.

다른 집단의 사람들과 어울리면 그들의 언어를 배우고, 그들이 보는 방식을 배운다. 내가 그동안 대충 뭉뚱그리고 있었던 부분이 확대되어 보인다. 요즘도 느낀다. 블로그를 통해 암 환우분들과 교류하면서, 암도 다 제각각이고 치병의 길도 사람마다 다르다는 것을 알게 되었고, 덕분에 함부로 말하지 않게 변화되었다.

그리고 그런 감각은 암 이외의 다른 상처와 아픔으로 고통받는 이들에까지 공감의 범위를 확대해 나가는 것에도 꽤 유용하다. 나 개인이 경계 밖의 타인을 품고 공감할 수 있는 것은 한계가 있지만, 그것이 흐름이 된다면 무언가 변화될 것이다.

다음엔 부부동반을 약속하며 돌아섰다. 친구의 여정에도 무운을 빌며. (2021.10.27.)

누군가 널 위해 기도하네

늦은 오후, 멘토 한 분을 만났다. 방사선과 교수이시자 목사님. 따로 상담도 공부하셨다. 부군의 암 투병 여정도 함께 걸으셨다. 그냥 존재 자체로 힘이 되는 분인데, 내 몸과 마음, 신앙을 두루 살펴주시려 오늘 귀한 시간을 내주셨다.

항암 이후 건강해 보이는 내 모습을 보고 기뻐하셨다. 나의 경우 방사선 치료는 안 하고 항암만 했기에 의료인이 아닌 목사님으로 만났다. 하지만 그분은 신앙의 선배인 동시에 숱한 암 환자의 치료자이자 상담자로서 쌓은 종합적인 통찰의 한 조각을 내어주셨다. 특히 마음 관리가 어렵다는 내 고민을 듣고 마셜 로젠버그의 <비폭력 대화>를 보며 아내와 연습해 볼 것을 권하셨다. 예전엔 유료였지만 이젠 유튜브에서 무료로 강연을 볼 수 있다. 조만간 아내와 함께 시작해봐야겠다.

그리고 늘 내가 계획이라 착각하던 그것. 어찌할 수 없는 변수들을 통제하려 하고 뜻대로 되지 않을 때 쉽사리 분노하며 탓하는 마음에 이름을 붙여주셨다. 그것은 '교만'이란다. 특히 내가 어찌할 수 없는 타인의 반응과 마음을 기대하고 때로는 강요하는 것은 신이 되려 하는 현대인의 고질적인 증세라 진단하셨다.

돌이켜보면 계획한 일이 뜻대로 되지 않아 분노할 때, 늘 타인이나 사정 등 외부 변수들을 탓했다. 개선한다는 명목으로 집착하는 일도 잦았다. 일이 많으면 많은 대로 힘들었고, 적으면 적은 대로 사소한 것들에 집착했다. 늘 내 불안과 불만족을 투사할 외부의 대상을 찾아 헤맸기에 쉬어도 쉬는 것이 아니었다.

그렇다고 그 교만을 버리는 것이 무책임과 동의어는 아니다. 내 계획대로 되는 건 없으니 무계획으로 살자는 것이 아니라, 오히려 외부로 화살을 돌리는 분노의 신호를 내 욕망의 불만족이 무엇인지 살필 절호의 기회로 삼자는 것이다. 내 눈에 보이는 상대의 모습은 내 마음 상태의 거울인 셈이다.

이런 말씀들을 찬찬히 듣다 보니, 어렴풋이 느끼던 내면의 문제가 더욱 선명하게 다가왔다. 직접 겪어낸 분의 말씀이기에 진단도 해법도 마음에 다가왔다. 아직 내가 실천해 보고 소화하지 못한 이야기들이라 조심스럽다. 그저 내 기억을 위해 남긴다. 언제라도 혼란스러울 때 돌아볼 수 있게.

오늘 피가 되고 살이 되는 가르침들만큼 가슴을 울린 건 늘 나를 위해 기도하신 마음 씀이었다. 신앙인이 아닌 분들에겐 중보기도라는 표현이 잘 와 닿지 않을 수도 있겠다. 하지만 매일 시간을 내어 아무런 이해 관계없이 타인의 안녕을 빌어준다는 것은 얼마나 이타적인가.

안녕을 빌어준다는 것은 그 사람의 이름을 불러주고 기억해 주는 일이기도 하다. 누군가에게 그 무엇이 되지 못한 채 사라지고 잊힌다는 슬픔이 죽음의 무게 대부분을 차지한다고 생각했던 나이기에. 참 고마웠다, 그 중보기도가. 내가 아무것도 모른 채 잠들고 일어나는 동안 나를 위해 하늘 문을 두드린 그 기도들이 나를 살린 게 아닌가 싶다.

오늘은 장인어른의 생신이다. 알 수 없는 언어로 쓰인 내 CT 검사결과지를 처음 받아들고 백방으로 뛰신 것도, 치료의 과정 내내 불안해하는 나를 의학적 지식의 기반 위에서 차근히 설명하시며 안심시켜 주신 것도, 투병하느라 아비의 의무를 방기한 나를 대신해 아들에게 남자 어른이 되어주신 것도, 그리고 그 누구보다 나를 위해 중보기도를 많이 하신 것도 장인어른이시다.

케이크에 초를 꽂는 순간까지 그 감사함에 답할 언어를 찾지 못해 한참을 고민하다 결국 생일카드에는 적지 못했다. 하지만 이제 찾았다. 나도 그 뒤를 따라 장인어른을, 나를 위해 기도해준 이들, 그리고 아파하는 그 누군가를 위해 기도해야겠다. (2021.10.29.)

주말 낮의 로드무비

서울 나들이. 오늘은 상도동으로 향했다. 비교적 꾸준히 소식을 주고 받아온 유일한 대학교 과 후배지만, 대면은 정말 몇 년 만이다. 이리저리 풍랑에 이끌리느라, 또 시국 탓에 만날 기회를 잡지 못했던 탓에 마주앉고 보니 품고 있던 말이 참 많았다.

만남이라면 으레 저녁에 술을 곁들이던 삶에서 이탈한 지 꽤 되었다. 그래서 다른 약속에 쫓기지 않는 주말 점심이 귀하다. 특히 시간을 충분히 들이고 싶은 사람을 만날 땐.

오가는 대화 사이에 술이 치워지고 길이 놓였다. 날씨마저 반겨준다. 후배가 인도한 코스는 중앙대 후문에서 출발해 야트막한 동산을 오르는 동작충효길. 흑석동과 상도동을 구획하는 이 산은 체력이 온전하지 않은 내게도 맞춤했다. 산길은 순탄했지만 난 내 삶에 발생한 충격과 그로 인해 새겨진 단층을 말하고 있었다. 모든 대화를 결국 건강으로 몰아가는 나를 묵묵히 들어준 후배에게 뒤늦게 고맙다. 말하는 동안 난 못 느꼈기에. 아재가 되었나 보다.

후배도 내 눈엔 한결같았고 더 깊어졌지만, 우리의 삶의 자리는 시간에 밀려 조금씩 좌표가 달라져 있다. 직장에서는 누군가를 이끌어야 했고, 좋은 것에 섞인 나쁜 것을 발라내지 못하고 통으로 받아들여야 했다. 언제 무슨 일이 벌어질지 모르는 직장 일 탓에 후배도 나처럼 홀쭉해져 있었다.

대학 시절 어울려 다니며 비슷한 관심사를 공유한 시간이 있었던 탓에 세상 돌아가는 이야기를 나눌 때도 맞장구칠 일이 많았다. 이를테면, 마침 내가 골프 브랜드 모자를 쓰고 나타난 참에 골프가 소재에 올랐는데 둘 다 골프 백해무익론자다. 이 좋은 산을 두고 왜 골프에 목을 매는지 모르겠다며. 골프 예찬론자들께서는 보기 불편하겠지만 난 이렇게 생각한다.

이런 천혜의 지형을 깎아 인위적으로 조성한 잔디밭. 농약과 그만큼의 감정노동과 눈물을 먹어야 유지되는 공간, 낯선 상대가 합류하면 그 잇속을 가늠해 가며 불편한 대화를 이어가야 하고, 혹은 어설픈 과시욕에 맞장구치며 나이스 샷을 함께 복창해야 하는. 모두가 손해 보는 게임이다. 가족과 멀어지는 가장 비싼 방법이기도 하다.

탁 트인 정상에서 호흡을 가다듬고 천천히 내려와 인근 캠퍼스를 향한다. 대학 시절 몇 번 와보았던 곳. 낡았지만 누구나 드나들 수 있었던 열린 공간들이 깔끔하면서도 외부인의 출입을 엄금하는 공간으로 변모해 있었다. 유일하게 열린 공간은 운동장뿐.

한데 정작 열린 곳은 텅 비었고, 학생들은 닫힌 공간의 출입증을 얻기 위해 분주한 것 같다. 허한 가슴으로 광장을 바라보며 앉아, 숏이라 불리는 30초 남짓한 짧은 동영상을 반복 재생하는 세대의 문화적 퇴행징후를 함께 개탄하였다. 비교적 짧지 않은 글을 선호하는 후배와 나는 꼰대라 분류되겠지.

책과 짧은 영상이 갖는 밀도의 차이를 논한 김에 우리에게 어울리는 도서관으로 향했다. 김영삼 도서관. 정치인으로서의 공과 과는 논외로 하고 적어도 동작구민들에게는 사랑받는 공간이었다. 목을 축이며, 처음 겪어본 삶의 위기 앞에, 아무것도 되지 못한 채로 삶이 중단될 수 있다는 공포가 찾아온 이유를 되짚어보았다. 의학적인 이유 말고, 인문학적인 이유랄까 그런 것을.

나는 어릴 적 읽은 위인전이 성장기 내내 끼친 해악을 토로했다. 위인으로 선택되지 못한 그 시대의 동시대인들은 다 무엇이란 말인가. 이 시대의 시선으로 소환되어 위인으로 명명된 이들이 과연 당대에도 비슷한 평가를 받았을지도 한 번쯤 의문에 부쳐봐야 한다. 그리고 직장이란 울타리를 벗어나면 아무 전문성도 인정받기 어려울 것 같은 위기감에 대해서도 공감을 구해본다. 기껏 그 위기감을 덮으려 부캐나 찾고 다녀보지만 녹록지 않았다는 소회와 함께.

하지만 후배는 못 보던 사이 평소 좋아하던 것들을 더 깊이 파고 들어가고 있었고, 직장에서 자신이 잘할 수 있는 것에 대해서도 명확히 알고 있었다. 늘 똑똑하다 생각했던 후배는 인생에선 선배가 되어 있었다. 해가 뉘엿뉘엿 넘어갈 무렵에서야 아쉬운 마음을 달랬다. 대화가 무척 고프긴 했나 보다. 오랜 친구를 만나면 보통 그간 서로의 안부와 신변의 변화를 따라잡는 시간을 갖곤 하는데, 오늘은 그 너머를 이야기했고, 대화로 배가 불렀다.

15,072보. 많이 걸었다. 덕분에 돌아오는 버스에서 깜박 잠이 들었다. 한 정거장을 지나쳐 황급히 내리고 나니 머리에 어색하게 얹혀 있던 골프 모자가 간데없이 사라졌다. 매우 적절한 타이밍의 이별이었다. (2021.11.6.)

가보지 못한
그의 장례식을 생각하며

오미크론 통증이란 게 머리에서 코, 목을 타고 내려가 재수 없으면 더 깊이 흉통까지 경험해 보면 끝나겠지 싶었는데 착각이었다. 그렇게 감기처럼 정형화되고 익숙한 경로로 발전하면 이렇게 인류 전체가 호들갑을 떨지는 않았겠지. 통증이건 못돼먹은 비루스건 악성 신생물이건, 꼭대기부터 중력을 따라 내려가리라 기대한 것은 내가 익숙한 대로 생각하는 습관 때문이다. 그렇게 오미크론 확진자로 집에서 격리하던 차, 슬픈 생각이 치민다.

며칠 전 직장 같은 부서에서 근무한 인연으로 알고 지내던 지인이 병원에서 에크모를 단 채 힘겹게 삶과 씨름하다가 긴 여행을 떠나셨다는 이야기를 전해 들었다. 코로나 위중증이 원인이었단다. 그 얘기를 듣고 장례식에 가는 이에게 부의금을 보내다가 그만 먹먹해져 버렸다. 떠나간 그 자리에 부의가 다 무슨 의미인가 싶어.

나는 고인을 알지만, 유가족들은 나를 모르는 상황에서 어떻게 인사하고 어떤 말을 건네야 할지 상상해 볼 엄두도 나질 않았다. 내 아들과 비슷한 또래인 그의 딸과 형수님은 이 시간을 어떻게 견뎌내고 있을까. 통계에서 위중증자 한 명이 빠지고 사망자 한 명이 추가되던 그 날, 그를 죽음으로 몰고 간 바이러스에 나도 감염되어 결국 장례식에는 갈 수 없었고, 격리되어 지내는 동안 발인도 지나버렸다. 전하지 못했던 말만 이렇게 허망하게 남고 말았다.

그는 참 친절했다. 띠동갑을 넘는 큰 형님뻘인 줄은 나중에서야 알았다. 미숙한 나에게 이것저것 상세히 가르쳐 주곤 했기 때문에 나이 차가 크지 않다고 생각했던 것 같다. 책상 관리는 엉망이었다. 체구가 아담한 그는 항상 자기 앉은키보다 높은 서류 더미 속에 앉아 있었다. 내가 보기엔 그것은 서류가 아닌 혼돈인지라 무언가 물어보기 민망할 지경이었는데, 상사의 지시가 내려오면 놀라우리만

치 신속하게 관련 서류를 그 속에서 찾아내 보여주곤 했었다. 그를 알게 되고 나서 책상 정리와 업무능력의 상관관계를 언급하는 자기계발서나 기사 따위를 읽지 않게 되었고, 주위 직원들의 책상 정리에 일절 관여하지 않게 되었다.

10여 년 전 한 부서에서 근무할 당시 우린 둘 다 미혼이었고, 그 덕에 회식이 끝나면 포장마차에 들러 한 잔씩 더하곤 했다. 작고 아담한 체구는 나의 친형을 상기시켰다. 그래서 더 친근감을 느꼈는지도 모르겠다. 아낌없이 퍼주는 스타일의 사람이었고, 언젠가부터 누군가 그 사람의 그런 성품을 이용하지 않을까 염려가 될 지경이었다.

비슷한 시기에 결혼했고 신혼집의 방향도 같았다. 덕분에 각자 다른 부서로 흩어진 뒤에도 종종 퇴근길에 전철에서 만나곤 했다. 전처럼 술 한 잔 기울일 틈은 없어졌지만 반갑게 인사하며 서로 아기 사진을 보여주며 기뻐하곤 했다. 사진을 바라보던 눈길에서 그 딸이 받을 사랑이 느껴졌다. 내가 이곳저곳 전전하게 되면서 몸은 멀어졌지만, 마지막 주고받았던 메시지에서도 자녀의 안부를 물으며 인사했었다.

그러다 그가 코로나 확산 초기에 심하게 앓았다는 소식을 건너들었다. 백신도 없던 시절이라 기저질환이 겹쳤나 싶어 염려를 많이 했지만, 문안을 가볼 처지는 못 되었다. 다행히 복귀했다는 소식을 들었고, 그의 생이 문제없이 다시 이어지게 되었다고 믿고는 성급하게 안심했다. 안심했다는 말이 어울리는지 모르겠다. 그냥 그를 걱정하는 내 부담을 어서 덜고 싶었는지도 모른다.

그때 연락 한번 해보지 못한 것이 못내 후회스럽다. 이제는 기회가 없기 때문이다. 다시 폐 사정이 급속히 악화되어 병원으로 가게 되었다는 소식도, 금방 중환자실로 넘어가 에크모를 쓰게 되었다는 소식도 듣지 못했다. 그 소식보다 부고가 먼저 와버렸다.

　두통약을 삼키고 드러누운 채, 갈 수 없는 그의 장례식을 그려보았다. 그의 빈자리를 느끼며 살아나가야 할 형수님과 어린 딸이 한 편에 서 있고, 다른 편에는 그가 떠나간 자리를 지우고 채워야 하는 동료들이 와 있다. 그는 떠나갔고, 기억하고 슬퍼할 몫도, 잊어야 할 몫도 모두 산 자의 것이다.

　생에 충실했던 그였기에 남겨진 이들의 기억은 또렷하겠지. 하지만 예상하지 못한 이른 죽음이었기에 기억할수록 그의 부재가 환기하는 고통도 클 것이었다. 생각이 여기까지 미치고 나니, 무엇이 마땅한 것인지 모르겠다. 우리는 두고두고 그에 대해 말해야 할까, 애써 기억을 삼켜가며 고통이 무뎌져 가길 기다려야 할까. 장례식 내내 오래오래 기억하려는 구심력과 고통스러운 기억을 어서 잊으려는 원심력이 무거운 침묵 속에서 팽팽하게 맞서고 있었을 것만 같았다.

　힘겨웠던 마지막 숨을 내뱉으며, 그는 무엇을 바랐을까. 수술실로 향하던 나처럼 기억해달라고 애원했을까. 기억의 무게로 남은 이들이 고통스러울 테니 그저 놓아달라고 부탁했을까. 알 수 없는 일이다. 하지만 가보지 못한 그의 장례식이 끝난 뒤, 나는 잊히는 두려움을 조금 내려놓고 오늘 맞이할 생에 충실하겠다는 다짐을 새기고 있었다.

　고인이 이제는 편히 쉬길 바란다. (2022.4.13.)

약을 먹어볼까

수술을 마치고 1개월이 지나 바로 항암을 시작했다.
주사가 아니라 약이라 다행이라 여겼지만,
부작용은 주사 못지않았다.
잃은 것도 있고 얻은 것도 있었다.
무기력이 의욕을 꺾어놓자
내 속을 태우던 불길도 잡히는 듯 했다.

항암제 젤로다의 부작용: 무기력

　　일주일간 블로그를 기록하지 못했다. 지독한 무기력 탓이다. 이미 아무것도 안 하고 있는데 더 격렬하게 아무것도 하기 싫은 한 주가 이어졌다. 단순히 기분 탓인지, 분홍색 경구용 항암제 젤로다의 효능인지는 알 수 없지만.

　　손발 피부가 검어지며 벗겨지고, 소화가 안 되며, 구내염에 배변 장애 등 인터넷에서 보았던 젤로다 선험자들이 겪고 지나간 모든 증상은 내게도 나타났다. 그 열 가지 재앙 중에 끝판왕은 무기력이다. 겨우 한 시간쯤 집중했을까. 피로감과 졸음이 밀려온다. 난 젊으니까 다 이겨낼 수 있다는 불굴의 정신이 꺾이고, 어렵게 쌓아둔 일상의 루틴들이 무너지는 것을 바라보며 치켜든 고개가 잠기운에 고꾸라지는 시간이 가장 견디기 힘들었다.

　　생이 언제 중단될지 모른다는 진실에 직면하고 나니 삶과 시간이 더 소중해졌는데, 그걸 이렇게 흘려보내야 한다는 역설을 어떻게 풀어야 할까. 매일 다이어리가 빼곡하도록 채워 가던 나의 24시간. 병을 알게 된 이후부터 나사를 좀 헐겁게 조이자 다짐했었지. 처음엔 의식적으로 가졌던 여유의 시간, 이제는 어이없이 곁을 흘러갈 뿐이다. 내 통제를 벗어나 손가락 사이로 흩어지는 시간이 못내 아쉬워 한참을 허우적거렸다.

　　진료를 다녀왔다. 무기력했던 나와는 달리 내 몸 안의 백혈구들은 잘 버티고 있나 보다. 3차를 다시 시작할 시간이다. 견뎌야 하고, 난 견뎌낼 수 있다. 무기력이 찾아올 때 어떻게 환대해야 할지 모르던 차에 지인이 귀엽고 포근한 꿀잠 쿠션을 선물했다. 붙들 수 없는 시간 따위 놓아주라며 넉살 좋게 눈 감고 있는 멍멍이 인형. 한가롭게 오후가 흘러가도록 너그럽게 받아들이고 나도 낮잠 한숨 자야지. (2021.5.18.)

하루 한 알, 진심

약이 차고 넘치다 보니 약 테이블을 따로 만들었다. 항암제, 그 항암제로 인한 부작용 대비 치료약들, 담즙의 배출을 돕는 우루사, 종합비타민, 고지혈증약에 장 건강 유산균까지. 여태까지 때를 거르지 않고 챙겨 먹은 내가 대견하다.

챙겨 먹으려는 것은 또 있다. 그동안 무심함으로 스쳐 보냈던 그것. 올라갈 때는 보지 못하고 내려올 때 비로소 보이는 그 꽃 같은 것. 누군가의 진심 한 조각을 매일 발견하려 애쓴다. 참, 애쓰지 않기로 했지.

하지만 타인의 진심은 찰나의 순간 무심코 지나갈 수 있기에 주의 깊게 살피곤 한다. 예를 들어 오늘 만난 진심은 이런 것. 매일 아침 안부를 묻는 어머니의 메시지가 오늘도 왔다. 의례적으로 몸 상태 좋다, 엄니도 잘 지내시라 답문을 드리다 문득, 어라? 칠순 노모는 따뜻한 말에 서투른지라 달콤한 멘트로 사랑을 표현하는 대신 이모티콘을 보내시곤 하는데, 매일 이모티콘을 바꿔서 보내고 있었다.

누군가와의 대화를 이제 적당히 마무리하고는 싶은데 그가 마무리하게 하기에는 내가 더 지위가 낮아서, 어려서, 아쉬운 입장이라서 사용하곤 했던 이모티콘. 대강 맥락에 맞게 고르는 것도 귀찮고 아까워 늘 쓰는 것들을 모아두고 정말 최소한의 에너지만 쓰는 맛에 쓰던 그 이모티콘을 어머니는 정성을 다해 고르고 계셨던 게다. 매일 새로운 것으로.

이런 것도 있다. 인터넷 바다에서 나와 비슷한 처지의 환우들 블로그를 누비던 차, 투병일기를 이어가는 분의 글이 와 닿았다. 읽어 내려가다 보니 아직은 온전히 뜻을 이해하기 어려운 어린 딸에게 언젠가 보여주기 위한 것이었다. 그 진지함에 옷깃을 여몄다.

그런 순간과 마주할 기대감에 유심히 주위를 살핀다. 어제 같은 오늘, 오늘 같을 내일이 이어지는 묵언 수행에 가까운 하루하루가 다르게 채색되는 건 누군가의 진심 덕이다. 나를 향한 것이건 그렇지 않건, 진심 한 알이 가진 치유력이 있다. 삶이 그저 냉정한 확률 게임 같고 난 그저 주사위를 잘못 돌린 것 같다고 느낄 때, 아무것도 이룬 것 없어 보이는 내 삶이 가볍게 바람에 흩날리고 있다고 느낄 때 누군가의 진심은 다시 나를 제자리에 돌려놓는다. 앞으로도 약을 삼킬 때마다 매일 새롭게 만날 누군가의 진심에 대해 생각해 볼 일이다. (2021. 5. 20.)

세포독성 항암제는
암 말고 성격도 고치더라

출근길에 반소매 셔츠를 꺼내 입었다. 날씨 전환이 신속하다. 비도 햇살도 더위도 시시각각이다. 어찌할 수 없는 날씨로 인해 어제 같은 오늘, 오늘 같은 내일, 단단한 일상의 루틴을 구축하려던 내 계획도 늘 어그러진다.

젤로다의 부작용도 다양하고 시시각각이다. 특히 걷기 딱 좋은 날씨에 하필 발에 불이 난 듯 화끈거려 도통 걷기가 힘들다. 처음엔 자신만만했다. 수족증후군이 대체 어떤 느낌인가 궁금했다. 벗겨지는 피부가 간혹 보였지만 그저 무좀이라 여겼는데, 교만이었다. 얼마 전부터 무좀 없이 깨끗한 오른발에 불이 나기 시작했다. 미리 대비한답시고 발바닥이 도톰하고 미끄럼방지 끈끈이까지 달린 스포츠 양말을 구매했는데, 그 끈끈이 각각을 짜릿하게 느낄 수 있다.

밥상 위에 향연이 펼쳐지면 배가 갑자기 더부룩하다. 지난 2차 투약기간엔 구내염이 식사를 방해했다면, 이번 3차에선 더부룩함과 싸워야 했다. 얼마 먹지도 않았는데 배가 꽉 찬 느낌이 든다. 요즘은 걷기의 목표가 달라졌다. 위아래로 가스를 어떻게든 빼내려는 몸부림에 가까워졌다. 밀어내기에 효험이 있다는 건자두와 바나나를 매일 먹어도 소용이 없다. 희한하게 속이 더부룩하고 먹기가 힘들수록 예전에 먹던 자극적인 음식들이 뇌리를 스친다. 그걸 먹으면 내려갈 성싶은 건지.

손발 까매짐이야 익히 알던 것이었지만, 도드라진 광대뼈 위로 올라오는 검버섯과 주근깨는 평소 안 보던 거울을 보게 만든다. 첨엔 간에 부담된다고 자외선 차단제조차 잘 바르지 않아 그런 줄 알았다. 평소 쓰지 않던 모자를 2개나 산 것도 태양을 피해 보려는 안간힘이었다. 그런데 그게 젤로다의 힘이었다니.

난 미래를 미리 그려보고, 그에 대비하기 위한 계획도 걱정도 당겨서 하는 편이었다. 이번에도 항암을 시작하면서, 먼저 경험하신 분들의 블로그를 부지런히 다니며 부작용 관련 정보를 모아 부작용 대비 아이템을 많이도 샀더랬다. 하지만 삶이 내 계획대로 흘러가지 않았듯, 부작용도 언제 어떤 게 올라올지 알 수가 없다. 계획하느라 헛심만 썼지, 계획대로 되는 것은 없었다.

그러던 나도 젤로다에 길들어져 가고 있다. 두통과 무기력이 찾아오면 눕고, 발에 불이 나면 찬물로 잘 씻어주고 정성스레 보습하고. 더부룩한 속에는 조금씩 자주 음식을 넣어주고 있다. 오늘로 젤로다 3차를 마치고 한 주간 휴약한다. 젤로다는 내 몸에 숨어 있는 암들도 치료하겠지만 계획과 걱정을 내려놓고 변화에 순응하도록 내 성격도 치료해 주는 중이다. (2021.6.1.)

변화가 시작되었다

암은 내 성격을 개조할 것을 요구하는 것 같았다.

아내를 보며, 내 몸의 소리를 들으며

어떻게 살아야 한다는 당위가 아니라

내 힘과 숨의 한계를 가늠하는 데 집중하기 시작했다.

가사 노동 중 단상,
조금 둔감해지자

아침밥상 차리기는 내 몫이다. 사실 아내가 만들어둔 건강 주스를 믹서에 갈고 빵을 에어 프라이어에 넣거나 오트밀 죽을 만들어 먹는 게 전부이기에 내 몫이라 하긴 부끄럽다. 그래도 서서히 내 몫의 가사 노동을 늘려 가는 게 기껍다.

원래 내 몫이었다가 잠시 양도한 청소 설거지 빨래 분리수거도 오전에 차분하게 하나하나 처리했다. 손이 예민해지다 보니 설거지에 애를 먹는다. 그래서 거금 들여 식기세척기도 들여놓았지만, 손으로 만져보면 기분 좋은 뽀드득 소리가 아니라 세제 가루가 말라 엉겨 붙은 질감이 느껴진다. 다시 꺼내 헹구고야 만다.

생각해 보니 가사 노동은 늘 상반된 두 감정을 동시에 일으켰다. 가족의 일원으로서 최소한의 몫을 한다는 만족감을 느끼면서도, 이상하게 종종 화가 났다. 내가 집에서 화를 낸 대부분은 설거지가 끝난 후였다고 아내가 기억하는 것을 보니, 이건 문제다.

화가 난 내면의 이유는 모르지만, 표면적인 이유는 간단하다. 얼른 헹구면 될 물컵이나 채소를 담았던 접시, 물에 잠시 불려야 할 밥그릇, 기름에 절어 있는 접시가 싱크대에서 뒤섞여 모든 접시에 기름이 번지곤 했다. 난 그런 아내의 무심함에 잔소리한 것뿐이다. 하지만 마음의 소리는 아마 다를 것이다. 다른 무수한 이유로 속에 쌓인

화에 기름진 설거지가 기름을 붓고 방아쇠를 당긴 것일 뿐이겠지.

반면, 아내는 그게 화를 낼 일이냐는 입장이다. 사실 아내는 설거지하면서 화를 내거나 힘들다는 내색 한번 한 적이 없다. 별로 스트레스를 받지도 않는단다. 늘 하던 대로 기름진 그릇과 헹구기만 하면 되는 그릇을 한데 모아놓고 하는데도. 사실 설거지 문제가 아닐 것이다. 아내는 다른 집안일을 하면서도 거의 화를 낸 일이 없다. 난 그럴 때마다 좌절한다. 스트레스를 받게 세팅된 내 정신의 디폴트값 때문에 세상 오만 가지 일에서 스트레스를 계속 받는구나.

일상을 대하는 내면의 기준을 바꾸지 않고는 스트레스와 내상에서 벗어날 길이 없겠구나 하는 깨달음 앞에서 막막하다. 바꾸는 방법을 모르기에. 이걸 바꾸지 않으면 나는 내면에 차곡차곡 쌓인 화를 온 방향으로 방사할 것이다. 지금까지도 여럿에게 폐를 끼쳤지만, 앞으로도 계속. 비겁하게도 그건 가정에서 아내와 아이, 일터에선 주로 나보다 어린 주니어들에게 집중되겠지.

병을 얻고 난 후로는 그런 성마른 화가 몸 상태에 기인한다고 생각했다. 무너진 몸을 세우는 데 집중했다. 먹거리도 바꾸고 전보다 운동도 주기적으로 했다. 고기를 줄이고 그럭저럭 잠을 충분히 자는 동안 다행히 내 몸은 거의 화를 내지 않았다.

하지만 내면에 잠재된 화는 쉽게 제거되지 않는다는 것을 오늘 사소한 일상에서 재확인한다. 얼마나 더 건강해져야 무뎌질 수 있을까. 잠재된 화의 스위치를 제거할 수 있을까. 정신은 몸 상태에만 지배를 받는 것일까? 몸과 정신의 변증법은 알 길이 없지만, 화(火)의 유물론을 믿고 싶다. (2021. 8. 2.)

흘러가는 오후의 행복

6,500보. 걸음수로만 보면 게으른 하루다. 다 핑계가 있다. 점심과 저녁 사이엔 아들과 방에서 함께 놀다 보니 오후가 흘러갔기 때문. 아들은 나와 좀 놀다가 화장실을 다녀오더니 배가 아프단다. 당황해하는 아비와 달리 아내는 한숨 자고 나면 낫는단다. 역시나 아내 말대로 잘 잔다. 어느 부모나 그렇듯 아들이 자는 얼굴을 보며 행복했다.

아내는 나보다 훨씬 애를 덜 쓰고 더 자연스럽게 살아가는 것 같다. 나는 무슨 일이 일어나면 해결책을 바로 궁리한다. 인터넷 찾아보고, 알 만한 사람에게 전화도 해보고, 이걸 해보자, 이런 장비를 사보자, 야단법석이다. 아내는 무슨 일이 발생해도 우선 지켜본다. 지금은 좀 불편해도 얼마 후면 아무 일도 아니게 된다며. 물론, 아들이 진짜 아프거나 하는 위기상황은 본능적으로 아는 것 같다. 평소에도 아내 자랑하는 팔불출이지만, 이런 아내가 참 신기하다.

굳이 거창하게 분석해보자면 나는 모든 상황이 내가 정상이라고 생각하는 상태로 통제되어야 한다고 생각하며, 그걸 벗어나면 늘 개입하려고 한다. 반면, 아내는 자연스러운 회복력을 믿으며 매 순간의 변화는 제 나름의 균형을 잡는 과정으로 보는 것 같다. 나는 늘 잔뜩 긴장해 있고, 아내는 대체로 평온하다.

오늘도 만일 나와 아들만 있었다면 평화롭게 흘러가지만은 않았으리라. 배가 아프다는데 병원 갈 정도는 아닌 것 같고, 그래도 불안하니 체온이나 맥박을 재본다든지 하면서 허둥댔을 것이다. 칭얼대는 아들에게 좀 참아보라 하면서 인상을 조금 썼을지도 모른다. 다행히 차분히 아들을 재우는 아내 목소리에 내 마음도 차분해졌다.

발병 전의 내 삶을 되짚어보고 지금의 내 모습을 살펴본다. 난 늘 잠이 부족했다. 중학교 시절부터 밤에는 잠을 못 이루고 학교에선 늘 혼미했다. 그 후로 학창 생활, 군 시절, 사회생활까지 불면의 그림자는 한 번도 내 주위를 떠난 적이 없었다. 무엇이 잠을 못 이루게 했을까. 많은 생각? 내일에 대한 불안과 두려움? '애쓰지 말자, 난 존재 자체로 사랑받을 수 있다.' 속으로 수없이 되뇌었지만, 그건 천상계의 얘기였다. 내 기억으론 육신의 현실은 늘 그렇지 않았다. 늘 내 몫을 겨우 해내는 것도 버거웠고, 엄청난 애를 써야 했었다.

뭐가 잘못되었던 걸까. 같은 세상을 왜 이리 다르게 사는 것일까. 사람은 죽어서 이름을 남기고, 삶이란 모름지기 무언가 이뤄내야 한다는 강박에 사로잡힌 내 마음속은 한가로이 흐르는 오후가 여전히 불편하다. 그냥 귀한 시간을 흘려보낸 것 같아서. 그런데 편안히 자는 아들 모습을 보며, 아내의 자장가를 들으며 흘러간 오늘 오후는 너무 행복했다. 이제 조금씩 느낄 수 있나 보다. 사는 방식의 차이를.

아들이 그림을 그렸다. 어린 눈에 비친 세상이며, 사람의 얼굴은 어떨까. 입이 큰 사람도 있고, 코가 큰 사람도 있네. 이 중에 난 누굴까. 너의 눈에 비친 오늘의 아빠는 분명 입을 크게 벌리고 웃고 있었을걸. (2021.8.29.)

산낙지를 씹던 올드보이처럼

서울의 삶은 역시 바쁘고 고되다. 퇴근하고 나면 차분히 하루를 돌아볼 여유는커녕 씻고 바로 이불행이다. 너무 일찍 자서 새벽에 깨어났다가 다시 자길 반복했다. 일용할 양식이며 남자의 일상에 필요한 30여 가지 물품들을 등에 이고 서울로 상경하는 날이면 그 자체로 피곤하다. 안락한 KTX에 몸을 뉘어도 이 정도인데, 과거 이 길을 바퀴 없이 걸어 다녔을 선조들에게는 상경의 의미가 더 각별했으리라.

어제는 사람들을 만나는 날이었다. 주로 앉아서 오는 손님을 맞이하던 처지였으나 이젠 내가 누군가를 만나러 가야 하는 상황. 찾아가다 보니 만남이란 의미가 새롭게 다가온다. 만남을 원하는 주체는 상대방에서 나로 바뀌었다. 귀찮음은 간절함으로 바뀌었고 만남에 쓰는 시간은 면담시간 그 자체에서 오가는 시간을 포함하게 되었다. 만남을 위해 머리보다 몸이 더 고생한다. 그간 누군가와의 업무 만남에서 얼핏 상대에게 비쳤던 불편한 감정들이 떠오른다. 늦었지만, 미안하다.

몸은 힘들었지만 소박하게 깨달은 바가 있어 더 이득이었다. 예전엔 내가 결부된 모든 일에 촉각을 곤두세웠다. 잘 돌아가고 있는지, 내가 피드백을 잊은 것은 아닌지 등등. 진행 상황을 모두 알고 있어야 직성이 풀렸고 에너지 소모도, 스트레스도 컸다.

이젠 내게 급한 것만 챙긴다. 진짜 되어야 하는 일이라면 그 일이 되길 원하는 이가 알아서 챙긴다는 것도 안다. 내게는 급하지 않은 뭔가 진행 중인데 상대가 챙기지 않는다면, 그건 상대에게도 별로 안 중요하다는 증거다. 이 단순한 진실을 왜 그간 실천하지 못했을까. 아마도 내가 아쉬운 상황이 더 많았기 때문이었겠지. 그러다 내 일인지 남의 일인지 구분하는 감을 잃고, 일의 경중 판단도 흐려지지 않았나 싶다. '이건 누구의 일인가'의 감으로 일상을 재조직하면 삶이 단순해지고 가지들을 쳐내기 쉬워질 것 같다. 내 소중한 에너지를 내가 진정 갈구하는 것에 쓰기 위한 기초 작업이 이런 것이 아니었나 싶다.

게다가 어제는 암에 대한 다른 이의 통찰도 덤으로 얻었다. 어제 함께 모시고 다닌 분도 위암을 경험했다. 평소 궁금했던 투병에 대한 질문을 틈나는 대로 꺼내 보았다. 그분은 이루고 싶었던 목표에 대한 간절함으로 병을 이겨냈다고 소회를 털어놓으셨다. 그걸 반드시 이뤄낸다는 내면의 기세가 암을 제압한 게 아닌가 싶다며. 정치인을 떠올리면 이 말의 의미를 쉽게 이해할 수 있다.

사람마다 제각기 방법은 다르겠지만 생에 대한 의지와 강렬한 기세는 어떤 도덕적인 목표보다 권력욕, 성욕, 재물욕 같은 구체적인 욕망에 터를 잡을 때 분명하게 모습을 드러내는 것 같다.

그러기 위해선 우선 내 욕망을 숨기고 비난할 게 아니라 그냥 존재하는 것으로 받아들이고 가치판단도 잠시 보류해야겠다. 그리고 나라고 허기진 육신을 채우려는 욕구만 갖고 있겠나(친한 친구들은 '그렇다'라고 답할지도 모르겠다). 가끔 고차원적인 욕구도 올라오겠지.

예를 들어, 앎에 대한 갈망이랄지. 아니다. 추상적인 관념들이 내 머리를 복잡하게 하도록 내버려두지 않고 명쾌하게 내 간절한 바람 위주로 정리해봐야겠다. 내 욕망은 무엇인지 명확히 보고 싶다. 포장과 꾸밈없이 그대로 직시하고, 간절히 열망하고 싶다. 단순하고 명확한 욕망이 내 몸을 살고 싶다는 열망과 생기로 채울 가장 순수한 연료일 것이다.

오랜 감금에서 풀려나 산낙지를 우적우적 씹어대던 올드보이 최민식. 그가 발산하던 생의 의지를 떠올리며, 저녁엔 친구와 낙지를 먹었다. 다만, 내 간은 소중하니까 산낙지 말고 탕으로. 16,362보를 걸은 하루에 대한 보상치곤 만족스럽다. (2021.11.5.)

사는 게 숨이 찰 때, 도망쳐라

수술 이후로는 3개월마다 CT 검사를 한다. 항암을 마친 후에도 CT 검사는 계속되고, CT 검사 사이에 중간점검 성격의 피 검사를 한다. 재발이 워낙 잦은 담도암의 특성 탓이다. 다행히 최근 피 검사에서는 여러 지표가 정상으로 향하고 있는 것을 확인했다.

피 검사나 다른 검사로는 나타나지 않지만, 나만 느낄 수 있는

지표가 하나 더 있다. 바로 숨이다. 폐활량 검사도 있고, 과호흡이나 빈 호흡 등 수치로 정량화할 검사방법은 여러 가지 있겠지만 이건 상당히 주관적이다. 숨이 갑자기 잘 안 쉬어지는 느낌. 답답함이 밀려오면서 의식하지 않고 있던 숨을 의식하게 되고, 의식적으로 폐로 공기를 밀어 넣어야 하는 느낌. 검색해보면 주로 심리적인 공황증세와 연관되어 많이 나온다. 편도체 시상하부 해마 뇌간 등등 내가 의식적으로 통제하기 어려운 뇌 영역 간의 작용이라 어쩔 도리도 별로 없다. 의식적으로 심호흡을 하고 얼마간이 지나면 나도 모르게 정상 호흡이 돌아온다. 그리고 나도 모르게 다시 숨이 찬 순간이 찾아온다.

내가 처음 이 증세를 자각한 건 2020년 3월경, 코로나가 막 확산되기 시작하던 영국에서 전면 록다운(Lock-down)이 시행되면서부터다. 마트의 판매대가 텅텅 비는 광경을 목격하고, 그나마 허용된 산책을 하러 나간 공원에서마저 신변의 위협을 느껴 사실상 집에 갇혀버렸다. 그 즈음 내가 숨을 쉬기 위해 노력하고 있음을 깨달았다.

나의 답은 도망치는 것이었다. 그 공간과 상황에서. 아내는 학업을 다 마치지 못한 상황이었지만 어쩔 도리가 없었다. 얼마 남지 않은 비행기 표를 사서 한국으로 돌아왔다. 그리고 다시 1년이 채 지나지 않아, 전주로 파견된 뒤 전주와 서울을 오가던 시기. 서울에서 주말을 보내던 나는 간밤에 숨이 쉬어지질 않았다. 다시 도망쳤다. 새벽 버스를 타고 전주로 향했다. 일터에 들르지 않고 바로 병원으로 향했고, 다짜고짜 초음파며 CT를 찍자고 했다. 그리고 내 몸 안에 똬리를 틀고 있던 담도암을 발견했다.

이렇게 돌이켜보니 숨이 막히는 것도 내가 어찌하기 어려운 본능의 영역이듯, 숨을 다시 쉴 수 있는 여건으로 도망치는 것도 본능에 이끌렸던 것 같다. 혈액검사 결과를 듣고 돌아서 나오는 길에 문득 깨달았다. 최근 가슴이 답답했던 게 언제였더라? 기억이 나질 않는다. 근래엔 한 번도 없었던 것 같다. 그래. 이제 숨 좀 돌렸다.

얼마 전 우연히 김창옥이란 분의 강연이 유튜브의 알고리즘을 통해 내게 제시되었다. 제주도에서 해녀들의 물질을 배우며, 자기 숨만큼 들어가라는 당부를 들었단다. 숨이 쉬어지지 않으면 당장 물 위로 올라와야 한다. 욕심내면 안 된다. 나에게도 도망친다는 것은 어떤 상징적인 의미가 아니라 문자 그대로 공간을 박차고 떠나는 것이었다. 물 위로 올라오듯.

하지만 발병 이후엔 그런 의미에서 도망친 적은 없다. 수술을 마치고 항암을 하면서도 여전히 이따금 숨 쉬는 게 버거웠는데, 내 삶의 자리는 그대로였다. 한데 어떻게 갑자기 숨 막히는 증세가 사라졌을까? 아마 내 뇌 사진을 찍으면, 대뇌피질은 좀 덜 활성화되어 있을 것 같다. 대신 그 안쪽이 좀더 열심히 일하고 있을 것 같다. 생각은 줄이고 본능에 이끌리는 삶. 아마도 이번 야반도주는 머릿속에서 벌어진 게 아닐까 싶다.

오늘도 본능의 소리에 귀를 기울여본다. 묘하게 귀가 밝아진 것 같다. 상대를 배려하고 싶었기에 싫더라도 예스를 말하던 내가 조금씩 노를 말할 수 있게 되었다. 먹고 싶으면 좀더 먹었고, 충분히 먹었다 싶으니 이제 몸이 거부하고 움직이라 말한다.

가끔 돌아보자. 숨은 잘 쉬어지나? (2021.12.29.)

먹고 자고, 몸과 마음의 유물론

마음도 몸 상태의 반영이었다.
마음을 다스리기 위해 건강하게 먹고 열심히 잤다.
오지랖에 집 나간 마음을 다시 몸에 들여앉히고
비대한 자의식이 몸의 경계 밖으로 삐져나오지 않도록
부단히 연습해야 했다.

인간의 앞과 뒤

　　아직은 긴 시간 이동 자체로도 타격이 좀 있다. 그래도 일하러 다시 서울행 열차에 몸을 실은 월요일. 다행히 저녁에는 일이 일찍 끝나 중학생 시절 친구들과 만났다. 거의 1년 만이다.

　여전히 다들 소년이다. 의례적인 인사와 염려와 공감이 초반에 잠깐 오가다가 역시 그냥 각자의 이야기를 한다. 일 얘기며 자동차랄지, 골프 같은 취미 생활이 소재가 되면 한없이 배포가 커지고 짐짓 허세도 부린다. 그러다 집에서의 살림살이 이야기로 들어가면 여지없이 좀스럽고 쩨쩨하며 찌질한 경우가 많다. 호기롭게 차에 수천만 원의 돈을 쓰던 허세남은 집에서 만 원도 안 되는 세간살이를 잘못 샀다며 성을 낸다.

　어디서 만나 무엇을 먹을지에 대해 아무도 고민하지 않는 것도 소년 모임의 특징이다. 만나기로 한 날 오후까지 말이 없다. 1차로는 다행히 누군가 가본 적이 있다는 이유로 어복 쟁반 집이 선택되었지만, 다 먹을 때까지 2차 행선지에 대해서는 역시 아무도 생각조차 해보지 않았더라. 결국, 커피를 마시러 가기로 하고서도 500원 가격 차이를 두고 옥신각신하다 길에서 시간을 꽤 보냈다.

　도리어 그게 고맙다. 평상시처럼 날 대하는 친구들 덕에 나도 내 상황의 무게에 짓눌리지 않고 1년 전으로 돌아간 것 같았다. 지루하게 암이 어떻고 내 상태는 어떻다고 설명하지 않아도 되었고, 앞

자리 친구도 억지로 울상 짓지 않았다. 그저 주식과 코인의 폭락 애기를 하다가, 10만 원이 채 안 되는 운동기구를 잘못 샀다며 원통해했다. 나도 같은 부류임을 확인한다. 나의 사소한 모습을 드러낼 때 맛볼 수 있는 소박한 해방감이 좋다.

뒤로 숨기고 싶은 그 사소한 삶의 디테일에 매달리는 순간 역시 인간다운 것임을 받아들이면 삶의 무게에 덜 짓눌릴 수 있다. 인간은 위대하지만 동시에 얼마나 사소한가. 믿기 힘들다면 다이소를 가보길 권한다. 새우껍질 제거기랄지, 수박 전용 칼이랄지, 지극히 작은 삶의 불편을 치밀하게 파고들어 탄생한 세밀한 용도의 기발한 제품이 걸려 있는 모습. 난 다이소에서 쇼핑하며 종종 위로를 받는다. 이걸 보면 생사의 갈림길 앞에서도 수술 후에 누워 지내는 동안 기름진 두피를 어떻게 씻어낼지 고민하며 제품을 검색하는 내 모습 역시 어쩔 수 없는 내 모습임을 깨닫게 된다.

이렇게 건전하게 먹고 헤어져 차를 몰고 집에 돌아왔다. 역시 차는 걷기 운동과 상극이다. 내려서 주차를 해놓고 다시 멀리 다녀와야만 했다. 겨우 목표 13,000보를 넘겼다.

걷고 난 뒤에도 섭섭한 기운이 가시질 않는다. 후식으로 커피를 마시던 친구들이 내가 먹고 싶었던 크로플 하나 주문해 주지 않은 탓이다. 무려 암 환자인 내가 달달한 후식을 마음껏 시키긴 그렇고 남들이 시키면 한 입 빼앗을 작정이었는데. 집에 돌아오니 단 음식이 무척 그립다. 어복 쟁반에서 배춧잎만 건져 먹으며 건전한 식단을 강조하던 나의 뒤통수가 이렇다. 집에 돌아와 식이섬유를 보충한다는 명분으로 바나나며 고구마를 잔뜩 먹었다.

분홍색의 소설 미디어에선 멋진 곳에서 화려한 음식을 먹는 인간의 앞모습만 보여주지만, 그걸 먹고 뒷간을 자주 서성이는 모습도 인간 본연의 모습이다. 난 암에 걸리고 나서야 앞뒤를 다 가진 것 같다. (2021.11.16.)

오늘 뭐 먹지?

권여선의 <오늘 뭐 먹지?>를 읽고

📚 또 권여선에게 빚졌다. 단편소설집 <안녕 주정뱅이>와 장편 <레몬>으로 만난 권여선이 마음껏 슬픔에 젖을 수 있도록 도와주었다면, 이번엔 맛에 잠기게 해주었다.

슬픔이란 감정이 지속되는 기간은 보통 그리 길지 않다. 그래도 살아야 하기에 진화하고 적응한 게 아닐까. 그리고 왜 살아야 하는가 하는 질문도 아주 가끔, 삶이 위기에 처할 때 던지곤 한다. 매일 이런 질문을 마주하라면 아마 철학자들도 질색할 것이다. 하지만 이 질문을 던지지 않는 날은 단 하루도 없을 것이다. 사실 온종일 모두를 고민하게 하는 이 질문, '오늘 뭐 먹지?'

권여선 음식 산문집은 음식이 저작 활동을 거쳐 혀의 미뢰를 만날 때 어떤 반응을 일으키는지 참 섬세하게도 묘사했다. 그리고 그 음식이 놓인 4차원의 좌표들을 꼼꼼하게 기록한다. 즉, 맛이란 그 음식이 놓인 자리, 계절(시간), 사람들과 함께 기억에 각인되는 것임을 그녀는 상기시켜준다.

우선 봄, 여름, 가을, 겨울 순으로 편철된 글들은 철마다 돌아오는 제철 먹거리란 꼭 그 시기에 먹는 것이 당연하다는 듯 음식과 계절을 결부시킨다. 봄, 청춘의 맛. 여름의 이열치열 매운맛. 가을의 단맛, 추운 겨울 처음의 맛. 계절의 변화에 따라, 시간의 변화에 따라 먹거리도, 사람의 미각도 변한다.

음식의 맛을 저장한 해마는 항상 그것이 놓였던 위치도 함께 소환한다. 유난히 입맛이 까다롭던 유년 시절 남매 여럿이 경쟁해야 했던 작은 식탁에서. 술과 함께 하는 안주의 세계로 입문하여 입맛을 무한히 확장해 가던 청년 시절 허름한 술집에서. 아무 꾸밈 노동 없이 그저 그게 먹고 싶어 방문한 단골식당에서.

마지막으로 사람. 만나고 싶지만 만날 수 없는 사람과, 당시엔 커보였지만 지금은 연락하지 않고 있는 사람과, 여전히 가까이 있는 작은언니와 그녀는 먹고 또 먹는다. 그렇게 음식의 맛은 복합적으로 저장되었다가 씹을 때마다 반복된다.

그렇게 그녀의 글은 말라가던 나의 군침들을 되살려주었다. 소셜 미디어의 사진 위에서 음식의 맛마저 시각화되는 이 시대에, 위와 췌장과 장에 엄청난 부담을 주는 극단의 먹방을 틀어놓고 식품 회사에서 제공된 간편 조리식을 펼쳐 혼밥하는 풍경이 일반화된 요즘 트렌드에서 보면 글이 어떻게 맛을 살려주나 싶겠지만.

그리고 보니 놓칠 뻔했다. 나는 주로 누군가 차려준 밥상을 마주하지만, 그녀의 글은 상당 분량을 그것을 준비하는 과정에 할애하고 있다. 즉, 음식은 매일 치러지는 거대한 노동의 산물이라는 너무도 당연한 사실을 강조하는 것이다. 누구에게 사서, 어떻게 다듬고 어떻게 요리하고 또 보관하는지. 음식의 전체 사이클을 담담하게 조명한다. 그걸 생략하고 먹기만 하는 나란 사람은 맛에 대해 아직 말할 자격이 없다는 사실이 숙제로 남았다.

매일 먹는 건강 식단이 가끔 물리기도 하고, 그래서 적당히 해이해지고 싶은 요즘 참 잘 만난 글이다. 단 하나의 단점이라면, 그녀의 글을 읽노라면 한 잔 술이 생각날 수도 있다는 사실. (2022. 2. 15.)

걸으면서 뭐 듣지?

어제는 오늘 뭐 먹지가 고민이었다면, 오늘은 '오늘 걸을 때 뭐 듣지?'이다. 고민하게 만든 건 유방암 전문 김민석 박사의 유튜브 방송. 그는 환자들에게 음악을 들을 것을 권유했다.

그가 제안하는 암 환자의 면역력 관리법. 첫째는 걱정하지 말고, 둘째 잠을 잘 자고, 셋째, 섬유질을 먹자. 그리고 돈 안 들이고 걱정을 줄이는 가장 좋은 방법으로 그는 음악 듣기를 제안한다.

주된 논리는 이렇다. 인간의 뇌는 대강 3층으로 이뤄져 있는데,

1층은 모든 척추동물이 공유하고 있는 뇌간 등, 주로 생명 유지 활동과 관계 있다. 2층은 포유류가 공유하는 변연계. 주로 감정과 관련된 활동을 담당. 3층은 인간만 가진 대뇌피질. 이건 잘 알다시피 인간 고유의 이성적 사고와 관련된다.

이 중 우리를 힘들게 하는 '걱정'은 2층에서 벌어지는 불안감과 기억의 상호작용과 상승작용에 기인한단다. 그런데 그걸 잠 재우는 방법으로 왜 음악이 좋은가. 영화도 있고 책도 있는데. 이유는 간단하다. 시각정보는 3층으로 가는데, 3층에서 받은 자극은 2층으로 못 간단다. 시각정보는 불안한 마음에 위안을 즉각 주기 어렵다는 것. 즉, 2층 전용 엘리베이터가 필요한데 그게 음악이라는 것. 귀가 변연계에 가까이 붙어 있는 탓도 있단다. 듣고 보니 출전을 앞둔 올림픽 선수들이 하나같이 귀에 헤드폰을 쓰고 음악을 들으며 마음을 다스리는 것도 이해가 된다.

그래서 음악 앱을 깔아 시작해 보았다. 먼저 좋아하는 예술가를 고르란다. 최근 본 시험 중 가장 어려웠던 것 같다. 누가 내 플레이리스트를 볼 것도 아닌데, AI에게 뭔가 나는 고오급한 취향을 가진 사람인 것처럼 보이고 싶었다. 클래식 위주로 고르려는 찰나, 김민석 박사님의 말씀이 귓전을 스친다.

"고상한 척 하지 말고 진짜 듣고 싶은 음악 들으세요."

"저는 임영웅 씨가 의사들만큼 어르신들 건강에 이바지했다고 봅니다. 트로트 좋아하면 트로트 들으세요."

그래. 그 말씀에 용기 얻어 다시 진심으로 고른다. 열 명 남짓 고르니 인제 그만 고르란다. 앱을 다시 켜니 주로 내가 좋아한다고 고백한 예술가들 음악이 초반에 배치된다. 나름 장르도 재즈, 락, 발라드, 클래식, 골고루 섞였는데 공통점이 있다. 대학 시절 듣던 음악이다. 나름 요즘 갬성 따라가려고 노력해 보지만 결국 이런 결과가 나온 것이 놀랍지만은 않다. 한창 음악을 듣는 그 시기에 귀가 고정되고 그게 평생 간다는 가설은 예전부터 생각해왔던 바.

찾아보니 이게 내 뇌피셜이 아니라 나름 근거가 있는 얘기였다. 뇌과학계 연구에 따르면 변연계가 폭발적으로 성장하고 자아정체성이 성립되는 시기에 음악을 들으며 강렬한 호르몬 체험을 하게 되는데, 그때 음악과 뇌의 연계가 형성되어 기억이 된다. 그러면 복습, 기억도 2층이다. 기억과 감정은 단단한 연계를 가지고 있다. 사회학적인 접근도 있더라. 이때 주로 친구들이 어떤 음악을 듣는지 영향을 많이 받게 되고, 음악을 공유하며 이른바 '내 집단'을 형성해 간다는 것.

그러고 보니 나의 자의식이란 것도 사실 중학교 1학년 '자기만의 방'을 갖게 되고 '나만의 더블데크 카세트플레이어 겸 라디오'를 갖게 되면서 본격적으로 출발한 것 같다. 그땐 주로 국내 대중가요를 들었지. 음반을 살 만큼 주머니가 넉넉하지 못했고, 저작권 개념도 모르던 시절이라 녹음에 의존했다. 라디오를 듣다 내 스타일의 음악이 나오면 재빨리 공테이프가 걸린 데크의 녹음 버튼을 눌렀다. 그렇게 완성한 나만의 플레이 리스트. 공테이프 표지에 보라색 펜 손글씨로 정성껏 곡제목을 써서 금성사에서 나온 워크맨에 넣어 들었지. 중학생 당시엔 점심시간 교내 방송에 나오는 노래의 제목이 궁금하면 친구들이 내게 묻곤 했었다. 그러다 고등학교로 진학해보니 또 달랐다. 모두 워크맨보다는 CD 플레이어를 듣고 있었고, 남자 또래들은 주로 데쓰 메탈에 심취해 있었다. 간혹 대중적인 취향을 가진 친구들도 일본이나 미국 팝 음악이나 재즈 같은 걸 듣곤 했다. 좌우간 한국 대중가요를 언급하기 어려운 모종의 분위기가 있었다. 내가 무엇을 듣는지가 내 수준을 말해줄 것만 같은 그런 시기 아니었던가. 난 속으론 이게 다 허세려니 하면서도 부지런히 따라 들었다. 음색이 한끝 모자란 카세트테이프 워크맨으로.

그리고 대학 시절. 긴 시간 지하철을 타고 학교를 오갔다. 아르바이트로 마련한 CD 플레이어까지. 비로소 남 눈치 보지 않고 내가 듣고 싶은 음악을 듣게 되었다. 때는 바야흐로 대중 음반 판매와 길거리 테이프가 최고조에 이르던 90년대 세기말이 끝나고 미지의 21세기가 찬란하게 도래하던 시절. 난 대중과 허세의 중간 어딘가에서 내 진지를 구축했다. 너무 많이 들려 귀만 아픈 음악 말고, 너무 어려워 안 들리는 음악 말고. 간혹 나에게만 들리던 음악으로.

이후 기술의 발전으로 CD는 파일이 되고 내 컴퓨터 하드디스크 속으로 들어갔다가 소리바다가 펼쳐질 즈음 어디론가 산개해 버렸다. 직장에 들어가면서 내 귀도 닫혔었지.

이제 다시 귀를 연다. 그간 기술은 또 발전하여 바야흐로 스트리밍 시대. 다시 내 서랍 속의 바다에서 건져 올린 귀한 리스트들로 내 귀를 채울 차례. 눈을 감으면, 지하철 한편에서 눈을 감고 있는 내가 서 있다. (2022. 2. 16.)

감정의 순환과 배출에 관하여

어제 늦도록 잠들지 못했다. 순전히 점심에 마신 진한 커피 한 잔 때문이라 믿고 싶다. 실은 나는 오늘 힘에 부쳤다. 나름 확고하게 말할 수 있다. 내가 힘에 부칠 때면, 그래서 감정이 예민해지면 보여주는 전형적인 행태를 또 보였기 때문이다. 이를테면 이런 것이다.

가져와 달라고 누군가에게 부탁했던 물건 하나를 받지 못했다. 순간 머릿속에서 기분이 좋지 않단 신호를 잠시 느꼈지만 애써 넘어갔는데, 뇌는 뒤끝이 길었다. 이후에 벌어진 모든 기분 나쁜 사건들은 모두 그 물건을 받지 못한 데서 비롯된 연쇄적인 사건이 되고 마는 것이다. 내 뇌는 아무 관계가 없는 그 날의 기분 나쁜 일들을 엮어 최초의 발단이 된 사건에 뒤집어씌우는 창작을 참 열심히 한다.

아무튼, 최초의 그 사건은 일종의 방아쇠가 되어 징크스처럼 떠나질 않는다. 이후의 일들도 꼬일 거라 예언하고 실제 그렇게 된다. 그러고는 꼬여가는 그 사소한 연쇄 반응 속에서 병약한 정신이 무너져 내린다. 첫 단추를 잘못 끼운 것을 알면서도 그걸 풀지 않고 나머지 단추를 계속 채워 가다 결국 파국을 맞이하고는 첫 단추 때문에 모조리 망치고 말았다는 식이다.

중요한 건 사실 이 연쇄적인 불행들은 평소에도 일어나는 일들이고, 몸 상태가 좋을 땐 아무렇지도 않게 여긴다는 점이다. 오늘 있었던 일들도 대개 세상의 이치에서 크게 벗어난 것이 없었다. 내가 받아들이기 나름인 것인데, 난 일일이 상대를 비난했고 결국은 이 모든 일이 애초에 받아야 했을 그 물건이 없어서 시작된 것이라 우겨댄다. 더욱 슬픈 건, 내가 우기는 줄 알면서도 상대가 당장은 공감해 주길 바란다는 점이다.

이 악의 사슬을 분명히 인지하고 있음에도 헤어 나오기 쉽지 않은 건 무슨 탓일까. 감정을 감정으로 대하지 못해서가 아닐까. 다시 어제 들은 뇌과학을 적용해 본다.

이성적 사고를 담당하는 3층 대뇌피질에서 감정을 관장하는 2층 변연계로 영향을 미칠 순 없다. 그 역은 가능하지만. 나름 내 상황에도 그대로 적용할 수 있다. 2층, 즉 감정적인 문제가 생기면 3층 이성적 영역에서는 그걸 합리화하기 위해 날 기분 나쁘게 한 범인을 찾아내고 사건의 개연성을 만들어 가며 날 방어하려고 난리가 난다. 하지만 그런다고 감정의 불이 꺼지는 건 아니다. 2층에서 발생한 감정의 문제는 3층에서 아무리 깔끔하게 이야기로 정리한다 한들 해결할 수가 없는 것이다.

감정도 신경계를 따라, 호르몬에 실려 혈관을 따라 돌고 있을 것임이 분명하다. 먹고 마시며 발생한 노폐물은 간에서 신장에서 걸러 종말처리장으로 향하고, 이산화탄소가 높아진 혈액은 폐에 가서 이산화탄소를 내려놓고 신선한 산소를 듬뿍 받아 나오는데, 살면서 계속 쌓이는 이 감정의 필터는 어디이며 배출구는 어디인가.

콜레스테롤 가득했을 내 담즙은 원활하게 흘러나오지 못해 그 좁은 담도에서 정체되고 쌓였을 것이다. 그 길목은 결국 암이 되었고 내 생명을 위기로 몰아넣었지. 감정도 담즙처럼 쌓였던 것일까. 그래서 옛날 사람들은 체액으로 성질이나 기질을 분류했던 것일까. 담즙 배출을 돕는 약 한 알 먹고 담즙이 시원하게 쭉쭉 빠지면 나도 사소한 일 따위는 툭툭 털어버리는 쿨한 사람이 될 수 있으려나.

오랜만에 맞이한 잠들지 못한 새벽. 음악을 귀에 부어보기도 하고, 달달하고 촉촉한 고구마를 입에 밀어 넣어 보기도 한다. 뭔가 넣으면 그것에 밀려 감정이 배출되려나 싶었나 보다. 그리고 지금 이 글을 써 보았다. 부끄러워 올리질 못했다. 모두 효과적인 솔루션은 아니었다. 그저 날 위로해 준 건 뒤늦게 찾아온 잠이었다.

늦은 아침에 일어나 지각을 무릅쓰고 아침을 꾸역꾸역 넘겼다. 어제 그토록 몸속을 휘젓고 다니던 우울의 감정들은 잠 속에 용해되었나 보다. 잠, 물처럼 솔벤트처럼 좋은 용매다. 감정 상태가 좀 좋지 않다 싶을 때 바로 잘 수 있으면 참 좋겠다. 문제는 부정적 감정이 충만하면 좀처럼 잠이 오질 않는다는 것.

결국, 여기서 막힌다. 감정을 땀으로 빼는 방법을 익히거나, 감정 기복이 커질 것 같은 상황이 되기 전에 미리 경보장치가 울릴 수 있도록 하면 좋을 텐데. 늘 터지고 나서야 후회하고 괴로워한다. 이럴 땐 그저 감정 기복이 적은 사람이 부럽다.

아내는 그런 점에선 참 부러운 대상이다. 옛날 표현이지만, 바이오 리듬이 일정하다. 마음대로 굴러가지 않는 세상을 있는 그대로 받아들인다. 내 편의대로 세상을 내 기분에 맞춰 갖다 붙이고 감상에 젖으며 높은 주파수에서 큰 진폭을 내는 나와는 다르다.

비록 아침이 다소 혹독했더라도 무정한 시간은 예정대로 흐르기에 점심과 저녁은 다시 살아내야 한다는 주의다. 그렇다. 유물론자다. 내가 과민해 보이면 좀더 걷고, 좀더 운동하자 말한다.

오늘 마침 친구가 남원에 볼일이 있어 왔다가 친히 전주에서 쉼표를 찍고 갔다. 이 녀석도 나와 비슷한 처지다. 본인과 아내의 관계에서 특히. 자기도 스스로 통제하지 못하는 상황에서 차분한 아내의 조언에 놀랄 때가 많다며. 적잖이 위로된다. 이게 너와 내가 별나서가 아니라 이 시기를 지나가는 40대 초반 수컷이 겪는 보편적 현상이라 자위해 본다.

어제 힘들었던 감정이 컸는지 주절거림이 길었다. 이제 발병 1년을 앞두고 있다. 엊그제 정기검진 CT를 찍었고, 좋은 결과를 기대하고 있다. 실은 그것이 진짜 힘들었던 이유였는지도 모르겠다.

(2022. 2. 17.)

배터리가 1% 남았습니다.
시스템이 곧 종료됩……

어제는 병원 가는 길에 휴대전화 배터리가 다 되었다. 길 한가운데서. 서울 태생이지만 서울 한복판에서 길을 자주 잃는다. 호모 모빌리스의 실상이 이런 것이다. 휴대전화 지도 위의 가상

공간에서 내가 사라지고 나면, 실재의 나는 어디에 있는 건지 알아내기 위해 내 뇌는 쩔쩔맨다. 내 현실보다 가상세계를 더 익숙하게 느끼는 나의 인지력.

뭘 그리 어렵게 꼬아서 생각하긴. 그냥 간단히 지나가는 사람 붙잡고 길을 물으면 되지. 그게 난 잘 안 된다. 그리고 생각해 보면 불과 몇 년 전만 해도 길 가는 사람 붙들고 길을 묻는 게 전혀 이상하지 않았지만, 요즘은 기이하게 그런 사람이 별로 없다. 모르는 사람이 뭘 물으러 다가오면 경계하거나 심지어 겁부터 나지 않는가. 길을 묻는 게 아니라 도(道)를 찾는 사람 아닌가 하고. 다 휴대전화에 물어보면 더 정확히, 더 자세하게 알려주는데 왜 굳이 일면식 없는 행인에게 묻겠는가. 심지어 스마트폰으로 지도 켜고 찾아가는 나는 옛날 사람이고, 요즘 사람은 평소 봐두었던 맛집을 위도 경도 숫자 좌표로 찾아가거나 브이로그 영상을 따라 찾아간다더라.

어제는 낯선 곳을 방문했다가 지하철이 아닌 버스를 타고 집으로 돌아갈 계획이었기에 더 난처했다. 지도나 대중교통 앱이 없으면 어디서 몇 번을 타고 어디서 몇 번으로 갈아타야 할지 도무지 감을 잡을 수 없다. 보통 어떻게 왔는지를 기억해 내어 그 반대편에서 버스를 타면 될 것이나, 내가 탄 버스는 가는 길과 오는 길이 달랐다. 난 타고난 GPS의 성능이 좋지 않아 천지 동서남북 분간을 잘하지 못한다. 수렵 시대에 태어났다면 용케 사냥과 채집에 성공했다 하더라도 집을 찾아가지 못해 무리에서 이탈해 생존 자체가 힘들었을 것이다. 예전 같으면 운전 못 할 사람이나, 마침 내가 운전을 배울 무렵 차량에 내비게이션이 보급되기 시작했다.

보조배터리를 챙기지 않은 나를 온종일 자책했다. 병원에서, 저녁 먹으러 간 식당에서 배터리 충전 구걸을 하며 겨우겨우 하루를 마칠 수 있었다. 보조배터리가 필수인데 늘 넣고 다니던 그것을 어제 하필 잊었다. 가방을 바꿔 들어서 생긴 불행이다.

배터리 얘기를 하다 보니 요즘 넷플릭스에서 주로 보는 인공지능 로봇들이 떠오른다. 그들은 밤에 잠을 자는 대신 충전을 하지. 충전과 방전을 계속하다 보면 휴대전화는 대강 2~3년이면 배터리 성능이 급격히 저하하면서 새로운 기종을 기웃거리게 되던데, 로봇들은 어떻게 될까? 그들은 내장된 배터리의 내구성이 다 되어 폐기될까 아니면 기술 진보나 신버전 출시로 소프트웨어 업데이트 지원이 종료되어 폐기될까.

아니, 아직 우리 곁에 다가오지도 않은 로봇을 생각할 필요도 없다. 인간은? 난 삼시 세끼 잘 챙겨 먹고 잠 제때 자면 대충 80세 언저리까진 성능이 유지되면서 내 삶을 밀고 가줄 수 있는 배터리가 내장되어 있다 생각했다. 그건 내가 하늘로부터 받은 천부적인 것이었다. 충전이나 방전이 잘 안 되는 그 시기는 언젠간 오겠지만, 적어도 지금은 아니기에 관심이 없었다.

게다가 젊음을 보조배터리로 생각한 것 같다. 당일 충전량이 다 방전되더라도 두툼한 10,000mAh(밀리암페어)짜리 보조배터리가 있기에 언제든 재충전을 할 수 있다고 생각했다. 내장된 용량 이상을 쓰는 날이 대부분이었다. 휴대전화는 잠으로 나를 안내하는 ASMR 재생기이기도 했고, 알람이기도 했기에 밤이 되어도 굳이 끄지 않고 내내 켜두었다. 방전도 잦았고 덕택에 배터리 자체의 내

구성도 빠르게 소진되었겠지.

　암을 치료하며 내 배터리 내구성이 반 토막 난 느낌이다. 항암 후에는 남들보다 빨리 지치고, 회복도 더디다. 무엇보다 보조배터리란 존재가 없는 삶이 된 느낌이다. 그날 허락되는 에너지의 총량을 넘어서 보조배터리까지 당겨 사용하면 그 무리에 대한 대가를 반드시 치른다. 하여 배터리 잔량에 예민하게 촉각을 세우는 삶이 되었다.

　오늘 만난 분이 내 휴대전화를 유심히 보더니 사용 경험을 물었다. 난 이게 접히는 최신형이라며 항암 종료 기념으로 내가 내게 선물했다고 자랑스레 소개하면서도 단점을 빼놓지 않고 언급했다. 접히는 만큼 배터리도 반쪽만 들어 있어 하루를 온전히 버텨내질 못한다고. 그래서 아침부터 종일 밖에서 하루를 보낸다면 보조배터리가 반드시 필요하다고 강조했다. 하필 항암 마치고 반쪽이 된 내가 배터리 용량이 반 토막밖에 안 되는 이 접히는 핸드폰을 사든 꼴이라니.

　하지만 절망은 이르다. 8년 전 망가진 어깨를 싸안고 퇴원한 기념으로 내가 내게 선물했던 태블릿은 친구의 카페에서 여전히 음악을 재생하고 있다. 한참 전에 배터리 내구성이 바닥났음은 물론이지만, 역으로 충전단자를 꽂아두면 늘 작동한다. 그렇게, 난 오래오래 작동할 것이다. 골골 백 년. (2022. 3. 22.)

주위를 둘러보니

처음엔 내가 불쌍해서 남이 보이질 않았다.
힘이 조금 생기고 나니 아픈 남들이 보였다.
내가 아파본 만큼만 남이 보이는 것 같다.

내가 편하면 다른 누군가가
고생하고 있다는 증거

오전 목공예 수업을 가지 못했다. 협탁 만들기를 시작한다고 몸 상태를 조절하느라 어제와 오늘 휴가도 냈건만. 아침에 6시에 깨어나 부산떨다가 9시에 도로 뻗고 말았다. 사실 가려고 했으나 실패했다. 노란 눈에 깊은 다크서클을 장착한 채 피로에 절어 있는 표정으로 '다녀올게' 하는 나를 붙든 것은 차분히 지켜보는 아내의 시선이었다. 내 성질머리가 고집스러웠던 탓에 아내는 그동안 내게 대놓고 무언가를 종용하는 법이 없었다. 하지만 이제 내가 온순해졌고 말을 잘 듣는다. 말 없는 시선에도 잡아끌려 도로 소파에 앉으니 '당신은 무리하지 않는 것이 미션'이라 말해준다. 긴장이 풀렸다.

내가 편하다고 느끼면 누군가가 고생하고 있다는 증거라는 얘기를 회사에서 종종 듣고, 또 내가 누군가에게 그 말을 돌려주기도 했다. 그러고 보니 요즘 내가 환자랍시고 근심 걱정 내려놓고 편하게만 지내려니 걱정된다. 내 짐을 지고 고생하고 있을 누군가가.

친절한 공방은 내 사정을 이해해주고 추가비용 없이 진도를 순연해주었다. 내가 가족에게 짐을 전가하고 기대어 살 듯, 요즘 내 주위 세상도 대가 없는 전가가 많이 이뤄진다. 그러고 보니 헬스장도 별도 비용 없이 9월까지 회원권 중지를 받아주었다. 사연은 묻지도 않더라. 으레 코로나 염려라 간주하는 것 같다.

문제는 그 부담이 철저히 약자에게 쏠린다는 것이다. 코로나로 얼어붙은 민생 돌아가라고 이런저런 조치들이 나오지만, 자산 거품만 커지는 기분이다. 그 거품을 맛본 이들은 정작 임대료 한 푼 안 깎아준다. 손실을 보상해준다는 법이 어렵사리 통과되었다지만 이미 주저앉은 이들이 너무 많다. 상업지역에는 텅 빈 창문에 임대 문의 딱지만 늘어간다. 살풍경이다.

나도 죽을 판인데. 연민도 사치인가 하여 다시 창을 닫고 내면으로 웅크려보지만, 더 아프다. 괜히 걸어본다. 내가 그 텅 빈 창 근처를 서성인다고 달라지는 것도 없는데. 약한 이들이 오히려 희생을 감내하고 연대하는 지금의 풍경을 모두가 기억하길. 지금도 사람들을 갈아 넣고 있는 무자비한 시스템 속에서도 어찌어찌 사회가 돌아가는 것은 이들 덕이다.

이들이 무너져 내려가는 길을 방귀 소리를 대폭 키운 고급 차들이 질주한다. 저녁 산책에 나선 나의 귀와 가슴을 짓이기고 지나간다. 신났고 무심하다. 늘 그랬듯. 이놈들도 아파봐야 한다.

(2021. 8. 25.)

제자리에 갇혀,
누군가에게 가 닿고 싶은 하루

판매자로서 처음 당근 거래를 해보았다. 산 적은 많았지만 팔아보는 건 처음이었다. 오늘 판 것은 내 손목에 있던 스마트 워치. 내 걸음수를 측정하던 동반자였는데, 보다 기능이 많은 제품을 사면서 풀어주게 되었다. 내 창고에서 녹슬어 가기엔 너무 젊어 시장에 내놓았다. 가격을 살짝 낮춰 제시하니 순식간에 연락이 왔다.

물론 만남도 순식간이었다. 물건을 살펴보고 돈을 송금해 주기까지 걸린 시간은 5분 남짓이었다. 직장 외에 외부인을 거의 만나지 않다 보니 요즘은 이런 만남도 반가울 지경이다. 사실 마스크를 끼고 표정을 감춘 채 스쳐가는 이웃, 직장 사람들보다 블로그 이웃님들이 더 친구 같다. 암을 경험한 이후로는 옛날 드라마 <네 멋대로 해라>처럼 살고 싶다 마음먹었는데, 허용된 공간은 사이버 공간뿐이다.

그 답답함은 나에게만 해당하지 않는 것 같다. 점점 우리 국민, 아니 전 세계인들을 조금씩 옥죄어 들어가고 있다. 곳곳에 파란 우울함이 들어차고 있다. 수해 현장처럼 저층 시민들부터 당하고 있다. 일상에서 불쑥불쑥 숨쉬기 힘들고, 만남을 통제하지 않아도 만남 자체가 귀찮아지고 있다. 만나서 커피 한잔 할 경제적 여유도 없어지고, 덕분에 커피를 팔 사람도 함께 가라앉고 있다.

어떻게 그 늪을 빠져나와야 할까. 집에서라도 빠져나와 한참을 걷고 거리의 수많은 사람을 보지만, 말 한마디, 표정 없이 지나친다. 부딪힘도 마주침도 없다. 그렇게 소통과 교류 없이 원망과 억울만 쌓여 간다. 갈 길 없는 답답함과 분노가 참혹한 범죄로 표출되기도 한다. 나야 가족의 연대로 근근이 버티지만, 물리적, 정신적으로 좁은 방에 갇힌 1인 가구가 마주하고 있는 벽은 얼마나 더 강고할까?

격리. 전염병에 대처하는 인간의 오랜 비책이다. 친한 선배 한 분은 논문에서 전염병과 격리가 오래 지속된 사회의 전형으로 성경 속 예수가 활동하던 시기를 꼽는다. 그런 사회에선 전염병을 피하려고 만들어졌던 구분과 청결 습관 같은 것들이 굳어져 율법이 되고, 그것을 경계로 계급도 나뉜다. 도저히 지키기 어려운 율법이 사람과 사람 사이를 나누고, 깨끗한 이들이 율법을 어긴 자들을 벌레 취급한다. 지병으로 오랜 세월 갇혀 있어야만 했던 이들이 예수님 옷자락이라도 만지면 나을까 싶어 인파 속으로 나오기 위해서는 엄청난 용기를 내야 하는 세상이었다. 과학과 의학이 엄청나게 발전한 지금도 2천 년 전과 같은 방식으로 서로를 갈라놓는다. 구분이 곧 차별이 되고, 위계가 되고, 권력이 되는 수순도 반복될까.

별일 없이 끼니를 채우고 제자리에서 스텝퍼를 밟으며 겨우 6,802보를 채웠다. 제자리에서도 늘 갈망한다. 누군가에게 가 닿고 의미가 되고 싶다. 사람은 사람과 만나야 살 수 있다.

(2021. 9. 3.)

쓸쓸한 겨울, 사람들이 떨어지고 있다.
사람 좀 그만 갈아 넣어!

올해 겨울은 참 혹독하다. 암 환자가 계절 따지는 게 우스울 수도 있겠다. 매 순간 소중한데 말이지. 하지만 암 환자로 사계절 나보니 겨울이 특별히 어렵다. 이유는 무엇보다 온도 때문이다. 가을부터 손발이 차다. 체온이 떨어지면 면역력이 낮아지고 암이 좋아하는 환경이 된다던데, 체온 높여야지. 출근할 때면 핫팩도 3개씩 챙긴다. 신발에 넣을 거, 호주머니에 넣을 거, 배에 붙일 거. 집에 불도 더 땐다. 가스비 만만찮을 텐데.

운동도 거를 때가 많다. 운동으로 체온을 높일 때의 이익과 찬 기운 들이닥쳐 몸이 움츠러드는 손해를 늘 비교하고 따진다. 자연히 하루하루 루틴과 항상성을 유지하기가 힘들어진다. 뿐만이랴. 해도 짧다. 덕분에 무엇 하나 손에 잡히는 것도 없었는데 하루가 금방 없어진다. 손해 보는 느낌이다. 해를 짧게 봐서 그런가. 비타민 D도 합성이 덜 되는 것 같고, 덕택에 뼈며 관절이며 다 부실한 것 같은 느낌이다. 정형외과에서 검사해 보니 그 어렴풋한 감각은 실제 문제가 있다는 진단으로 증명이 되었다.

주위를 둘러봐도 의지할 곳이 많지 않다. 아름다운 꽃이며, 푸르른 녹음이며, 형형색색 잎들도 없이 앙상하게 추위와 맞서는 마른 가지뿐이다. 자연에 경탄하며 감사하는 동안 머리에서 터져 나오는 호르몬 양도 줄어든 것 같다.

어쩔티비란 말을 방금 SNL에서 배웠다. 어쩌라구, 티비나 봐. 그래, 저녁이 되면 나가 운동하기도 춥고, 난 어쩔 수 없이 티비를 켜 본다. 충격적인 소식들로 가득하다. 퍽퍽퍽. 공사장에서, 쇠비린내 나는 제조업 현장에서 사람의 몸통이 깨지는 소리. 떠밀고, 또 떠밀고, 떠밀어 가며 뜨뜻한 사무실에서 서류로 수수료만 따먹을 재주가 없는, 더는 일을 다른 사람에게 떠넘길 수 없어 몸을 일으켜야 하는 맨 뒷줄의 사람들이 떠밀려 떨어지는 소리.

억장이 무너진다. 거리에 나가 소리라도 지르고 싶다. 사람 좀 그만 갈아 넣어!!! 매번 해결을 위해 머리를 맞대는 모양새를 취하지만 실은 계속 수탈할 방법을 공모하는 중이다. 사과하는 척 잠시 고개 숙이고 또 다음 뉴스로 덮인다. 그렇게 넘어간다. 다시 사람이 튕겨 나간다. 멈출 기미가 없다.

백척간두의 그 외로운 높이에서, 추위의 절정에서 떨어져, 겨울이라 잘 마르지도 않는 콘크리트 안에 갇혀버린 실종자들 생각하니 TV를 더 볼 자신이 없다. 이 잘난 대한민국 건설을 위한 인신 공양, 이제는 제발 멈췄으면. (2022. 1. 14.)

서로의 경계를 지켜주는
예의를 생각하다

드라마 <스물다섯 스물하나> 촬영지 앞에서

날씨 좋은 날, 봄이 와 있었다. 시리기만 하던 손 끝에도, 모래바람 냄새만 가득하던 코끝에도. 훈훈한 싱그러움에 산책을 아니 나설 수 없었다. 한옥마을 거리를 걸었다. 지난해 여름에도 가을에도 부지런히 걸었던 곳이다. 봄기운을 만끽하고자 했지만, 걸으며 마주하는 풍경이 익숙하다는 기시감이 들 때마다 항암제 젤로다에 취해 흐느적대던 발걸음이 떠올랐다. 그 약 냄새가 코끝에 맴도는 기분이었다.

다행히 함께 걷던 아내가 못 가본 새로운 곳을 제시했다. 요즘 아내와 보기 시작한 드라마 <스물다섯 스물하나>의 촬영지가 근처에 있단다. 단숨에 가보았다. 드라마 촬영지이지만 사생활이 존중되어야 할 집이었다. 계단 입구에 조그맣게 주인장의 부탁 말씀이 붙어 있었다. 목조 계단의 수리가 어려우니 계단에는 올라오지 말고, 사진은 계단 앞에서 찍으시라고. 나 같으면 정말 대문짝만하게 써 놓았을 텐데 그 앞에서 사진을 찍는 방문객들을 배려해 도드라지지 않게 조그맣게 안내문을 써 붙여놓은 마음 씀이 참, 정답고 고맙다.

우리의 이웃 관계는 경계가 별로 없다. 좋은 의미로 쓴 말은 아니다. 속 깊은 정 나누며 서로 기대어 산다면 얼마든 경계의 안쪽을 기꺼이 내어주겠지. 하지만 아래위로 맞붙어 살면서도 바로 아래 층에 사람이 없다는 듯이 굴고, 동네가 관광지가 되는 순간 엄연히 사생활이 존중되어야 할 집 안까지 촬영의 대상이 되기 쉽다. 한마디로 무례한 경우가 많다.

사람은 그대로 무례한데, 신도시에 가보면 단독주택의 담을 올릴 수 없도록 해놓은 경우가 많았다. 담을 올리지 않으면 너나없이 지나다니며 서로 밝게 웃고 인사 건네는 마을 공동체가 형성될 수 있을 것이라 믿은 것인가. 담장 대신 높다란 묘목으로 가리느라 조경비만 더 든다더라.

사생활을 보호받고 간섭받기 싫은 수요는 늘어나는데 사람은 그대로 무례하니, 그렇다면 건축물의 담을 높이고 공동주택의 층간 흡음 기능을 강화하는 게 답인가. 기둥식이 내력벽 방식에 비해 소음에 강한 편이고 층간 두께를 강화하는 방식도 들은 적이 있는데, 그동안은 기술이 부족해 못했던 것일까.

이사 오기 전 아파트는 지은 지 2년. 오열하는 윗집 아가의 울음소리에 내가 다 난처했다. 이사 온 아파트는 지은 지 15년쯤. 윗집 발망치는 내 알람 소리보다 조금 먼저 시작하여 내가 잠드는 시간까지 성실하게 집안을 구석구석 두드린다. 집을 굉장히 잘 활용하시는 분 같다. 오늘 아침엔 그분들을 위한 슬리퍼를 주문할까 많이 망설였다. 변성기를 갓 벗어난 그 집 아들은 노래를 참 좋아해서 샤워하는 동안 열창을 하곤 하는데, 진로 희망이 그쪽이 아니길 진심으로 기도한다. 그래도 우리 애가 뛰는 건 걱정 안 해도 되는 1층이라는 게 어디냐 싶지만, 과연 우리 애가 뛰는 소리는 울리지 않을까? 벽을 타고 올라가지 싶은 생각에 염려될 때가 많다.

그러다 보니 보이지 않는 경계로 생각이 뻗는다. 엄연히 금을 그어놓고 물리적 장벽을 두어도 침범이 잦은데, 무형의 경계들은 오죽하랴. 불쑥 들어오는 질문들. 뭐 하는 사람이며, 가족관계며, 어느 정도의 부와 학력, 사회적 지위를 가졌는지. 그 종류가 너무나도 많다. 물론 궁금할 수도 있겠지. 친해지고 나서 그런 것들이 궁금한 건 이해가 되는데, 그런 것들로 친해질지 말지를 결정하는 경우도 많을 것이다.

대체로 직업과 자산, 소득 수준의 파악으로 클래스를 분류하고 그 사람을 대강 알겠다고 하는 부류의 사람일수록 거침없이 그런 것들을 묻는다. 어디 사세요? 뭐 하시는 분이세요? 조금 교양 있는 사람이라면 대놓고 묻지 않고 스무고개를 통해 점점 포위망을 좁혀가며 결국 자백하게 만드는 게 다른 점이랄까. 봄날 산책 잘하다가 드라마 촬영지에서 잠깐 스친 생각을 끊지 못하고 여기까지 와버렸네. 아마도 오늘 아침부터 유난히 이런저런 소음에 시달린 탓이리라.

젊은 직원들을 잘 이해하지 못하지만, 사무실에서도 귀에 커널형 이어폰을 쓰고 소음을 차단하려는 마음은 잘 이해한다. 나도 그렇거든. 온종일 전화통을 붙들고 열정적으로 업무 처리하는 과정이며, 가사의 시시콜콜한 사연까지. 옆 사람의 이야기가 내 귀에 쏙쏙 박히다 보면 자연히 그렇게 된다.

도시 생활의 밀도가 높아서일까? 지역균형발전을 위해 우리 좀 멀리 퍼져서 살아보면 경계를 잘 지켜낼 수 있지 않을까? 사실 암 경험자분들은 한 번쯤 생각해 본 주제일 것이다. 자연으로 들어가 사는 삶 말이다. 하지만 쉽지 않더라. 소멸 위기의 지역일수록 귀농 귀촌이 어렵다더라. 농사철 맞아 농막이며 농사 관련 영상 콘텐츠를 찾다 보면 내 땅에 내 차를 주차하는 공간을 이웃이 정해줄 정도로 간섭이 심한 형편이어서 귀농을 포기했다는 사연도 종종 접하게 된다. 경계의 침범은 밀도의 문제는 아닌 것 같다.

소박하지만 어려운 목표를 세워본다. 물리적으로 맞대고 있는 이들에게, 그 외에 일이나 공동의 관심사로 만나 유형무형으로 교류하고 사는 이들에게 그들의 경계를 존중해 주는 것. 그 사람이 열어주는 만큼 조심스레 접근해 가는 것. 상대를 다 이해했다고 과신하지 않고 오지랖 부리지 않는 것. (2022. 3. 15.)

미용실에서 만났던
샴푸의 요정에게

일요일이면서 노동절이었다. 나는 노동을 했다. 나는 평일에는 본업을 하고, 휴일에는 주로 농사를 짓기에. 그래서 잊고 넘어갈 뻔했다. 몸에서 흙을 씻어내고 저녁 뉴스를 보면서 비로소 오늘이 노동절이었음을 깨닫는다.

내 월급날은 25일인데, 난 월급날을 즈음하여 이발을 한다. 무사히 월급을 받은 나를 대접하는 최고의 가성비 선물이 이발이기 때문이다. 산뜻해지는 모발의 능선도 좋지만, 사실 내심 기대하는 것은 샴푸 시간이다. 머리를 감겨주는 사내의 두피와 어깨 마사지가 일품이기 때문이다.

나는 한 미용실을 꾸준히 다니는 편이다. 지금 미용실도 전주에 온 이래 1년 넘게 다니고 있다. 그를 처음 만난 것은 6개월 전쯤으로 기억한다. 그의 두터운 손에서 뿜어져 나오는 악력은 가공할 만한 것이었다. 누구와 비견해도 부끄럽지 않은 크기의 내 대두를 손아귀에 쥐고 천천히 누르기 시작했다. 샴푸가 끝날 때까지 황홀했다. 바로 그의 휴일을 물어보았다. 그가 없는 날 이발하러 오는 불상사를 막기 위해서였다.

두세 번쯤 그의 샴푸를 받고 나서 너무 감동한 나머지 또 말을 걸고 말았다. 두피 마사지만 따로 업으로 해보시는 것은 어떠냐는 나의 농담조 질문에 그는 손아귀며 어깨가 욱신거린다고 웃으며 대답했다. 그래서 아직 이걸 업으로 해볼 생각은 못 해봤다고. 그렇게 정성을 다하는데 아프지 않을 도리가 없었을 것이다. 질문한 것이 부끄러워 머리도 잘 하시게 될 것이라고 얼버무리고 말았다.

그런 그가 이번에 보이지 않았다. 조심스레 묻자 일을 그만두었다고 한다. 내 이발을 해주던 이는 그가 이 업계의 일을 계속할지 잘 모르겠다는 말도 덧붙였다. 아직 가위는 잡지 못하고 샴푸만 했던 그였다. 이유가 무엇이었을지는 알기 어렵다. 사람과의 관계가 문제가 된 것일까? 대우가 더 좋은 다른 일터를 찾은 것일까. 디자이너의 말대로 업 자체에 회의가 생겨 그만둔 것일까.

무시무시한 악력에 성실과 친절도 갖춘 것으로 보였던 그였기에, 그가 관둔 것이 미용실에서도 충격이었나 보다. 문득 그 말을 듣고 둘러보니, 내 머리를 잘라주고 있는 디자이너 외에는 낯익은 얼굴이 하나도 없다. 디자이너들을 도와주는 다른 직원들은 자주 교체되고 있다는 것을 그제야 알았다. 물론 프랜차이즈 미용실이기에 다른 영업점으로 옮겼는지도 모를 일이지만, 마음이 편치 않았다.

최근 보았던 어느 코미디 프로그램이 생각났다. 젊은이들이 부장님의 사소한 실수 하나하나마다 그냥 넘어가지 않고 사표를 내는 장면을 연출하고 있었다. 나는 그 콩트가 좀 불편했다. "요즘 것들은 책임감이 떨어져. 조금만 힘들어도 관둔다고 하지. 도무지 일을 믿고 맡길 수가 없어"라고 혀를 끌끌 차며 내려보는 시선이 느껴졌달까.

미안하지만 책임감을 가질래야 가질 수 없는 그런 자리를 만들어 젊음을 초대한 것은 그 중년들이다. 내가 대학에 입학하던 IMF 직후 비정규직이란 말이 회자되기 시작했는데, 어느덧 20년 넘게 흘렀다. 수법은 갈수록 악랄해졌다. 2년을 채우지 못하도록 23개월마다 사표를 받던 것도 옛말이다. 요즘은 공공분야 외에는 정규직 공채 자체가 없다. 어디서나 처음엔 비정규직이지만 열심히 하면 정규직으로 만들어 주겠다고 가스라이팅하면서 등골까지 빼앗아먹는다.

언제 잘려도 이상하지 않은 젊은이들에게 책임감까지 바라는 것은 너무하지 않은가. 고용하는 입장에서만 유연하고 싶었던 그 제도를 이용해 이제 피고용인들이 유연하게 대응하고 있다. 가장 바쁠 때 당당하게 사직서를 던져보는 것이다. 통쾌하지 않은가. 이렇게 작동하라고 만든 제도를 있는 그대로 활용한 것뿐이다. 이렇게 될 줄은 몰랐겠지. 당황하는 어른들의 반응이란 게 고작 꾸짖고 개탄하는 모습이니 참 안타까웠다.

떠나가는 그 마음들을 나는 자세히 알 길이 없다. 다만 짐작해볼 뿐이다. 잠시 지쳤을 수도 있고, 더 나은 자리로 옮긴 것일 수도 있다. 처음 만난 손님에게 억지로 웃음을 지으며 보내는 하루하루가 답답했을지도 모르겠다. 그 위로 올라가는 사다리가 너무 좁아 보였을 수도 있겠고. 다만, 부디 책임감에 너무 짓눌려 있지 말기만을 바란다. 이전 직장에 대한 책임감이 아니라 자기 인생에 대한 책임감에 이미 충분히 어깨가 무거울 테니.

라떼는 다 그렇게 일을 배우며 시작했다고 말하고 싶은 이들이 아직 많을 것이다. 맞다. 아무것도 없던 이 나라에서 고생 정말 많으셨다. 근로기준법도 잘 몰랐고, 있었어도 지켜본 사람도 없었다. 하지만 지금 젊은 친구들은 선진국에서 태어났다. 넘지 말아야 할 하한을 알고 있고 그것을 지키는 것이 자신의 권리임도 알고 있다.

다시 그 샴푸의 요정을 길에서라도 우연히 마주칠 수 있다면 어떻게 말을 건네야 할까. 전에도 잘못된 질문을 했던 터라 마음이 조심스럽다. 그저 새롭게 시작한 그의 노동이 다시 사표를 만지작거릴 만큼 견뎌내기 힘든 것이지 않기만을 바란다. (2022. 5. 1.)

비련의 주인공은 이제 그만

처음엔 그저 내가 너무 불쌍했다.
별일 없이 거리를 걷는 이들의 안온함을 덮어놓고 질투했고,
두서없이 나와 비슷한 처지의 슬픈 사연들을 탐식했다.
누가 더 슬프고 딱하고 바닥인지 내기라도 하는 듯,
나보다 더 힘들고 먹먹한 사연을 마주해야 숨이 좀 쉬어졌다.
그런 사연들이 진통제가 되어 통증만 잊은 것일 수도,
단지 시간이 좀 흘러 상처가 덮인 것일 수도 있겠다.
하지만 몇몇 순간들은 누군가 나의 손을 잡아
자기연민의 늪에서 끌어올려 준 것 같아 기록으로 남기고 싶었다.

장례식에서 느낀 이상한 우월감

부고 문자가 날아왔다. 중학교 동창 아버지께서 소천하셨단다. 관계에 한없이 게으른 나에게 지치지 않고 명절이며 크리스마스마다 안부를 묻던 친구였다. 보통 부고 문자에 어떻게 돌아가셨는지는 구체적으로 밝히지 않고, 언급하더라도 숙환으로 혹은 지병으로 별세하셨다고만 갈음하는 경우가 대부분인데, 친구는 친절하게도 아버지께서 간암 투병 5년 만에 돌아가셨다고 알려주었다.

함께 아는 친구가 있어 시간을 맞추어 갔다. 도착하여 고인께 인사 올리고 간암이 참 어려운 병인데 투병하기 얼마나 어려우셨겠냐고, 그리고 가족들의 고충도 얼마나 컸겠냐고 위로를 전하며 잠시 자리에 앉았다. 평소 검소했고 그런 분위기를 풍겨본 적이 없는 친구였기에 몰랐는데, 가족, 친지분들의 이야기를 듣다 보니 고인께서는 생전 제약회사 대표이사를 지내셨단다. 입이 무거운 녀석. 같은 중학교 친구들은 대개 비슷한 아파트 단지에 옹기종기 살았기에 형편도 대개 비슷할 거라 여겼는데 돌아보니 겸손한 친구들이 생각보다 많았다.

한편으론 의약품 시장의 최전선에 계셨던 그런 여건에서도 암을 이겨내시기 어려웠구나 하는 데 생각이 미쳤다. 하기야 돈이나 최신 의료기술만으로 해결할 수 있는 게 암이라면 스티브 잡스도 아직 아이폰을 발표하고 있겠지. 따라오는 약을 비웃으며 날마다 환골, 탈태, 변태하는 암이란 존재의 생명력 앞에서 다시금 옷깃을 여몄다.

장례식장이 으레 그러하듯 가신 분께 인사를 드리고 나면 산 자들이 서로의 안부를 나누는 시간이 이어진다. 하도 오랜만에 만난 터라 서로 돌아가며 근황을 나눈다. 나는 좀 아팠다고 적당히 얘기하고 말려고 했는데, 질문이 이어져 구체적인 종목을 얘기하니 테이블 분위기가 숙연해졌다. 급히 후회했다. 이래서 얘기 안 하려 했던 것인데. 고인과 상주가 중심이 되어야 할 자리에 내 병을 주제로 이런저런 이야기가 오가니 좀 민망했다.

항암제 좋아졌네, 그만하길 다행이네, 하는 값싼 위로에 지쳐 내 병에 대해 구체적으로 얘기하지 않는 게 보통이었는데, 담도암의 객관적인 상황을 아는 이가 얼마나 어려운 병인지 안다면서 위로하기 시작하니 가볍던 내 맘이 어질했다. "저는 염려하시는 것보단 의외로 괜찮습니다만⋯⋯" 하면서 항암 후 근육도 기운도 빠지고 나니 과도한 의욕도 좀 내려놓게 되고, 그래서 도리어 홀가분하다고 말하며 애써 무거운 분위기를 수습했다.

내 병명이 좌중에 방사하던 무게감이 다소 누그러지자 그제야 다들 40대, 50대에 이르기까지 무엇을 내놓아야 했는지 저마다 한마디씩 했다. 업무상 야심한 시각까지 모니터를 들여다보다 이른 나이에 찾아온 백내장으로 눈을 상했다는 이야기부터, 평소 욕 한마디 못하는 녀석이 잠꼬대에 쌍욕을 내뱉다가 결국 이직을 하고 나서야 평화가 찾아왔다는 이야기 등. 험한 전장을 누빈 각자의 무용담과 함께 보여줄 상흔이 하나씩 있었다.

전우애도 잠깐, 왜 다들 이 모양인지 화가 났다. 적당한 강도로 살지. 가만 보니 구석에서 유난히 말이 없는 친구가 있었는데 그가 진정한 승자였다. 내세울 병도 트라우마도 없이 매일 즐기고 있던 그 녀석. 제일 잘 나가는 그 친구가 가장 말없이 구석에 쭈그리고 있어야 했던 이상한 자리였다.

작은 소주잔에 생수 받아 마셔가며 이야기에 더 끼고 싶었으나 체력이 한계에 부딪혔다. 피곤하고 배터리가 거의 방전되었다는 신호는 참 잘 갈고닦았다. 일어날 때였다. 내 병은 훈장이기도 하다. 어른이 말씀 중이어도 과감하게 끊고 일어날 수 있는 황금열쇠이다. 블루마블 게임에서 황금열쇠는 한 번 쓰면 반납이지만, 이건 앞으로도 언제나 유효하니 참 값어치 있는 물건이다. 왜 이런 걸로 내가 우월감을 느끼는 건지 아리송해 하며 자리를 정리했다.

일어나는데 우르르 따라 나오기에 이러지 마시라고 했는데 내 배웅이 목적이 아니었다. 마침 나로 인해 대화가 끊긴 타이밍을 이용해 담배를 피우러들 가는 눈치다. 등짝 한 대씩 때려주고 싶었는데 어쩌겠나. 내가 그랬듯, 본인이 겪어봐야 아는 것을.

(2022. 3. 30.)

Cholangiocarcinoma.
벌써 1년

벌써 1년, 정말 노래 제목을 잘 지었다. 장범준의 벚꽃 엔딩은 단말마처럼 짧은 개화기에 집중적으로 불린다. 하지만 이 노래는 1주년 앞에 다른 수식어 없이 '벌써'만 붙였다. 덕분에 힘겹게 1년을 보낸 이가 다가올 시간은 더 행복할 거라 다짐할 때면 계절 가리지 않고 언제든 떠올릴 수 있다. 나처럼.

내게도 1년이 왔다. 내 인생의 벡터값을 완전히 흔들어버렸던 사건이 일어난 지.

사실 1년이란 시간은 내가 암을 발견한 시점이므로, 암세포 입장에서는 이야기가 오래전부터 시작한 셈이다. 한참을 거슬러 올라가 본다. 정말 몇 번을 되짚어 셈했는지 모른다. 어디서부터 잘못된 걸까. 언제부터 나는 내가 이기지 못할 스트레스를 쌓기 시작했을까. 사람이 미워 폭음을 일삼던 그때일까, 일에 치여 새벽녘에 차에서 잠들곤 했던 그때일까.

하지만 누구에게나 젊음은 거친 표면을 사포로 긁어내며 절차탁마하는 시기가 아니던가. 힘든 건 너무도 당연했고 나에게만 특별히 불운이 겹쳐 온 것도 아니었다. 결국, 여기서 멈추었던 것 같다. 내 불행을 뒤집어씌워 암 유발죄로 기소할 누군가를 찾는 일을.

그리고 블로그를 쓰기 시작했다. 쓸 수 있는 휴가를 모두 써가며 직장도 계속 다녔다. 삶은 무슨 일 있었냐는 듯 무심하게 흘러갔지만, 나는 그게 그렇게 무섭고 아까웠다. 누워서 보낸 날도, 별일 없던 날도, 햇살과 꽃이 아름답던 날도 그렇게 꼭 하루씩 흘러가 버렸고, 이러다 내가 사라져도 무심히 다가오는 내일의 파도에 밀려 잊히겠지 싶었다. 기록은 시간을 붙들고 싶었던, 흔적 없이 사라지고 싶지 않았던 욕망의 소산인 셈이다.

하루하루 그렇게 붙들다 보니 삶은 계속되고 있었다. 물론 쉽지만은 않았다. 매일 질투와 연민을 섞어 중화시켜야 했다. 독성 항암에 지지 않으려 걸으러 나가면 지친 어깨로 퇴근하는 평범한 사람들의 면면마저 미치도록 부러웠고 질투가 났다. 그래서 블로그에서, 다른 소셜 미디어에서 나보다 더 억울하고 안타까운 사연들을 찾아 헤맸다. 한참을 연민에 젖어야 해독이 되고 겨우 숨을 쉴 수 있었다.

앞으로의 시간도 그러하겠지. 조금씩 무뎌져 가겠지만. 언젠가 이른바 5년 완치 판정을 지나 삶이 계속 이어지는 맑은 어느 날, 지금 이 순간을 이겨낸 내가 대견하도록 오늘을 사는 게 목표다. 밥벌이와는 무관하겠지만 암 예방 전도사라는 부업도 꿈꿔본다. 그리고 다른 암 경험자들에게 나도 그리 씩씩하게 이겨낸 건 아니었다고, 흔들리며 어찌어찌 왔다고 솔직하게 말을 건네고 싶다.

다시 1주년 기념으로 돌아와서. 애초 1년을 기약하고 전주로 왔다. 다행히 치병을 이유로 1년을 더 전주에서 근무할 수 있게 되었다. 하지만 그동안 살던 20층 아파트는 1년만 계약한 터라 더 있기 어려워 옮기게 되었다. 처가댁에 걸어갈 수 있는 거리에 아파트 1층

자리가 생겼고 내 1주년 즈음을 기념해 이사했다. 일어날 일이 일어난 것이지만 뻔한 상징적 의미를 부여해본다. 20층 허공에서 1층 대지로 분갈이한 내 삶, 더 깊이 뿌리 내리고 자양분을 길어 올릴 것이다. (2022. 2. 22.)

정든 책을 정리하며, 젊은 날과 이별하기

이사를 마치고 더 이상의 정리는 없다고 다짐했는데 잊은 게 있었다. 장인어른께서 다녀가셨다. 처가댁에 있던 나의 책들을 새집에 옮겨다 주셨다. 허리도 안 좋으신데.

정말 온종일 싸워야 했다. 대단한 책 소장가도 아닌데 좀처럼 버리지 못하는 성격 탓에 끈질기게 따라온 책들 분량이 꽤 되었다. 정리할 이유는 넘쳐난다. 우선, 지식의 정수가 책에만 오롯이 담겨 있던 시절이 한참 지났다. 디지털 세상에도 다양한 형태의 텍스트가 넘쳐난다. 둘째, 원한다면 언제든 빌려볼 수 있는 환경이다. 셋째, 지금도 읽을 만한, 읽고 싶은 책들은 숱하게 쏟아져 나온다. 넷째, 내 서재에 잠들고 있으면 뚱 되지만, 필요한 누군가에게 저렴하게 전달된다면 더 좋은 일이다. 다섯째, 집에 책장 공간은 제한되어 있다.

마루에 털썩 주저앉아 하나하나 정리를 해본다. 소장하고 싶은 책을 제외하고는 최대한 중고판매를 해보기 위해 관련 앱을 깔고 판매자 가입을 했다. 소장해야겠다 싶은 책들은 별도로 빼고, 다시 읽을 엄두가 안 나는 것들은 두 중고서적 앱에서 바코드를 찍어본다. 불과 10% 정도의 책만 회사에서 직접 매입해 주겠단다. 거절된 책들은 다 버리느냐? 그럴 수 없다. 앱에서 내가 직접 파는 방식도 있더라. 일일이 판매 등록하는 일이 가장 어려웠다. 대체 이걸 얼마에 팔아야 하는지 가격을 내가 정해야 했기 때문.

가볍게 시류 위에 올라탄 책들은 대개 사주지도, 잘 팔리지도 않더라. 강매를 당했던 건지, 증정을 받은 건지, 필요해서 샀던 건지 기억이 가물거리는 책들이 의외로 많았다. 처세술이나 자기계발서들도 대개 비슷한 운명인데 다행히 그런 책들의 비중은 작았다.

한편, 나름 문학을 전공했던 탓에 해외 고전문학이 많았다. 물론 번역판이 대부분이지만. 고전은 오래된 문고판이어도 중고서적에서 사주는 경우가 많았다. 치기 어린 시절 읽어낸 것과 지금 읽히는 것은 다를 듯 하여 일부는 소장하는 쪽을 택했다. 다만, 다시 읽기에 줄 간격이 참 좁고 글자도 작더라. 내 눈이 더 어두워지기 전에 펼쳐보아야지.

그리고 바코드나 ISBN 번호가 검색이 안 되는 경우도 허다했다. 당시 대학가엔 그런 책들이 많았지. 훌륭한 종교 서적들을 내던 모 출판사에서 나온 책들도 아예 검색이 안 된다. 그래, 그것들은 어차피 팔 생각이 없었으니 괜찮다.

아내의 기억에 의하면 결혼 후 아내가 책 정리 좀 하라고 핀잔을 주었을 때 내가 길길이 날뛰었다 한다. 나란 사람의 정체성이 이 책장에 녹아 있는데, 하나하나가 갈지자 내 방황의 흔적들인데, 그 시절의 고민이 담겨 있는데 어찌 그럴 수 있냐며. 그러고 나서 한편 부끄러웠던 것이, 언제부터 책을 안 읽었는지도 너무 명확히 보였다. 월급쟁이가 되면서부터다. 그 이후로 나는 기능적으로는 숙련되어 갔을지 모르지만, 적어도 당장 내일 해결할 필요까진 없는 밑도 끝도 없는 지적 탐색은 제쳐둔 것이다.

읽지도 않는 책, 이렇게 떠나보낸다. 사실 놓지 못했던 젊은 날과 이별하는 셈이다. 사람 성격이 별로 안 변하는지, 이번에도 대대적인 분서갱유를 하진 못했다. 낡은 사상 서적이며, 컴퓨터 인쇄가 아닌 활자 인쇄로 찍어낸 듯한 책들. 그저 장식하기에만 좋은 허세용 책들도 일부 살아남았다. 게다가 한 권씩 팔리는 대로 보낼 예정이기에 아마 이별 여행은 길 것이다. 한 권씩 시간을 토막 내어 보낼 수 있어 다행이다.

앞으로 읽을 책들은 그 자체로 나의 일부가 되긴 어려울 것이다. 요즘 유행에 맞춰 책도 스트리밍으로만 소유하는 탓도 있다. 도서관에서 대여해서 읽고, 구독하는 사이트에서 빌려 듣기도 하고, 필요한 부분만 발췌해서 읽기에. 그리고 무엇보다, 책을 읽고 내 존재를 고민하던 치열함을 되돌리기 어렵기에. 그저 더 완고해지지만 않아도 남는 장사일까. 책장 사이 젊은 날의 손글씨 메모나 선물한 지인의 추천사가 기록된 책은 누가 사주질 않아 다행이다.

(2022. 3. 6.)

고맙다. 덕분에 피해의식이
이제 좀 지겨워졌다

<살고 싶다는 농담> 허지웅

📖 부러웠다. 어쩜 이리 글을 잘 썼을까. 암에서 막 기어 나와 겨우 정신을 차리려는 상황은 나와 똑같은데. 애꿎은 내 글이 부끄러웠다. 방송인으로만 알았던 그는 알고 보니 글쓰기를 업으로 사회생활을 시작했더라. 그는 내 또래이나, 또래라고 보기 어려운 통찰력을 갖고 있었다. 그게 놀랍고도 질투가 나서, 가끔 다시 꺼내어 읽어보았다. 책이나 영화로 성찰하고, 와병 중의 자신은 물론 타인까지 일으켜 세우는 말을 발견해 내는 그를 조금씩 따라 해보았다. 그 결과가 지금 나의 블로그이기도 하다.

악성림프종, 고형암과는 달리 무균실에서 독한 항암을 해야 하기에 수술해야 하는 내 경우와는 달랐다. 항암의 고통을 계량화하여 비교할 수는 없겠지만, 그의 간결하고도 치밀한 묘사 덕에 그 고통을 조금은 짐작해 볼 수 있었다. 어찌 보면 자신의 경계를 지켜주던 병력을 자발적으로 멸절시키고 무균실에 누워 있는 경험은 사람들 앞에서 벌거벗는 경험과 비슷했을지도 모른다. 그도 요가를 시작하면서 그동안의 경험치가 바닥을 드러내고 있는 것을 발견했다지. 항암 중에 그 차고 단단한 바닥이 올라와 뼈와 부딪는 경험은 분명 비유만은 아니었을 것이다.

망했다는 고백부터, 삶의 바닥을 훑어 내리는 그의 시선은 영화는 물론 문학과 인물, 사건으로 렌즈를 바꿔가며 넘어진 한 인간이 어떻게 다시 내면의 토대를 다져가야 할지 보여주었다. 때로는 단호하고 직접적인 말로, 때로는 은근한 경험담으로. 이따금 꺼내 듣는 그의 말은 특히 통증과 불면, 피로가 번갈아 찾아올 때 찾게 되는 비상구 램프 같은 효험이 있었다.

   '다시 시작한다는 것'이라는 제하의 결론부는 뻔한 말일지 모른다. 사실 그런 유의 말이 당시엔 지긋지긋했다. 내 처지를 알 길이 없는, 다시 시작할 필요가 없어 보이는 사람들이 위로라며 건네는 금언들은 모조리 내 인내심에 대한 테스트였다. 측은지심으로 내려다보는 시선이 고까웠기 때문이었다. 삶이란 언제 어찌 될지 모르는 것이지만, 적어도 특별한 사고가 없는 한 새로운 시작을 견뎌낼 체력과 시간이 넉넉한 이들이 주워섬기는 새로운 시작 운운은 그저 비겁했다. 내게는 그렇게 인생을 관조할 여력이 없었다.

   어떤 말이냐보다 누가 말하느냐가 중요했다. 모르는 이가 하는 말이 튕겨 나간 만큼, 같은 부류의 위기를 경험한 이가 하는 말은 별다른 부연이 없어도 진실처럼 흡수되었다. 그래서 그의 말은 진부하지 않았다. 특히 <스타워즈>의 프리퀄을 소개하며 피해의식과 결별하라고 주문하는 그의 말은 숙제로 남았다. 그는 청년 세대 일반을 위해 꺼낸 말일지 모르겠지만, 동년배인 내게 개별적이고 구체적으로 다가왔다. 마치 나에게만 하는 말처럼 들렸다.

   읽은 지 일 년이 다 되어가는 그의 책에 대한 독후감을 이제야 쓰는 것은, 이제야 그 숙제를 조금은 한 것 같은 기분 때문이기도

하다. 그의 생각이며 문체까지 꾸준히 따라 하며 글을 쓰는 동안, 나는 내 불행을 자신에게 설명하고 납득시킬 말들을 계속 쌓을 수 있었다. 덕분인지 이젠 매일 비련의 주인공으로 등장하는 내가 좀 지겨워지기 시작했다. 반복적으로 써먹던 절망도 이젠 진부하고 유치해졌다. 실제 생활 속의 나는 자주 웃는데, 글 속에서는 여전히 어둠을 팔고 있는 것도 괴리감을 키우고 있었다.

　지금의 나는 그저 전보다 조금 기운이 없을 뿐이다. 대신 위태롭던 호흡과 맥박은 제자리를 찾았다. 장기들의 자리를 빼앗아가며 총체적인 위기를 몰고 왔던 복부 내장지방도 많이 사라졌을 것이다. 항암이 할퀴고 간 혈액 수치도 이제 정상 범주로 들어왔다. 암세포는 조금 남아 있을지도 모를 일이다. 하지만 그것들이 제자리를 찾는 일은 없을 것이다. 내 투병의 한 장이 끝나간다고 믿는다. 다음 장은 아마도 내일 다시 이 병이 찾아와도 후회 없을 오늘을 살아가는 이야기가 될 것이다. 다음 장이 되도록 길었으면 좋겠다. 나보다 먼저 이 길을 걸어가며 용기를 냈던, 내 또래의 그에게 감사를 전한다. (2022.5.12.)

#4

아들, 사위, 남편
그리고 아빠

담도암이라는 죽음의 공포가 엄습하자
남겨질 가족들이 떠올랐다.
누군가의 아들이고 사위이자, 아빠이고 남편인 나.
나를 가장 늦게까지 기억해줄 이들인 동시에
내 빈자리로 인해 가장 고통받을 이들

누군가의 아들, 그리고 사위

이런 불효가 세상에 또 있을까.
낳은 자식이건, 들어온 자식이건
자식이 먼저 중병을 경험하는 것.
시커먼 그 속을 들여다볼 엄두가 지금도 나질 않는다.
한없이 죄송하면서도,
그만 미안하기 위해 용기를 내야 했다.

부모님, 미안하지만
이젠 그만 미안할게요

5월 어느 날, 수술하고 두 달 만에 부모님을 만났다. 포항에 계신 부모님이 전주까지 오셨다. 아들이 수술대에 오르고 수술을 마치고 퇴원하는 동안 보러 오실 수 없었던 부모님. 그간 얼마나 보고 싶으셨을까. 난 기다려 달라 했다. 그동안 다른 사람도 거의 만나지 않았다. 종일 아내만 내 곁을 지키고 있었다.

부모님이 집에 온다 생각하면 으레 식사에, 여기저기 구경거리 코스를 짜서 돌아다닐 생각이 앞선다. 그걸 해내기 부담스러워서 미뤄왔던 것 같다. 하지만 더 생각해 보니 대화를 이어나갈 정신적 여력이 없었던 탓 아니었을까.

병에 걸려보고 나니 그동안 무심코 내뱉었던 위로의 말들을 다시 곱씹어보게 된다. '그만하길 다행이다', 그러고 나서 몇 초의 간격도 없이 나오는 '몸 잘 챙겨라', '화이팅.' 쉽게 써왔던 말들인데, 듣는 처지가 되니 듣기 힘들어졌다. 반사신경에서 바로 나오는 듯한 말들을 들을 때마다 긍정의 웃음을 지으며 '네, 힘내겠습니다'라고 말할 만한 상태가 아니었다.

속으로 삼키는 말들은 날카로웠다. '그만하길 다행? 이 병이 어떤 병인지 알기나 하고 저런 말을 하나?', '몸 잘 챙겨? 그래, 결국 내가 몸을 제대로 챙기지 못해 생긴 병이지. 하지만 둘러보면 나보다 안 챙기는 그 많은 사람 가운데 하필 나였을까?' '화이팅? 보이지 않는 적과 싸우는 마음을 알긴 할까?' 내뱉지 못한 그 냉소가 내 안을 할퀴고 다녔다. 부모님마저 만나지 않고 웅크리고 있었던 건 내가 또 비슷한 이유로 상처받고 더 날 선 말로 되받을까 염려되었기 때문이었다.

같은 이유로 심지어 전화 연락도 자제해 왔다. 암을 이겨내셨거나, 보호자로서 돌봄을 해본 분들과만 간간이 통화하는 실정이었다. 그분들은 나의 어깨가 얼마나 무거울지, 그리고 닥쳐올 시간을 어떻게 견뎌야 할지를 경험으로 알고 있었다. 불필요하고 사려 깊지 못한 값싼 위로를 건네지 않아 안전했다. 그분들께서 보여주신 조심스러운 위로와 지속적인 관심에 깊이 감사드리고 싶다.

그 시간 덕택일까. 조금 마음 상태가 나아졌다 싶어 부모님을 초청했다. 함께 식사하고 모악산을 함께 거닐었다. 평생 경상도와 서울만 오가셨던 부모님이기에 전북의 아름다움을 보여드리고 싶었다.

하지만 2박 3일의 일정은 역시나 무리였다. 버거운 일정으로 까칠해진 나는 아버지의 격려를 문제 삼았다. '어떤 역경도 이겨낼 수 있다는 꿈을 갖고 긍정적으로 살자' 같은 덕담일 뿐이었는데, 그 마음을 곧이곧대로 들어 넘기질 못했다. 식사 중 조용조용 그런 희망을 얘기하는 아버지께 결국 '자꾸 꿈과 희망 얘기하시니 꿈을 가져야만 하는 것 같잖아요. 그놈의 꿈 좇다가 간이며 쓸개며 다 내줬는데'라고 되받고 말았다.

흔히 우리는 내면의 무한한 가능성과 잠재력을 일깨우는 격려를 좋은 것으로 여긴다. '넌 이것밖에 안 돼', '역시, 이게 너의 한계야'라는 말과 '넌 뭐든 해낼 수 있어'라는 말의 어감을 비교해 보라. 시험이든 시합이든 져서, 기대에 못 미처 낙담하고 앉아 있는 이에게 우리는 보통 후자의 말을 건넨다.

하지만 병든 나는 후자의 말도 일종의 가스라이팅으로 여기고 있었다. 그 긍정의 격려가 모진 채근보다 더한 채찍이 되어 내 삶을 몰아가고 있었다. 난 뭐든 할 수 있다는 말은 성취의 기준을 내 역량 너머로 한껏 끌어올렸고, 결과가 나온 뒤엔 자긍심보단 늘 다다르지 못한 미안함이 앞섰다. 대체 난 누구에게 그렇게 미안하고 송구했던 걸까?

병은 이전에는 참고 견뎠던 것들을 참지 못하게 했다. 듣기 싫은 말에 망설임 없이 반응했다. 날 선 나의 반응에 부모님은 돌아가실 때까지 참 조심스러워하셨다. 부모님이 떠난 텅 빈 집에서 내가 내뱉은 모진 말을 한참을 후회하며 잠을 쉽게 이루지 못했다. 얼마나 무안하셨을꼬. 늘 잘난 척하는 아들 기세에 평생 눌려 사셨는데.

그래도 결론은 '그만 미안해 하자'였다. 할 말 다 하고 살아야겠다는 것이다. 나이든 부모님께 나에게 맞추라고 강요하는 꼴이 망측하지만, 달라진 나에게 익숙해지실 때까지 분명하게 표현해야겠지. 다만 좀 친절하게 설명해 드리는 것이 숙제다. (2021. 4. 28)

장인어른 장모님 사랑합니다

　　꽃집은 이미 붉은색의 향연이었다. 핑크빛을 주문한 아내의 안목이 빛났다. 들뜬 마음으로 카네이션을 건네받고 나니 다발이 좀 작아 보인다. 좀더 크게 주문할걸. 아마 기분 탓이리라. 꽃을 받을 분들께 받은 사랑이 커서 이 작은 다발로 존경의 마음이 전달될까 싶어 아쉬운 것일 게다.

　　사랑하는 아내를 낳아주시고 길러주신 장인어른, 장모님. 바쁘고 치열한 삶을 사시면서도 딸에게 바르고 고운 심성을 심어주셨다. 그 덕을 이 못난 사위가 보고 있다. 감사하지 않을 도리가 없다. 은퇴하신 후에도 손자 돌보시느라 가뜩이나 짧은 하루가 더 짧았으리라. 무거웠던 책임 내려놓고 자유를 만끽하셔야 할 계절에 아픈 사위의 짐을 나누어 지시느라 마음은 더 무거우셨을 것이다.

　　틈틈이 블로그를 쓰며 마음을 다잡고 있다는 말씀은 올렸었는데, 그동안 보여드리진 못했었다. 가까이 계시기에, 내 삶의 소소한 일화들을 생중계로 보고 계시기에, 정작 블로그를 보여드리기 부끄러웠던 것 같다. 오늘에서야 비로소 두 분께 블로그를 보여드렸다. 그러니 오늘의 일기가 공개 감사편지쯤 되는 셈이다. 사소한 일로는 한바닥을 쉽게 써 내려가지만, 이렇게 가까운 가족에게 쓸 말은 도무지 생각나지 않는 법이다. 가끔 감사를 표할 계기에 드리곤 했던 손편지에 쓴 괴발개발 글씨들이 부끄럽기 짝이 없는 이유도 같다. 하루하루를 보낸 사위의 기록이 힘든 시기 가장 많이 응원해 주신 두 분께 위로가 되길 감히 소망해 본다.

　병을 알게 되고 나서 가장 먼저 안긴 것은 장인어른, 장모님의 품이었다. 절망하고 좌절하여 도무지 정신을 차리지 못하던 내가 병원으로 가기까지 모든 절차 하나하나를 장인어른과 장모님이 이끄셨다. 수술, 그리고 항암의 모든 과정에서 두 분의 자문을 받을 수 있었던 것도 행운이었다. 가족이자 동시에 의료진이셨기에 온전히 나를 내맡길 수 있었다.

　희망 비슷한 분위기나 냄새만 풍겨도 냉소하던 나를 대신해 건강한 미래를 꿈꾸시고 말씀해 주셨다. 물려주신 깊은 신앙의 유산 덕에 아내도, 나도 멀리 벗어나지 않을 수 있었다. 장인어른, 장모님의 도움과 지지가 없었다면 여기까지 오는 것은 꿈도 꾸기 어려웠을 것이다. 두 분의 이야기를 이어가는 계보의 일원이어서 기쁘고, 영광이다. 어버이날을 앞두고 있어서 그런지 오늘은 좀 유별나게 티 나게 인사드리고 싶다. 장인어른, 장모님 사랑합니다.
(2022.5.6.)

늦은 칠순 잔치와
식탁 위의 시간여행

　전 국민이 한날한시에 어버이 은혜에 감사를 표하자니 조용하던 전주 시내 곳곳도 북새통을 이루었다. 찾아가 뵈어야 마땅한 아들이 아직 부실하여 부모님께서 아들에게로 오셨기에, 식사라도 번듯한 곳에 모시고 싶었건만. 집 근처 한정식집의 방은 이미 꽉꽉 예약이 들어차 있었고 홀 구석 자리나마 어렵사리 얻었다. 저녁 자리도 마찬가지였다. 천방지축 아들이 있다고 간곡히 부탁하여, 직원분들이 쉬는 방에 겨우 상을 차렸다.

생신을 음력으로 쇠시는 어머니는 늘 아쉬움이 컸다. 초파일 다음날이라 부처님 생신에 밀린 탓은 아니었다. 어버이날이 늘 인근인 탓에 어버이날에 생신까지 한꺼번에 퉁치는 경우가 종종 있었기 때문이었다. 어머니가 솔직해서 참 다행이다. 당당히 어버이날과 생일은 별개라며 늘 따로 생각해 달라 주문하신다.

칠순. 환갑과는 달리 만 60세가 아니라 우리 나이 70에 해드려야 하는데 작년에 이미 지나가고 말았다. 어리석은 나는 올해가 칠순 아니냐며 어찌할지 상의하려고 형에게 전화를 걸었다가 부끄럽고 민망해져 버렸다. 작년 어머니 생신엔 내가 수술한 뒤 경황이 없던 터라 잔치는 못 했지만, 형이 적절하게 성의 표시하면서 보냈더라.

까짓거 만 나이로 전 국민이 바뀌는 김에 만으로는 올해가 70이시니 칠순 한 번 더 하자고 했다. 쿨한 어머니. 작년에 받고 싶었던 선물을 콕 집어 말씀하신다. 고민을 덜어주시는 어머니 덕분에 여러 곳을 유리 방황하지 않고 직진해서 바로 준비할 수 있었다. 사실 애초의 계획은 여행이었다. 하지만 사전 예행연습 삼아 가본 제주도 여행 이후 드러누운 나는 양해를 구하고 여행을 취소했다. 멀리까지 가서 힘에 부쳐 돈 쓰고 인상 쓸 수는 없었다. 차라리 그 돈 아껴 선물과 식사에 집중하고 웃으며 보내자 했다.

부모와 자식 간이지만 늘 긴장이 흐른다. 아들에게서 지우고 싶은 나를 보는 것만큼, 내 모습이 어디서 유래한 것인지를 보는 것도 가끔 힘들다. 맥락 없이 옆에서 보면 그저 복스럽고 사랑스러운 모습마저도 그렇다. 배가 부르다면서도 싹싹 먹어치우는 모습이랄지, 먹는 과정에 끊임없이 개입하며 이거랑 이걸 같이 먹어봐라, 저거 맛있는데 왜 안 먹냐, 이거 얼마냐 등등. 삼대가 둘러앉은 훈훈한 밥상머리 풍경은 밖에서 보면 마냥 좋아 보이지만, 내게는 그 위에 삼십 년 동안 누적된 밥상 풍경이 함께 떠오르기에 쉽지 않은 것이다. 그 시간 동안 누룽지처럼 눌어붙은 복잡한 감정도 떨어지지 않고 그대로 있다. 결국, 그 긴장 탓인지 점심 먹고 산책 한번 하고 나니 지독한 두통이 밀려왔다. 저녁 먹기 전까지 한참을 누워 쉬어야 했다.

　한 공간에 눌러앉은 수십 년의 시간을 파노라마처럼 벌려본다. <인터스텔라>에서 딸의 방이라는 공간 위에 펼쳐진 수많은 시간 속에서 딸에게 메시지를 전하려는 매튜 맥커너히의 몸부림이 떠오른다. 싫어하는 반찬만 쏙쏙 골라 밥 위에 얹어주시던 그 손길과 엄숙한 밥상머리 기운에 주눅 들어 깨작거리는 어린 형과 나의 모습 위에, 아침부터 풍기는 고소한 삼겹살 냄새가 얹힌다. 고등학생이 된 나에게 밥해 먹일 시간은 아침뿐이라며 아침부터 삼겹살을 굽고 내가 좋아하는 마늘장아찌를 잔뜩 올려주셨지. 감사한 기억은 보관 기간이 짧고 섭섭했던 기억은 이상하게도 영구보존이더라.

　이번에도 식탁의 풍경은 비슷했다. 같은 자리에 앉아 있었지만 머물러 있는 시간의 좌표는 각기 달랐다. 할머니 할아버지는 손자를 보며 어린 시절의 나를 떠올리고 계셨을까? 아니었다. 다행히 두 분의 시간은 지금이었다. 오히려 나는 내 어린 시절의 식탁 위에 앉아 있었다. 그 시절의 나처럼 부모님의 이런저런 오랜 습관들이 여전히 불편했고, 잠깐잠깐 몸만 어른이 되어 부모님께 잔소리를 늘어놓았다. 하지만 다행히 어머니는 칠순이 된 지금이 너무 행복하다고 하셨다. 철저히 지금을 살고 계셨다. 아니 그렇겠는가. 이제야 비로소 생계의 부담이며 속세의 갖은 의무들을 내려놓고 아침엔 꽃 따라 저녁엔 노을 따라 즐겁게 걷는데. 귀는 적당히 들리지 않아 세상을 시끄럽게 하는 불필요한 소리를 듣지 않아도 된다.

잠시 어머니의 삶을 돌아보았다. 충남 논산에서 태어난 어머니는 5세에 가족과 함께 서울 성북동으로 이사 간다. 6남매의 맏언니라는 무게 탓에 초등학교를 채 마치지 못하시고 미용실에서 보조원으로 일하기 시작하며 가족의 생계활동에 참여했다. 어쩔 수 없이 시작했을 그 미용업은 어머니가 지금 내 나이쯤 되었을 무렵에야 끝났다. 그때까지 한 달에 이틀 쉬었다. 어머니의 전공은 드라이였다. 그 쉼 없는 드라이기 소리가 어머니의 청력을 일찌감치 좀먹었을 것이다.

손재주가 좋았던 어머니는 미용실을 접은 뒤에도 쉴 줄을 몰랐다. 2년 정도 제빵, 꽃꽂이, 분재, 지점토 등을 돌아가며 배웠다. 분명 취미로 시작했지만, 규모는 업으로 하는 것에 가깝게 부지런히 몰두했다. 곧 IMF가 왔고, 어머니는 보험설계사로 화려하게 부활했다. 다년간 서비스업에 종사해 오신 어머니는 처음 보는 이에게도 스스럼없이 말을 건네는 재주가 있었다. 덕분에 마침 국내에서 사양 산업이 되어가던 섬유업을 접으신 아버지를 대신해 다시 생계를 책임졌고, 나는 무사히 대학교육까지 마칠 수 있었다. 지금 그 일은 전성기보다 많이 줄어들었지만, 떠나지 않은 고객은 물리치지 않고 여전히 예전 방식으로 전화와 팩스로 관리하고 있다.

생각해 보니 어머니의 시간은 지금이 아닐지도 모르겠다. 빠르게 변해가는 세상. 어머니는 어느 순간인가 따라가기를 적당히 멈추셨을 것이다. 그저 어머니가 더는 어렵게 배우며 따라가지 않아도 되는, 적당한 수준으로 편리한 시간에 머물며 지금의 공간을 살고 계실 것이다. 가끔 아들 집에 이렇게 놀러 올 때면 신기해 보이는 것들을 묻곤 하시지만, 아마 다시 제자리로 돌아가실 것이다. 물건은 TV 홈쇼핑에서 사고, 카카오톡은 쓰시면서도 모바일 뱅킹은 여전히 어려워하시니 한 10년 전쯤일까?

반면, 나는 과거와 미래 사이에 두 발을 걸친 채 부지런히 두 시간을 오가며 방황하고 있는지도 모르겠다. 회한이 문득 스미는 것을 보면 과거청산이 아직 끝나지 않았고, 생계의 의무는 아직 끝나지 않았으니 미래에 대한 걱정도 내려놓을 수 없다. 오롯이 지금에 집중하기엔 아직 젊은 것일까? 어머니가 도달한 저 칠순의 고지에 올라서면 저런 고백을 할 수 있을까. 지금이 행복하다고.

정말 다행이다. 결국, 어머니가 건강하게 살아남아 편한 시간대에 머물며 행복하다고 말할 수 있어서. 그저 앞으로 계속 누리시라, 누리고 또 누리시라, 그럴 권리가 있으시다 당부드렸다. 한 공간에서 시간을 누적해 왔던 가족 사이에서만 느낄 수 있는 시간여행을 마치고, 돌아가는 아버지 어머니의 차에 손을 흔들고 나서 돌아섰다. 마음 한구석이 휑하다. (2022.5.8.)

혁이아빠의 육아일기

죽음의 공포가 엄습하니
아들 생각이 가장 아팠다.
아들은 아버지란 존재를 어떻게 기억할까?
가르침은 못 되어도 내가 너를 바라보며 웃고 울었던
기록은 남겨주고 싶었다.
그렇게 하루하루 너와의 기억을 써내려 가기 시작했다.

어린이날, 그 어린이가 아비가 되어

    어린이날이었다. 분홍색 소셜 미디어에선 피로에 지친 부모님들이 어린이날의 존재 이유를 놓고 고뇌했고, 언론에서는 주린이, 코린이 등의 신조어를 개탄하며 어린이를 여전히 낮추어보는 세태를 준엄하게 꾸짖었다. 하지만 맑은 하늘과 반가운 손님 덕에 아들은 두 살 때나 들려주던 꺄르르 웃음을 멈추지 않았다.

    감사하게도 교회 유아부 전도사님이 어린이날을 맞아 특별히 집에 심방을 오셨다. 1시간이 채 못 되는 시간 동안 기도와 식사를 후다닥 마치고는 오늘의 주인공인 아들이 종일 주도권을 행사하셨다. 놀이터에서 몸을 아끼지 않고 함께 하시는 전도사님 덕에 아들은 정말 즐거워했다. 오늘이 기억 속에 저장될 수 있길 기도했다.

    어린이날의 기억. 파란색 소셜 미디어에서는 아재들이 본인의 어린이날 즐거웠던 한때를 추억하는 사진 올리기가 이어졌다. 내게도 그런 기억이 있을까 싶어 해마를 한참이나 뒤적였다. 왜 슬픈 예감은 틀리는 적이 없고, 아픈 기억은 즐거운 기억보다 힘이 센 것인가.

    유일하게 떠오르는 기억은 1학년인가 2학년 즈음 드림랜드, 현 북서울 꿈의 숲에서 야단맞은 기억이었다. 입구에서 들뜬 기분에 2천 원짜리 비행기를 사달라고 졸랐다. 사주는 어머니의 표정이 썩 내키지 않은 눈치다. 스티로폼 소재의 비행기에 플라스틱 걸쇠를 박아두고, 새총같은 고무줄을 그 걸쇠에 걸어 뒤로 힘껏 당겼다가 날리는 방식이었다. 만듦새가 엉성했던 비행기는 금방 망가졌다. 나는 울고, 어머니는 '거보라. 다시는 이런 거 사달라 하지 마라'고 기름을 부었다. 돌아오는 길에 나는 '오늘 나들이는 아니 온 것만 못하다'고 되뇌며 분을 삭였지.

그 어린이가 아버지가 되니 그 옛날 어머니가 안쓰럽다. 매일 일만 하다 간만의 휴일, 쉬고 싶은 마음이 굴뚝같았을 텐데. 어린이날 이벤트는 만들어 주고 싶고, 복잡한 서울에 갈 곳은 한정되어 있고, 가보니 인산인해에 몸은 지쳐가셨겠지. 그 와중에 오로지 바라신 것은 활짝 웃는 내 모습이었을 텐데 그 작은 기대마저 저버리고 징징대는 내가 얼마나 무거웠을까.

전도사님께서 돌아가시고, 잠깐의 외출에 기력이 소진된 나는 드러누웠다. 그래도 오늘은 아들도, 나도, 아내도, 전도사님도 함께 웃었다. 로맨틱, 성공적. 사랑해 아들. 사랑해요, 엄마 아빠. (2021. 5. 6.)

어린이날과 어버이날은 왜 붙어 있을까?

어린이날에 이어서 3일의 차이로 어버이날이 있는 이유는 무엇일까? 궁금해서 연혁을 찾아보았다. 법령상 어린이날과 어버이날은 유신시절인 1973년 '각종 기념일 등에 관한 규정'이 대통령령으로 제정되면서 공식화되었다. 그러나 계기는 각기 상이하다. 미국의 '어머니날' 운동 영향을 받아 1956년 어머니의 날이 먼저 도입되었는데, 이후 아버지의 날은 왜 없냐는 빤한 반대의견이 제기된 점을 고려해 대통령령 제정시 어버이날로 명칭이 정해졌다 한다. 어린이날은 잘 알려진 바와 같이 1923년 색동회의 어린이날 선언에 기원을 두고 있다.

30, 40대로 아이를 가진 이들은 높은 확률로 부모이자 동시에 자녀이다. 5일에는 아이를 위한 이벤트, 8일에는 연로하신 노부모님을 위한 이벤트를 준비해야 한다. 정성, 체력, 시간, 돈 모두를 요구하는 행사라는 점에서는 어쩌면 생일잔치와 유사하다. 하지만 대통령령으로까지 규정된 어린이날, 어버이날은 대한민국 만민에게 공통으로 적용된다. 은근 주위 사람들과 비교가 되기에 대충 퉁치고 넘어가기 어렵다. 그래서 이 두 날을 정성껏 치르고 나면 조금 버거울 것이다. 나도 그렇고.

물론 30, 40대에게 의무만 있는 것은 아니다. 어린 날의 그들이 학교에서 접어, 혹은 사서 부모님의 옷깃에 달아드렸던 카네이션을 이젠 부모로서 받을 수 있지 않은가. 그들이 어린이였을 당시엔 그걸 달고 직장에 그대로 출근하시는 부모가 많았다. 내 손재주는 유달리 형편없어서 드리는 내가 부끄러울 지경이었으나, 두말없이 당당하게 그걸 달고 나가신 부모님 모습도 기억에 남아 있다.

올해 5살인 아들이 제작한 카네이션을 받으며 어린이날에 연이어 어버이날이 있는 이유를 깨달았다. 어린이가 무언가 선물로 받은 기억이 사라지기 전에 어버이날을 잡아놔야 고사리 손으로 만든 카네이션이라도 받을 수 있기 때문이었다. 아들이 건넨 카네이션에 적힌 그의 조건부 사랑이 그 귀한 깨달음을 주었다.

"장난감을 사줘서 고맙습니다♡"

찾아오는 피로를 이기지 못해 멀리 계신 부모님께는 전화로 안부를 전하고, 장인어른, 장모님과는 겨우 저녁 식사를 함께 했다. 사랑과 존경과 섬김을 받으셔야 할 두 분께서 나를 돌보고 계신다. 나는 늘 받을 것만 셈하는 조건부 사랑을 드렸지만, 어버이들의 내리사랑은 정말 한이 없다. (2021. 5. 10.)

아비와 아들 사이에
적절한 거리는 얼마일까

할머니 할아버지 댁에서 살고 있는 내 아들. 아비가 항암하는 동안 주말 부자로 사는 것을 용서해다오. 아들이 아빠가 왜 주말이 되어서야 나타나는지를 캐묻지 않는 게 다행스럽다. 일도 바쁘고 공부도 해야 하는 줄로 아는 모양이다. 그리고 나의 부재를 심각하게 느끼지 않을 만큼 사랑을 주시는 할아버지 할머니께 느끼는 감사함은 말로 표현하기 어렵다.

아들이 팔다리에 힘이 붙으면서 로봇과 힘센 전사들의 이름들을 입에 달고 살기에 샌드백을 하나 모셔 왔다. 녀석이 어린 시절 좋아하면서도 무서워하던 캐릭터로. 애비와 잠시 권투놀이를 하는데도 저리 좋아한다. 애비가 수세에 몰리면 더 좋아하는데, 역시 수컷은 애비를 넘어서고 싶은 욕망을 자양분 삼아 자라나 보다. 언젠가 애비를 넘어서 홀로 서길.

주말이라고 종이비행기 날리기, 숨바꼭질, 장난감으로 이야기 만들어 놀기까지. 고맙게도 나랑 줄기차게 놀며 즐거워했다. 내가 하는 말과 행동을 엄청 빠르게 흡수하며 따라한다. 그 생기가 너무 아름다워서 자꾸만 안고 싶다.

원래 이렇게 부자 관계가 오붓하지만은 않았다. 아들이 생후 17개월 남짓할 때 부부가 함께 유학을 시작하면서 육아도 분담했다. 만 3세 이후부터 양육비가 지원되는 영국의 환경에선 경제적 부담에 어린이집을 종일 보낼 수도 없어 아들은 오후 시간을 나랑 단둘이 보냈다. 집에서 따뜻한 햇살 받으며 낮잠을 재워보아도 오후는 길었다. 어떻게든 그 시간을 견디고자 교회에서 하는 무료 놀이시간이며, 키즈 카페며, 놀이터 딸린 공공시설을 떠돌며 보냈다.

언어발달이 충분치 않았던 아이는 자주 울었다. 충분히 그 심정 알겠더라. 애비도 식당 옆자리에 앉은 사람에게 말 한마디 제대로 못 건네는 주제에 3살도 안 된 아기에게 친구들과 함께 놀라고 강요하는 꼴이라니. 아들의 서러운 울음이 귀청을 울릴 때마다 나도 너무 괴로워했다. 버거워하는 애비의 마음을 그 어린 것도 느꼈으리라. 나와 놀던 시간도 즐거움만으로 기억되긴 어려웠을 것이다.

어릴 적 그렇게 꼭 붙어 다니며 서러운 시간을 공유했던 아들,

잠시 떨어져 지내니 오히려 다가온다. 우린 그런 사이구나. 서로 적절한 거리가 필요한. 네가 커 갈수록, 뿌리 내릴수록 필요한 공간도 많아지겠지. 하지만 아무리 멀어져도 서로의 인력의 궤도를 벗어날 수 없을 거야. 먼발치에서 빙빙 돌며 영원히 그리워할 테지.

아들과 잠시 떨어져 있는 이 시간. 나 대신 아들의 곁을 지키며 견뎌주고 계신 장인어른, 장모님, 그리고 무엇보다 아내에게 무슨 말로 감사를 전해야 할지 모르겠다. (2021. 8. 22.)

삶이 원래 민폐고 실례야

아들과의 밀도 있는 시간을 보낸 여파로 곤히 잠들었다 깬 아내가 장모님께 '어제 좀 피곤했다'며 투정을 부렸단다. 그 소리를 아들이 들었나보다. 행여 자신이 부모에게 부담스러운 존재라고 느끼면 안 되겠기에, 어제 추워서 피곤했던 거라고 서둘러 화제를 돌렸지만 이미 아들이 듣고 난 뒤다. 누구나 그렇지만 아들도 이미 자신이 말하고 표현하는 것보다 훨씬 폭넓은 내용을 듣고 이해할 수 있을 것이다.

이제 말조심을 해야 할 시간이 왔다는 사실에 아내와 격하게 공감했다. 그리고 나는 육아에 좀더 기여하고 싶었지만, 아내는 일을 쉴지 말지 고민하는 환자가 일보다 힘든 육아를 하겠다고 나서는 건 무리라며 만류했다.

그렇다. 사실 육아가 너무나도 어렵게 느껴지는 까닭은 그것이 어떤 육체적인 힘의 소모로만 환원되기 어렵기 때문이다. 내가 아이에게 어떤 모습이어야 하는지, 어떤 모습으로 비칠지 늘 돌아봐야 하기에, 잘 포지셔닝하는 것만으로도 고민할 게 많다. 즉 숨만 쉬어도 기초 대사량이 높은 행위인 것이다.

그런 면에서 그동안 나의 위치는 어디였는지 돌아본다. 병을 알기 전에는 전형적인 아빠였다. 예로부터 애비는 아들에게 어머니를 놓고 경쟁해야 하는 대상이기도 하고, 거인과 같은 힘으로 표상되는 존재이기도 하다. 존재만으로 아들에게 공포를 심어주기 십상이다. 네 마음대로 할 수 없다는 엄연한 세상의 규칙을 알려주는 역할을 주로 내가 해왔기에, 아들의 눈에 애비는 더욱 힘센 존재인 동시에 극복의 대상으로 자리매김한 것 같다.

발병 이후 그런 애비의 전형에서 많이 이탈했다. 귀여운 아들의 모습을 어떻게든 더 붙들고 싶었고, 기싸움 할 시간에 한 번이라도 더 안고 싶었다. 힘자랑도 받아주고, 게임도 슬쩍슬쩍 져주었다. 그 덕에 아들은 부탁할 게 있으면 내게 달려온다. 엄마보다 수용적이고 호락호락한 아빠.

그런데 항암도 마치고 숨 좀 돌릴 만해지니 의문이 든다. 뭐든 수용해 주는 부모가 바람직한 걸까? 세상은 주는 만큼 받고, 당한 만큼 갚아주는 상호작용의 원칙으로 돌아가는데? 친구들은 부모처럼 알아서 눈치껏 게임에서 져주질 않는데?

다시금 내 위치를 조정할 시간이 온 것 같다. 오히려 네가 져줘야, 베풀어야 친구들이 너에게 다가온다는 사실을 어떻게 알려줘야 할까. 하지만 동시에 넌 무엇을 하지 않아도 사랑받을 수 있는 존재라는 믿음만큼은 흔들리지 않게 할 수 있을까? 부모는 너와 함께하는 시간이 힘들고 어려우면서도 너무 행복하다는, 안어울림 화음처럼 여러 건반을 동시에 누른 듯한 복잡하고 아름다운 감정을 느낀다는 걸 어떻게 전달할 수 있을까.

서울로 올라오는 차창에서 피곤을 이기지 못해 또 꾸벅꾸벅 졸면서 꿈과 현실의 경계에서 생각했다. 그래, 애비도 완성형이 아니란다. 나 역시 무언가 기여하는 게 있어야만 사랑받을 수 있다고 생각하고 있는걸. 가만히 있으면 내가 민폐 같고, 실례하는 것 같고 그래. 그래서 말인데 아들아, 네가 가족 안에서 그런 느낌 받지 않길 바란단다. 난 너로 인해 아프게 된 것이 아니란다.

자꾸 졸린 걸 보니 발 마사지의 효험이 있나 보다. 내 안의 경직과 긴장이 풀려가려나 보다. 나보다 힘이 센 누군가 '너 때문에 내가 못 살아'를 외치고 있지 않을까 하는 염려에 짓눌려 굳은 어깨. 민폐 없는 안전한 곳만 디디려고 게걸음 하느라 뒤틀려 버린 발 근육들이 마사지를 받고서야 긴장을 좀 놓나보다.

켜켜이 몸에 쌓인 그 '내 존재의 미안함'이 풀려야 나도 암이란 속박에서 풀릴 것 같다. 나이 40에 여전히 피해자인 척하는 부끄러운 속 자아도 그제야 자기 길을 갈 수 있을 것이다.

꿈속을 헤매다 '열차의 종착역인 용산' 소리에 벌떡 일어났다. 한참 일을 보고 집에 돌아와 여장을 푸니 얼마 전 마련한 태블릿이 없다! 필경 잠들며 자리 앞 그물 주머니에 꽂아둔 채 그대로 내려버린 것이다. 부랴부랴 유실물 센터에 전화하고, 여럿에게 민폐를 끼쳤다. 열차에서 발견했으니, 일주일 안에 찾으러 오시라는 친절한 안내를 듣기까지 채 두 시간이 걸리지 않았다.

대한민국의 서비스 속도에도 놀랐지만, 그걸 가져가지 않고 제자리에 놓아둔 시민성에 놀랐다. 한 사람이 점유하고 존재할 만큼의 최소한의 영토는 건드리지 않는 여유가 생긴 것 같다는 것이 오늘의 발견이다. 그걸 찾는 과정에서 끼친 민폐도 그렇다. 예전 같으면 그저 미안했을 텐데 이젠 그냥 감사하는 마음이 들었다. 정확히 그만큼 덜 불안했다는 반가운 신호이리라. 사는 것 자체가 원래 민폐고 실례니 그만 미안해하자. (2021. 11. 29.)

아들의 눈물, 애비라는 미련한 존재

오늘 아침, 아들과 한판 붙었다. 겉으로 보면 그냥 애비가 소리를 빽 지르고 아들은 엉엉 우는 모양새였지만, 나름 아들도 지지 않고 맞섰다. 나는 교육의 힘도 믿지만, 가끔 이렇게 한판 겨루다 보면 개성의 80%는 기질이란 이름으로 타고나는 것이라 믿게 된다. 애비의 훈육에 지지 않는 아들 녀석의 모습은 이미 두 돌 때부터 완성형이었기 때문이다.

아들은 완벽주의자다. 루틴을 철저히 지킨다. 기상 후 어머니를 흔들어 깨운 뒤 거실로 나와 화장실에 가서 소변을 보고, 어머니와 애비가 아침을 준비하는 동안 소파에 앉아 EBS를 시청한 뒤, 진상된 아침을 먹고 정해진 시간까지 유치원 출근 버스를 타러 가는 그 칸트 같은 절차는 제시간에 차질 없이 진행되어야 한다. 절차적 위법이나 꼼수가 있으면 그 결과가 아무리 좋아도 수용하지 않는다. 그리고 그 순서도에서 하나가 어긋나면 이후의 절차를 이행하지 않는다. 그 하나의 절차가 결여되거나 우회로를 밟은 결과물은 순수하지 않기 때문에 받아들이기 어려운 것이다. 아니함만 못한 것이다.

오늘도 같은 양상이 반복되었다. 개요는 이렇다. 오늘 마침 아들은 늦잠을 잤다. 늦게 일어나니 아침의 루틴이 모두 순연되었다. 루틴의 첫 단계가 삐걱대자, 아들은 이후의 모든 과정을 그냥 놓아버렸다. 매 단계 짜증을 내고 시위를 하고 탓을 해댔다.

기상이 늦은 것을 안 아들은 화장실이 어두워서 소변을 못 보겠다 한다. 불 켤 줄 알면서도. 늘 보던 EBS 프로그램이 나오질 않는다고 그걸 켜라고 TV 시청도 거부하고 찡찡댄다. 금요일엔 늘 보던 <한글 용사 아이야> 대신 다른 프로그램이 나온다. 역시 아들은 그 사실을 잘 알고 있다. 아침을 차려주니 유치원 출근 차량이 오는 시간까지 아침을 다 먹지 못할 것이므로 먹지 않겠다고 버틴다. 이런 식이다.

다른 식탁에 따로 밥상을 놓고 귀를 막은 채 꾸준히 밥을 넘기던 나는 어느 순간 이어폰을 내려놓았다.

"누가 오줌 못 누게 했어? 가서 불 켜고 누면 되잖아! 그걸 왜 엄마 핑계를 대!"

미안하다. 애비는 사자머리 오은영 박사님처럼 이런 순간 지혜로운 솔루션을 제공하지 못한다. 공격적인 느낌은 주지 않으면서 이것이 따라야 하는 규칙이라는 점은 인식하게 만든다는, '그건 안 되는 거야'와 같은 단호한 발성도 하지 못한다. 개통령처럼 적당히 맞서고 적당히 우위를 보여주며 올바른 습관을 반복 숙달시킬 자신도 없다. 나도 이 순간은 너의 훈육자가 아니라 그저 이빨을 드러내고 다투는 수컷일 뿐이다.

애비의 큰 목소리에 깜짝 놀란 너는 엉엉 울었지. 그래도 이것이 훈육으로 끝나야 한다는 생각에 난 결국 너에게 미안하다는 말을 받아냈고, 왜 미안한지도 반복해서 각인시켰다.

"혁아, 뭘 잘못했어?"

"화내고 소리 질렀어"

"아니, 네가 화내고 소리 질러서 잘못한 게 아니야. 감정을 드러내는 것은 할 수 있고 필요해. 다만 그 감정을 드러내면서 이 모든 일이 꼬여간 것이 아무런 관련도 없는 엄마 아빠의 탓이라고 덮어씌우는 것이 잘못된 거야."

아이가 기억할지 자신은 없었지만 난 일단 훈육의 모양새를 취하느라 거듭 강조했다.

아내는 그렇게 억지로 조성된 화해 분위기를 이어가며, 이런 날도 있는 것이라고, 차를 놓쳐도 된다고 잘 구슬려 가며 밥을 먹였다. 나는 출근길에 자괴감이 밀려왔다. 너에게 몸이 크는 만큼 마음도 커야 한다고 늘 강조했던 내가 부끄러워서다. 애비도 몸은 어른이 된 지 오래건만, 마음은 한 자락도 크질 못했어. 지금도 안에서 불쾌한 감정이 자라나면 그걸 너랑 똑같이 표출한단다. 머리를 굴려 가며 화가 난 이유를 뒤집어씌울 누군가를, 어떤 사건을 찾는단다. 너에게 훈육을 할 입장이 아니네.

완벽주의도 내게서 유전된 것이 틀림없어 보인다. 나도 내가 잘하지 못하는 것은 시작조차 않으려 했다. 쓰다가 틀리면 지우개로 깨끗이 지우는 게 아니라 구겨서 버려버렸다. 모든 문장은 일필휘지로 단박에 나와야 했다. 그렇게 살다 보니 즐기는 건 몇 가지 없고, 즐길 것이 없기에 해야만 하는 것을 찾아 나서는, 무미건조한 관료형 인간이 되어 있더구나.

가도 가도 부끄럽다. 다행히 오늘은 너에게 한바탕 훈계를 하곤 무릎을 굽히고 허리를 숙인 채 미안하다고 말하고 안아주었지. 내가 사과를 한 게 중요한 게 아니라 네가 받아준 게 중요하다. 오늘 유치원에서 돌아온 네가 나를 어떻게 맞이할지 염려되었는데 달려와 반갑게 안겨줘서 너무 고맙다.

네가 나를 닮아서 그런가, 내 새끼라 그런가, 넌 너무 귀엽고 사랑스럽다. 그러면서도 나를 제발 닮지 말라고 애원하고 싶은 그 앞뒤가 안 맞는 애비 마음을 알아줄 수 있을까. 내가 싫어하는 내 모습을 너에게서 볼 때면 나도 모르게 감정이 앞선단다. 차분히 설명할 겨를이 없어 미안해. 너는 3인칭도 2인칭도 아니고 반쯤은 나이기에 차분하게 생각할 거리를 유지할 수도 없단다. 그래서 늘 바람직한 훈육에 실패하고 말지. 이렇게 애비가 거리 유지에 실패해서 싹트고 쌓여가는 애증의 복잡한 감정을 키워가며 넌 어른이 되어 갈 게다.

회사에선 매사 현황, 문제점과 개선방안의 틀 안에 세상을 구겨 넣곤 했다. 너와 나의 관계도 누가 그렇게 진단해 주고 깔끔하게 개선방안 도출해서 실천해 보라 한다면 어떨까? 날마다 꺄르르 까르르 웃는 화목한 가정이 연출될까? 나아지려나? 오늘처럼 자괴감에 괴로워하지 않아도 될까?

애비와 아들이란 관계에도, 훈육이란 미션에도 오지선다의 객관적 정답이 있다면 좋겠다만 그럴 것 같지가 않다. 나는 아마 앞으로도 너에게 자양분과 상처를 동시에 줄 거야. 너는 그걸 같이 끌어안고 자아를 형성해 가겠지. 아니다. 나의 온갖 간섭과 개입에도 불구하고 이미 네가 태어날 때부터 갖고 있는 형상대로 자라 나갈 것이다.

그냥 우리 앞으로도 그렇게 살자. 늘 투닥거리겠지만 꼭 붙어는 있자. 아침엔 으르렁거려도 밤에는 꼭 뺨을 부비며 잠들자. 왜 그렇게 그 두터운 역사책 면면마다 이성 따위 개나 줘버리고 혈연에 집착하며 자식을 자신의 틀에 맞추려다 일을 그르치고 마는 군상들이 득시글한지 아주 조금은 알겠다. 그 미련함을 품어보니 아주 아프구나, 이게. (2022. 4. 29.)

당신은 나의 동반자

글을 모아보니 아내를 언급한 부분은 많지만
정작 아내를 주제로 일기를 쓴 적은 드물었다.
내가 아내의 남편인 것이 실은 무척 자랑스럽고 고마웠지만,
대놓고 자랑하기엔 멋쩍었나 보다.
달리 보면, 글로 쓸 필요가 없을 만큼 아내는 내 곁에 있었다.
암 덕분에 우린 많은 이야기를 나눌 수 있었다. 많이 친해졌고,
주파수도 엇비슷해졌다. 같이 있는 시간이 제일 편안하다.
나는 나를 살기에 나를 보기는 어려웠지만,
아내는 나를 보고 있기에 내 기분을 나보다 먼저 알아차린다.
내가 감정의 골에 빠질 때마다 손을 내밀어준 것은 물론이다.
나는 오래 살 것이다. 받은 사랑을 갚을 시간 정도는 허락되겠지.

아내와는 마주보자

얼마 전 아내와 식사용 테이블을 하나 샀다. 작년 봄 코로나19로 영국에서 허둥지둥 돌아와 거처를 두 번이나 옮겼다. 생각해보니 결혼 6년 차에 이사를 여섯 번 했다. 자연스레 살림을 늘리기보다 미니멀리즘으로 대응해 왔다.

그러던 차에 딱 둘이서 의자에 앉아 식사할 수 있는 작은 테이블이 눈에 띄었다. 처음엔 망설였다. 최근 목공을 시작한 터라 내가 직접 만들어 주고 싶었던 마음도 있었기에. 하지만 정신을 차려 보니 결제하고 있었다.

테이블은 주방 쪽에 붙여놓았다. 그간 밥상을 늘 거실 앉은뱅이 책상에 차려왔는데, 그러다 보니 자연스레 함께 TV를 향해 앉아 TV를 보게 되는 경향이 있었기에. 식사시간이라도 마주보고 앉고 싶었다. 테이블에 밥상을 차리고 둘이 오붓하게 마주앉아 식사하는 시간이 주는 행복은 생각보다 컸다. 아내는 결혼 전 데이트하는 기분이라며 기뻐했다.

연애 기간엔 서로를 바라보느라 정신없지만, 결혼 후 생활은 둘이 한 곳을 바라보며 두런두런 이야기를 나누는 것에 가깝다고 생각했던 적이 있다. 정확히는 내 생각이라기보다 한국인 특유의 논두렁 화법이란 표현을 어디선가 듣고 들었던 생각이었다. 한국인은 빤히 마주 보는 것을 어색해해서 논두렁에 나란히 앉아 먼 산 보며 얘기하는 것이 자연스럽다길래, 결혼 후 생활도 그럴 것이라 짐작했던 것이다.

그런데 마주보고 식사를 하다 보니 마냥 어색하진 않다. 사랑하는 이가 행복해하는 모습을 보는 것도 좋고, 근심 걱정의 기운이 스칠 때 금방 알아챌 수 있는 것도 좋다. 나도, 아내도 각자 자신을 살기에 자신을 바라볼 기회는 많지 않다. 자신을 봐줄 다른 존재가 있다는 것이 얼마나 감사한 일인가. 그 서로가 마주보고 이야기 나눌 시간을 매일 갖는다는 것은 또 얼마나 감사한 일인가.

오늘 아침 식사도 그랬다. 행복은 크기보다 빈도라 했던가. 서로를 마주할 자리를 깔아주고 행복의 시간을 늘려주는 마법의 테이블. 내가 산 것은 물건이 아니라 결국 시간이었다. 제법 싸게 산 셈이다. (2021. 6. 15.)

바람은 늘 불겠지만, 우리는

오늘은 결혼기념일이다.

7년. 햇빛 가득한 5월의 신부 만들어준다고

아내를 찜통더위에 한참을 세워둔 그날이 벌써 7년 전이다.

신혼부부 주택특별공급 대상이 7년차 부부이니

올해까지 우린 신혼이네.
저 푸른 초원 위 양지바른 곳에
든든한 공동주택 하나 마련해 오래오래 살 줄 알았는데,
7년 동안 거쳐 온 집만 벌써 7곳이 되고 말았다.

시작부터 따가운 볕 아래 고생했으니
바람이라도 순풍이었으면 좋았으련만,
애 낳고 숨 돌릴 틈도 없는데 남편까지 암이라니.
누가 우릴 질투하나 싶었다.
아니, 실은 내 탓인 듯하여
아내 얼굴 볼 때마다 참 미안했다.

미안한 마음으로 치자면야 돌아보면
매일, 아니 하루마다 몇 번씩 미안하다 보니
송구한 맘이 눌어붙어 이제 잘 지지도 않네.
내가 미안한 마음이야 어쩔 수 없이 저축해도,
아내는 섭섭하고 아쉬운 맘 참지 말고
 그날 꼭 말해줬으면 싶다.

미안하단 말이 나와서 말인데,
다른 뿌리가 한 줄기 만들며 같이 산다는 게
이토록 어려운 일인 줄 미처 몰랐다.
서로 조금씩 붙어가며 몸을 헤집는 통에

아내는 많이 아팠을 게다.
가시도 다닥다닥 붙은 날 데리고 산다꼬.
이젠 서로 좀 익숙해져서 그러는가,
내게 용기 주려 부러 그러는가는 모르겠어도,
변치않고 웃어주는 그 얼굴에 기대어
지금껏 잘 견뎠다.
힘들었던 나를 붙든 형체 없는 모든 말과 힘들은
아내의 존재를 통해 몸을 입고 내게 왔다.

아파서 좀 쉬엄쉬엄 가니 아내를 매일 볼 수 있어 좋다.
아내가 했던 말, 오히려 요즘이 아마
우리의 황금기로 기록될 것이라고.
맞는 말이다.
황금기라지만 빛나는 일도 그닥 없는데,
그래도 생각할수록 기분이 좋다.
내가 참 대견하고 흐뭇하다.
아내 조막손 붙들고 다짜고짜 청혼한 그날만큼은.

달콤해야 할 신혼에 시련도 일찌감치 겪었지만,
앞으로 살 날에도 바람은 늘 불겠지.
흔들거리면서도 우리는,
우리의 최고의 순간은 아직 오지 않았다고 믿길.

아내에게 손 편지를 쓸까 했는데,
손으론 도무지 글이 잘 안 써지길래 습관처럼 블로그에 써버렸다.
마흔 넘어 남사스럽게 공개편지라니.
어쩐지 요즘 이마에 여드름이 돋더라니.

임자.
앞으로도 추앙할게. (2022. 5. 23.)

당신으로 말미암은 행복

아침의 부스스한 머리는 쓰다듬고 싶어서 좋다.
잘 잤는지 물어봐 주는 목소리에 배어 있는 관심이 좋다.
내가 커피를 내리는 동안 과일을 깎고 샐러드를 얹어주는
넉넉한 손놀림이 좋다.
혁이와 나란히 앉아 아침을 먹고 있는 풍경도 좋다.

공부하느라 뚫어져라 모니터를 볼 때,
일 얘기를 할 때 한결 더 또렷해지는 그 눈이 좋다.
맛있게 먹고 행복해하는 입술이 좋다.
식사 후에 함께 커피 향을 음미하고 있을 코도 좋다.

혁이가 보는 만화 노래나 대사를 따라하는 명랑한 목소리가 좋다.
물론, 혁이가 잠들고 조곤조곤 그날 있었던 일을
속삭이는 목소리도 좋다.
두려운 것들을 꺼내어 이야기하고,
직면하고 맞서려는 용기도 좋다.

내 마음이 힘들고 지칠 때 함께 걸어주는 다리와 발도 좋다.
잠들 무렵 잘 자라고 온 힘을 다해
내 머리를 마사지해 주는 그 작은 손도 좋다.
잘 이겨내줘서 고맙다고 안아주는
당신의 작은 품이 그렇게 좋다.

아프고 나서, 내가 좋아하는 것이 무엇일까 찾으러
여기저기 한참을 기웃거려 보았다.
어딜 갈 때 좋았는지, 무엇을 할 때 좋았는지,
내가 언제 가장 웃는지 돌이켜보니 이제 알겠다.
당신과 함께 가는 곳이 좋았고,
당신과 함께 해야 재미있었다.
평범한 하루 중 웃는 시간만 따로 모으면
 대부분 당신이 옆에 있었다.
내가 좋아하는 것은 당신이었다.

당신이 태어난 것을 기념하는 오늘,
당신과 함께 할 시간이 기대되어 내일이 기다려진다.
당신으로 말미암은 행복을 나눠가진
참으로 많은 이들 중 하나로서 고백한다.
태어나줘서, 존재해 줘서 고마워.

원고 작성을 마치고, 얹힌 속을 풀어드리는 활명수 같은 제목을 지어놓고 나서도 출간을 하기까지 몇 달을 묵혀 두었다. 의도한 것은 아니었지만, 서랍 속에서 발효시킨 셈 치기로 했다. 발효과학으로 소화하기 조금 더 편해졌을까. 아니, 부끄러움만 짙어져갔다. 조금만 더 기다림의 시간이 길었다면 필경 부끄러움에 원고가 서랍 밖으로 나오지 못했을 것이다.

기다리는 시간 동안 필라테스를 꾸준히 했다. 내 배에 복근이 없다는 사실을 깨닫고 나서다. 가만히 버티는 동작, 모두들 가만히 있는데 나 홀로 부르르 떨며 애꿎은 목과 승모근까지 끌어모아 가며 근근히 버티고 있었다. 모두들 평온하게 대지 위에 서 있건만, 나 홀로 위태롭게 끊임없이 좌우로 흔들렸다. 마치 보수볼 위에 서 있는 것처럼.

흔들리는 것이 어디 몸뿐일까. 얼마 전 오래 알고 지낸 선배가 흔들리는 내 모습을 비추어주며, 피곤해서 어찌 사냐며 측은해 했다. 사람과 사람 사이에서 끊임없이 좌우로 치이고, 터무니없이 이상적인 내 모습을 꿈꾸며 승천했다가 밑도 끝도 없는 자기폄하에 빠지고. 여전히 얹혀 있던 질투와 분노가 다시 끄집어져 나왔다. 원고를 다시 서랍에 넣고 싶었던 부끄러움의 실체도 비로소 분명해졌다.

그래도 용기를 낸다. 불행을 씹어 삼키는 3가지 방법 같은 명쾌한 소화제는 애초 내게 없지 않았는가. 흔들리며 걸어온 갈지자 행적을 날 것 그대로 적어 구불구불 장을 따라 소화되는 과정을 보이리라 마음먹지 않았는가. 배에 손을 얹어보자. 어디 얹힌 것은 없는지.

마음이 얹힌 거야
담도암이 가르쳐 준 불행의 소화법
ⓒ 황영준

초판 1쇄 발행 | 2022.11.20
지은이 | 황영준

기획 편집 | 전미경
펴낸이 | 정세영
표지 디자인 | 디자인지니
본문 디자인 | 디자인글로
저자 그림 | 손미연

펴낸곳 | 위시라이프
등록 | 2013.8.12 /제2013-000045호
주소 | 서울 강서구 양천로30길 46
전화 | 070-8862-9632
이메일 | wishlife00@naver.com
ISBN | 979-11-976477-3-4
정가 | 16,800원

• 이 책의 인세는 암환자 후원을 위해 전북대학교병원에 기부할 예정입니다